CB082008

A SENHORA DO LAGO

A SENHORA DO LAGO

VOLUME 2

Andrzej Sapkowski

Tradução do polonês
OLGA BAGIŃSKA-SHINZATO

wmf martinsfontes

SÃO PAULO 2019

Esta obra foi publicada originalmente em polonês com o título
PANI JEZIORA por Supernowa, Varsóvia.

Publicado por acordo com a agência literária Agence de l'Est.

Esta publicação foi subsidiada pelo ©POLAND Translation Program.

1.ª edição *2017*
2.ª tiragem *2019*

Tradução
OLGA BAGIŃSKA-SHINZATO

Preparação de texto
Malu Favret
Acompanhamento editorial
Richard Sanches
Revisões
Yris Alves Rosa
Beatriz de Freitas Moreira
Laura Vecchioli do Prado
Edição de arte
Erik Plácido
Produção gráfica
Geraldo Alves
Paginação
Studio 3 Desenvolvimento Editorial

Dados Internacionais de Catalogação na Publicação (CIP)
(Câmara Brasileira do Livro, SP, Brasil)

Sapkowski, Andrzej
A senhora do lago, volume 2 / Andrzej Sapkowski ; tradução do polonês Olga Bagińska-Shinzato. – São Paulo : Editora WMF Martins Fontes, 2017.

Título original: Pani Jeziora.
ISBN 978-85-469-0186-9

1. Ficção – Literatura juvenil I. Título.

17-08863 CDD-028.5

Índice para catálogo sistemático:
1. Ficção : Literatura juvenil 028.5

Todos os direitos desta edição reservados à
Editora WMF Martins Fontes Ltda.
Rua Prof. Laerte Ramos de Carvalho, 133 01325-030 São Paulo SP Brasil
Tel. (11) 3293-8150 e-mail: info@wmfmartinsfontes.com.br
http://www.wmfmartinsfontes.com.br

ÍNDICE

CAPÍTULO OITAVO

Nas proximidades desse campo, no local onde ocorreu aquela terrível batalha em que quase toda a potência do Norte enfrentou quase toda a potência do agressor nilfgaardiano, havia duas vilas de pescadores: Nádegas Velhas e Brenna. Mas, como naquela época, Brenna havia sido reduzida a cinzas, começou-se a falar da "batalha das Nádegas Velhas". Contudo, hoje em dia, todos se referem a ela como a "batalha de Brenna", por dois motivos. Primeiro, Brenna, depois de reconstruída, tornou-se uma povoação grande e próspera, e Nádegas Velhas não resistiu à passagem do tempo e desapareceu no meio de urtigas, grama e bardanas. Segundo, esse não era um nome digno para aquela famosa, grandiosa e trágica luta. Ora, como uma batalha em que pereceram mais de trinta mil pessoas poderia condizer com as Nádegas? E, para piorar, Velhas?...

Portanto, em toda a escrita de cunho histórico ou militar, passou-se a falar apenas da "batalha de Brenna", tanto em nossas fontes, assim como nas fontes nilfgaardianas, que, por acaso, ultrapassam as nossas em quantidade.

Reverendo Jarre de Ellander, o Velho
Annales Cronicae Incliti Regni Temeriae

– Cadete Fitz-Oesterlen, nota insuficiente. Sente-se, por favor. Gostaria de chamar sua atenção, cadete, para o fato de que o desconhecimento das famosas e importantes batalhas da história de sua própria pátria é humilhante para qualquer patriota e bom cidadão. Já no caso de um futuro oficial, é simplesmente escandaloso. Permita-me fazer mais um comentário, cadete Fitz-Oesterlen. Faz vinte anos, isto é, desde que sou professor nesta escola, não me lembro de uma prova de ingresso em que não houvesse uma pergunta sobre a batalha de Brenna. Sua ignorância sobre esse assunto praticamente anula suas chances de carreira no exército. Mas, como você tem o título de barão, não precisa tornar-se oficial, pode tentar a política, ou a diplomacia. É o que lhe desejo veementemente, cadete Fitz-Oesterlen. E nós, senhores, voltemos a Brenna. Cadete Puttkammer!

– Presente!

– Venha até o mapa, por favor. Pode continuar no ponto em que o senhor barão perdeu o ânimo.

– Sim, senhor capitão! O motivo pelo qual o marechal de campo Menno Coehoorn decidiu fazer uma manobra e ordenou uma rápida marcha para o Oeste foram os relatórios do serviço secreto, nos quais havia informações sobre uma operação executada pelo exército dos nortelungos com o objetivo de defender a fortaleza cercada de Mayena. O marechal decidiu desviar o caminho dos nortelungos e forçá-los a proceder à batalha final. Para alcançar esse objetivo, dividiu as forças do Grupo do Exército "Meio": uma parte delas permaneceu nas redondezas de Mayena, e com o restante das forças prosseguiu em uma marcha rápida...

– Cadete Puttkammer! O senhor não é um escritor de beletrística. O senhor é um futuro oficial! Que termo é esse, "o restante das forças"? Faça, por favor, a detalhada *ordre de bataille* do grupo de ataque do marechal Coehoorn. E use a terminologia militar!

– Sim, senhor capitão. Havia duas tropas sob o comando do marechal de campo Coehoorn: o Quarto Exército de Cavalaria, comandado pelo major-general Markus Braibant, o patrono de nossa escola...

– Muito bem, cadete Puttkammer.

– Puxa-saco de merda – o cadete Fitz-Oesterlen sibilou de sua banca.

– ... e o Terceiro Exército, comandado pelo general de divisão Rhetz de Mellis-Stoke. O Quarto Exército de Cavalaria, que possuía mais de vinte mil soldados, era composto das divisões "Venendal", "Magne" e "Frundsberg", Segunda Brigada de Vicovaro, Sétima Brigada Daerlana, assim como as brigadas "Nauzicaa" e "Vrihedd". O Terceiro Exército era composto das divisões "Alba", "Deithwen" e... hummm... divisão...

•

– A divisão "Ard Feainn", obviamente – afirmou Julia Abatemarco. – Só se vocês fizeram alguma confusão. Têm certeza de que havia um enorme sol prateado no gonfalão?

– Tenho, coronel – confirmou sem relutar o comandante dos olheiros. – Tenho certeza absoluta!

– "Ard Feainn" – murmurou a Doce Pateta. – Hummm... Interessante. Isso significa que naquelas três colunas avistadas vêm para combater contra nós não apenas todo o corpo da Armada da Cavalaria, mas também uma parte do Terceiro Exército. Ah, não! Não acredito até ver isso com meus próprios olhos. Capitão, o senhor comandará a companhia durante a minha ausência. Enviem um oficial de ligação ao coronel Pangratt...

– Mas, coronel, será que é sensato arriscar-se?...

– Cumpra a ordem!

– Sim, senhora!

– É um grande risco, coronel! – o comandante dos olheiros gritou mais alto do que o estrondo do galope. – Podemos topar com alguma unidade de reconhecimento élfica...

– Não fale! Guie!

A unidade dirigiu-se para baixo do barranco, num violento galope, correndo feito vento pelo vale do riacho, e adentrou a floresta. Ali precisava desacelerar. O mato dificultava a corrida. Além disso, havia o risco de topar inesperadamente com uma patrulha ou unidade de reconhecimento enviada pelos nilfgaardianos. A unidade de reconhecimento dos condotieros aproximava-se do inimigo pelo flanco, não pela frente, mas certamente os flancos também estavam cobertos. De maneira que a excursão era por demais arriscada. Mas a Doce Pateta gostava desse tipo de aventuras. E em toda a Companhia Livre não havia nem um soldado que não a seguisse. Inclusive até o próprio inferno.

– É aqui. É esta torre – falou o comandante da unidade de reconhecimento.

Julia Abatemarco meneou a cabeça. A torre era torta, estava arruinada, tinha vigas quebradas e um monte de buracos nos quais o vento do Oeste soprava como se fosse um pífaro. Não se sabia quem nem com que intuito construíra a torre ali, naquele ermo, mas sabia-se que fazia muito tempo.

– Ela não vai desabar?

– Não vai, pode ter certeza, coronel.

Na Companhia Livre, entre os condotieros, não se usava "senhor", nem "senhora" para dirigir-se a alguém. Empregava-se a patente.

Julia subiu rapidamente, quase correndo, até o alto da torre. O comandante da unidade de reconhecimento juntou-se a ela após um minuto, arfando como um boi cobrindo uma vaca. A Doce Pateta, apoiada no parapeito torto, examinava o vale com uma luneta, com a língua para fora por entre os lábios, empinando o vistoso bumbum. O comandante da unidade de reconhecimento ficou arrepiado de tesão só de ver a cena, mas logo conseguiu se conter.

– É a "Ard Feainn", sem dúvida – Julia Abatemarco passou a língua nos lábios. – Vejo também os daerlanos de Elan Trahe, inclusive estão lá os elfos da brigada "Vrihedd", nossos velhos conhecidos de Maribor e Mayena... Hã! Estão lá também as Caveiras, a famosa brigada "Nauzicaa"... Vejo também as labaredas nas flâmulas da divisão da cavalaria pesada "Deithwen"... E uma bandeira branca com um negro alerião, o símbolo da divisão "Alba"...

– Reconhece-os como se fossem seus camaradas... – o comandante do reconhecimento murmurou. – É tão sabida assim?

– Estudei na academia militar – retrucou a Doce Pateta. – Sou oficial de patente. Bem, já vi o que queria. Vamos voltar para a companhia.

•

– O Quarto e o Terceiro Exército vêm na nossa direção – disse Julia Abatemarco. – Repito, o Quarto inteiro e, pelo visto, toda a cavalaria do Terceiro. Atrás dos esquadrões que avistei, subia até o céu uma nuvem de poeira. Pela minha estimativa, naquelas três colunas há quarenta mil cavaleiros. Ou até mais... talvez...

– Talvez Coehoorn tenha dividido o Grupo do Exército "Meio" – completou Adam "Adieu" Pangratt, o comandante da Companhia Livre. – Levou apenas o Quarto Exército e a cavalaria do Terceiro, sem a infantaria, para ganhar rapidez... Julia, no lugar do condestável Natalis ou do rei Foltest...

– Sei. Eu sei o que você faria. – Os olhos da Doce Pateta brilharam. – Você mandou os estafetas até eles?

– Claro que sim.

– Natalis é um macaco velho. Pode ser que amanhã...

– Pode ser. – "Adieu" não deixou que terminasse. – E até acho que será. Fustigue o cavalo, Julia. Quero lhe mostrar algo.

Avançaram rápido algumas milhas, ficando bem à frente do restante da tropa. O sol já quase tocava as colinas no Oeste, as florestas e a mata ciliar cobriam o vale com uma extensa penumbra. Mas ainda havia bastante visibilidade para que a Doce Pateta percebesse logo o que "Adieu" Pangratt queria lhe mostrar.

– Aqui – "Adieu" confirmou suas suspeitas, erguendo-se nos estribos. – Aqui eu receberia o embate amanhã, se estivesse no comando da tropa.

– Um belo terreno – admitiu Julia Abatemarco. – Plano, duro, liso... Um bom lugar para se preparar... Hummm... Entre essas colinas e aquelas lagoas ali... deve haver umas três milhas de distância... Aquele morro ali seria um excelente posto de comando...

– Tem razão. E veja que lá no meio há mais um lago ou lagoa, aquilo que brilha... Pode ser útil... O riozinho também pode ter um papel estratégico. Embora seja pequeno, é pantanoso... Qual é o nome desse riozinho, Julia? Passamos por ele ontem. Lembra-se?

– Não lembro. Talvez Chocha, ou algo assim.

•

Quem conhece aqueles terrenos pode imaginar tudo isso com facilidade. Contudo, para aqueles que não conhecem tão bem, esclareço que a ala esquerda do exército real alcançava o lugar onde hoje em dia se situa a vila Brenna. Na época da batalha não havia ali nenhuma povoação, pois no ano anterior os elfos Esquilos tinham posto fogo nela e deixado queimar até virar cinza. O corpo real redânio, comandado pelo conde de Ruyter, estava parado exatamente lá, na ala esquerda. E essa tropa contava com oito mil homens da infantaria e da cavalaria na vanguarda.

O agrupamento real estava posicionado ao longo do morro, depois denominado de Cadafalso. Nesse morro estavam o rei Foltest e o condestável Jan Natalis, acompanhados pelo alferes-mor, observando do alto todo o campo de batalha. Lá estavam agrupadas as forças principais do nosso exército – doze mil valentes infantes temerianos e redânios posicionados em quatro enormes quadriláteros, protegidos por dez esquadrões da cavalaria que alcançavam o confim norte da lagoa, chamada de Dourada pelos habitantes do local. No entanto, o agrupamento central possuía, na segunda linha, um destacamento de reserva: três mil homens da infantaria de Wyzim e Maribor, comandados pelo voivoda Bronibor.

Contudo, desde o confim sul da lagoa Dourada até uma sequência de pesqueiros e meandros do rio Chotla, numa faixa de uma milha de largura, estava posicionada a ala direita de nosso exército, a Unidade Voluntária, composta pelos anões de Mahakam, oito esquadrões da cavalaria ligeira e os esquadrões da exímia Companhia Livre de Condotieros. Os comandantes da ala direita eram o condotiero Adam Pangratt e o anão Barclay Els.

Do outro lado, à distância de uma ou duas milhas, num campo aberto atrás da floresta, o marechal de campo Menno Coehoorn preparou o exército nilfgaardiano. Lá estavam posicionados homens de armadura, formando algo semelhante a um muro negro – regimento junto de regimento, companhia junto de companhia, esquadrão junto de esquadrão. Para onde se olhava, não se via o fim. E, pela quantidade de bandeiras e lanças, era possível perceber que a formação não era apenas extensa, mas também de grande profundidade. A tropa contava com quarenta e seis mil homens, na época algo desconhecido pela grande maioria. Talvez até fosse melhor assim, pois muitos perderam um pouco de seu ânimo só de ver o potencial nilfgaardiano.

E até os corações dos homens mais valentes começaram a bater com mais força debaixo das armaduras, feito martelos, pois ficou evidente que a luta seria dura e sanguinária e que muitos dos homens que estavam lá não veriam o pôr do sol naquela tarde.

Jarre, segurando os óculos que deslizavam de seu nariz, voltou a ler todo o fragmento do texto. Suspirou, esfregou a calvície, e logo em seguida pegou a esponja, apertou-a ligeiramente e apagou a última frase.

O vento rumorejava por entre as folhas da tília, as abelhas zuniam. E as crianças, como era de costume, tentavam gritar cada uma mais alto do que a outra.

Uma bola rolou pelo gramado e encostou no pé do ancião. Antes que conseguisse se abaixar, desajeitado e inabilidoso, um de seus netos correu como se fosse um filhote de lobo e apossou-se da bola em plena corrida. Esbarrou na mesa, que balançou. Com a mão direita, Jarre salvou o tinteiro, que quase caiu, e com o cotoco da esquerda segurou as resmas de papel.

As abelhas zuniam, carregando as bolinhas amarelas do pólen de acácia.

Jarre voltou a escrever.

A manhã estava nebulosa, mas via-se o sol por entre as nuvens, e a altura em que se posicionava permitia ter ideia clara das horas que passavam. O vento assoprou, as flâmulas tremularam, agitando-se como se fossem bandos de aves levantando voo. Mas Nilfgaard permanecia parado. Foi então que todos começaram a estranhar que o marechal Menno Coehoorn não ordenava que suas tropas avançassem...

•

– Quando? – Menno Coehoorn, debruçado sobre os mapas, ergueu a cabeça e passou o olhar por todos os comandantes. – Perguntam quando mandarei avançar?

Ninguém respondeu. Menno examinou seus comandantes com um rápido olhar. Os mais tensos e nervosos pareciam aqueles que permaneceriam na retaguarda: Elan Trahe, o comandante da Sétima Brigada Daerlana, e Kees van Lo, da brigada "Nauzicaa". Ouder de Wyngalt, *aide-de-camp* do marechal, que tinha as menores chances de participar ativamente do combate, também estava visivelmente inquieto.

Aqueles que avançariam primeiro pareciam calmos, até entediados. Markus Braibant bocejava. O general de divisão Rhetz de Mellis-Stoke enfiava o dedo mindinho no ouvido e inspecionava-o constantemente, como se esperasse encontrar algo digno de atenção. O coronel Ramon Tyrconnel, um jovem comandante da divisão "Ard Feainn", assobiava baixinho, com o olhar fixo num ponto do horizonte que só ele conhecia. O coronel Liam aep Muir Moss, da divisão "Deithwen", folheava seu inseparável fascículo de poesia. Tibor Eggebracht, da divisão de lanceiros pesados "Alba", coçava a nuca com a ponta do chicote.

– Atacaremos logo que as patrulhas retornarem – disse Coehoorn. – Senhores oficiais, estou preocupado com aquelas colinas no Norte. Antes de atacarmos, preciso saber o que há atrás delas.

•

Lamarr Flaut estava com medo. Morria de medo, um medo que rastejava pelos seus intestinos. Parecia que nas vísceras tinha pelo menos doze enguias gosmentas, cobertas de um muco fedorento, que procuravam com insistência uma abertura pela qual pudessem se libertar. Havia uma hora, a patrulha tinha recebido as ordens e partido. Flaut esperava, no fundo da alma, que o frio matinal espantasse o medo, que o pavor fosse abafado pela rotina, pelo ritual treinado, pelo duro e severo cerimonial do serviço. Enganou-se. Agora, uma hora mais tarde, e depois de percorrer cerca de cinco milhas, longe, perigosamente longe dos seus, por dentro, perigosamente por dentro do território do inimigo, próximo, fatalmente próximo do perigo desconhecido, o medo apenas mostrava do que era capaz.

Pararam na margem de uma floresta de abetos, por cautela. Permaneceram atrás dos enormes juníperos que cresciam no limiar. À sua frente, atrás de uma faixa de pinheiros baixos, estendia-se uma extensa bacia. A neblina deslizava sobre as pontas da grama.

– Ninguém, nem uma alma viva – avaliou Flaut. – Vamos voltar. Já estamos muito longe.

O sargento olhou para ele de soslaio. "Longe? Haviam se afastado apenas uma milha, arrastando-se como tartarugas mancas."

– Valeria a pena olhar ainda atrás daquela colina, primeiro-tenente – falou. – Acho que de lá teremos uma visão melhor. Será possível ver os dois vales. Se alguém estiver se aproximando, não passará despercebido. E então? Vamos dar um pulo até lá, senhor? É uma distância de apenas algumas milhas.

"Algumas milhas", Flaut pensou. Num terreno aberto, expostos como numa frigideira. As enguias contorciam-se, procuravam com violência sair de suas entranhas. E pelo menos uma, Flaut sentia com nitidez, estava no caminho certo.

"Ouvi o tinir de um estribo, o resfolegar de um cavalo. Lá, por entre o intenso verde dos pinheiros novos, numa encosta arenosa. Algo se mexeu lá? Uma silhueta? Estão nos cercando?"

Corria um boato pelo acampamento de que havia alguns dias os condotieros da Companhia Livre pegaram um elfo vivo depois de levar a excursão de reconhecimento da brigada "Vrihedd" a uma cilada. Dizia-se que ele foi castrado, que teve sua língua arrancada e todos os dedos da mão cortados... e, por fim, que arrancaram seus olhos. Debochavam dele, dizendo que já não conseguiria mais brincar com sua vagabunda élfica, nem vê-la brincar com os outros.

– E aí, senhor? – o sargento pigarreou. – Vamos dar um pulo até o morro?

Lamarr Flaut engoliu a saliva.

– Não. Não podemos demorar – respondeu. – Já verificamos. Aqui não há inimigos. Precisamos relatar isso ao comando. Vamos embora!

•

Menno Coehoorn ouviu o relato debruçado sobre os mapas. Depois, ergueu a cabeça.

– Para os esquadrões – ordenou brevemente. – Senhor Braibant, senhor Mellis-Stoke. Avançar!

– Viva o imperador! – gritaram Tyrconnel e Eggebracht. Menno olhou para eles de forma estranha.

– Para os esquadrões – repetiu. – Que o sol grandioso ilumine sua glória!

•

Milo Vanderbeck, um metadílio, cirurgião de campo, conhecido como Ruivo, inalou com avidez embriagadora uma mistura de cheiros de tintura de iodo, amoníaco, álcool, éter e elixires mágicos, suspensa sob a lona da barraca. Queria saciar-se com esse cheiro agora, quando ainda estava são, limpo, imaculado, virgem e clinicamente estéril. Sabia que não permaneceria assim por muito tempo.

Olhou para a mesa de operações, também imaculadamente branca, e para o instrumental, para as dezenas de ferramentas que despertavam respeito e confiança com a fria e ameaçadora dignidade do aço frio, com a castiça limpeza do brilho metálico, com a ordem e a estética de sua posição.

Diante do instrumental havia uma grande movimentação. Eram suas funcionárias, que andavam de um lado para o outro. "Três mulheres... Pft." Ruivo corrigiu-se em pensamento. "Uma mulher e duas moças. Pft. Uma mulher velha, embora bonita e com aspecto de jovem. E duas crianças."

Uma mágica e benzedeira, chamada Marti Sodergren, e voluntárias: Shani, aluna da Universidade de Oxenfurt. Iola, sacerdotisa do templo de Melitele de Ellander.

"Conheço Marti Sodergren", Ruivo pensou. "Já havia trabalhado várias vezes com essa gostosinha. É um pouco ninfomaníaca, com tendências à histeria, mas não importa, contanto que sua magia funcione. Feitiços de anestesia, desinfecção e para estancar sangramento."

Iola. Sacerdotisa, ou melhor, noviça. Uma moça de beleza simples e comum, como um tecido de linho, com grandes e fortes mãos de camponesa. O templo impediu que essas mãos fossem manchadas pelo humilhante estigma do trabalho duro e sujo na lavoura, mas não conseguiu mascarar suas origens.

"Não", Ruivo refletia, "não me preocupo com ela. Essas mãos de camponesa são mãos dignas de confiança. Além disso, as moças dos templos raramente falham. Nos momentos de desespero não se entregam, confiam na sua religião, nessa sua fé mística. O interessante é que isso ajuda."

Olhou para Shani, de cabelos ruivos, que passava habilidosamente as linhas cirúrgicas nas agulhas tortas.

Shani. Filha de fétidos becos urbanos, conseguiu ingressar na Universidade de Oxenfurt graças a sua ânsia de saber e a enormes sacrifícios dos seus pais, que pagavam as mensalidades. Estudante. Bobona. Garota alegre e levada. O que sabe fazer? Passar a linha nas agulhas? Colocar torniquetes? Segurar os ganchos? A pergunta é: quando será que essa estudantezinha ruiva vai desmaiar, soltar os ganchos e desabar na barriga aberta do paciente?

"As pessoas têm pouca resistência", pensou. "Pedi que me mandassem uma elfa, ou alguém da minha raça. Mas não, não confiam nelas. Tampouco confiam em mim. Sou um metadílio. Um desumano. Um estranho."

– Shani!

– Pois não, senhor Vanderbeck?

– Ruivo. Isto é para você, "senhor Ruivo". O que é isso, Shani? E para que serve?

– Senhor Ruivo, o senhor está checando meus conhecimentos?

– Responda, garota!

– É um raspador! Serve para tirar o periósteo na hora da amputação, para que ele não rache debaixo dos dentes de uma serra, para a serragem sair limpa e lisa. Está satisfeito? Passei?

– Menos, menina, menos.

Passou os dedos nos cabelos.

"Interessante", pensou. "Somos quatro médicos aqui, e todos são ruivos! É o destino ou o quê?"

– Meninas, saiam da barraca, por favor – pediu, acenando com a mão.

Obedeceram, mas as três saíram bufando baixinho, cada uma do seu modo.

Do lado de fora, um grupo de enfermeiros, sentado junto da barraca, aproveitava os últimos minutos da doce folga. Ruivo lançou um olhar severo na direção deles e puxou o ar com o nariz para verificar se já estavam embriagados.

O ferreiro, um homem enorme, andava de um lado para o outro junto de sua mesa, que parecia uma mesa de tortura, arrumava as ferramentas usadas para arrancar os feridos das armaduras, as cotas de malha e os bacinetes amassados.

Ruivo começou a falar sem introduzir o assunto, apontando para o campo:

– Ali, daqui a um instante, começará uma carnificina. E daqui a um instante, mais um instante, aparecerão os primeiros feridos. Todos sabem o que devem fazer, todos conhecem suas responsabilidades e seu lugar. Se todos obedecerem às regras, tudo correrá bem. Está claro?

Nenhuma das "moças" disse nada. Ruivo continuou, apontando novamente:

– Ali, daqui a um instante, umas cem mil pessoas começarão a ferir umas às outras. De maneiras muito sofisticadas. Ao todo, incluindo os dois outros hospitais, somos doze médicos. Não conseguiremos, de jeito nenhum, ajudar todos os necessitados, nem uma percentagem mínima deles. Aliás, ninguém está exigindo isso. Contudo, trataremos deles, pois essa é, peço desculpas por falar uma banalidade, nossa razão de ser. Ajudar os necessitados. Portanto, ajudaremos todos, na medida do possível.

Desta vez tampouco se ouviram comentários. Ruivo virou-se e disse em voz baixa e num tom mais suave:

– Não conseguiremos prestar maior ajuda do que o possível. Mas façamos que nossa ajuda não seja menos do que o possível.

•

– Mexeram-se – afirmou o condestável Jan Natalis, e enxugou a mão suada no quadril. – Vossa Majestade Imperial, Nilfgaard avançou. Estão se aproximando!

O rei Foltest, dominando o cavalo agitado, um lobuno claro de arreio ornado com flores-de-lis, virou seu belo perfil, digno de figurar nas moedas, para o condestável.

– Então precisamos recebê-los como merecem. Senhor condestável! Senhores oficiais!

– Morte aos negros! – bradaram em uníssono o condotiero Adam "Adieu" Pangratt e o conde de Ruyter. O condestável olhou para eles, depois endireitou-se e inspirou fundo.

– Para o esquadrão!!!

À distância ribombavam os tímpanos e tambores nilfgaardianos, zuniam os cromornos, olifantes e zurnas. A terra tremeu, atingida por milhares de cascos.

•

– É agora. Logo... – falou Andy Biberveldt, metadílio, cabo da unidade de carros, afastando o cabelo da pequena orelha pontiaguda.

Tara Hildebrandt, Didi "Lúpulo" Hofmeier e os carretões restantes acenaram com a cabeça. Eles também ouviram a movimentação, o estrondo monótono da batida de cascos vindo de trás do morro e da floresta. Ouviram um grito e um berro crescentes que lembravam o zunido de mamangabas. Sentiram a terra tremer.

O berro rápido avolumou-se, elevou-se um tom.

– A primeira salva dos arqueiros. – Andy Biberveldt tinha experiência, vira, isto é, ouvira muitas batalhas. – Logo surgirá outra.

Estava certo.

– Agora vão se chocar!

– Meme... lhor nenem... ir para dedede... baixo dos carros – falou William Hardbottom, conhecido como Gaguinho, agitando-se, inquieto. – Dididídi... digo-lhes...

Biberveldt e os outros metadílios olharam para ele com piedade. "Debaixo dos carros? Para quê? Quase um quarto de milha os separava do local da batalha. E mesmo que uma patrulha entrasse ali de repente, na retaguarda, nos carros, alguém se salvaria debaixo dos vagões?"

O clamor e o estrondo silenciaram.

– Já – Andy Biberveldt afirmou, e outra vez estava certo.

Da distância de um quarto de milha, de trás do morro e da floresta, por entre os berros e um súbito estridor de ferro chocando-se contra ferro, chegou aos ouvidos dos carretões um ruído nítido, macabro e arrepiante.

Um cuim. Um horrível, desesperado e selvagem grunhido, um cuim de animais mutilados.

– A cavalaria... – Biberveldt passou a língua nos lábios. – A cavalaria encravou-se nas piques...

– Sósósó... só – tartamudeou o pálido Gaguinho – não sei o quequeque... que os cacaca... cavalos lhelhelhe... lhes fizeram, a esses fififi... filhos da pupupu... puta.

•

Jarre apagou com a esponja outra frase. Semicerrou os olhos, tentando lembrar-se daquele dia, do momento em que as duas tropas se chocaram, em que os dois exércitos se lançaram a seus pescoços como se fossem spaniels bretões raivosos, enlaçados num abraço mortal.

Procurava as palavras para descrever esse momento. Em vão.

•

A formação em cunha da cavalaria irrompeu o quadrilátero. A divisão "Alba", feito uma gigantesca adaga executando uma punhalada, arrebentava tudo que dificultava o acesso ao corpo vivo da infantaria temeriana – piques, dardos, alabardas, lanças, paveses e escudos. A divisão "Alba" irrompeu o corpo vivo como uma adaga, derramando sangue. Era nesse sangue que os cavalos se banhavam e escorregavam naquele momento. Mas a ponta da adaga, embora encravada profundamente, não atingira o coração, nem nenhum órgão vital. A cunha da divisão "Alba", em vez de esmagar e fragmentar o quadrilátero temeriano, perfurou-o e atascou-se. Atolou-se na turba dos soldados a pé, maleável e espessa como alcatrão.

Inicialmente, parecia não haver perigo. A cabeça e os flancos da cunha eram compostos de esquadrões de elite de armadura pesada. As espadas e as armas dos lansquenês eram rebatidas pelos escudos e pelas chapas das armaduras, como martelos pelas bigornas. Não havia como atingir os cavalos das armaduras. E mesmo que de vez em quando um dos cavaleiros armados caísse da sela ou com o corcel, as espadas, estrelas da manhã, as picaretas e os machados dos cavaleiros produziam um verdadeiro morticínio entre os infantes em avanço. A cunha atolada na multidão agitou-se e começou a penetrar cada vez mais fundo.

– "Albaaa!" – O subtenente Devlin aep Meara ouviu o grito do coronel Eggebracht, dominando sobre o estridor, o clamor, a ululação e o relincho dos cavalos. – Adiante, "Alba"! Viva o imperador!

Avançaram dilacerando, golpeando e cortando. Sob os cascos dos cavalos que relinchavam de forma selvagem e lançavam patadas saíam ruídos de patinhar, esmagar, ranger e estourar.

– "Aaalbaaa!"

A cunha atolou novamente. Os lansquenês, embora menos numerosos e ensanguentados, não cederam. Continuavam impelindo, apertando a cavalaria como uma tenaz. Até ouvir-se um estalo. Os cavaleiros pesados da primeira linha, golpeados com alabardas, bardiches e maças, sucumbiram e abriram espaço. Acutilados com partasanas e ranseurs, derrubados das selas com os ganchos das bisarmas e rogatinas, espancados impiedosamente com manguais e porretes de ferro, os cavaleiros da divisão "Alba" começaram a morrer. A cunha que perfurou o quadrilátero da infantaria, ainda há pouco um perigoso ferro mutilador dentro de um organismo vivo, agora parecia uma estalactite de gelo no enorme punho de um camponês.

– Temeriaaaa! Pelo rei, peões! Acabem com os negros!

As coisas tampouco estavam fáceis para os lansquenês. A "Alba" não se deixava romper, as espadas e os machados erguiam-se e caíam, cortavam e dilaceravam. A infantaria pagava um altíssimo preço em sangue por todo homem a cavalo derrubado da sela.

O coronel Eggebracht, atingido no meio da fenda da armadura com a ponta de um ranseur, fina como uma sovela, soltou um grito e desequilibrou-se na sela. Antes que lhe prestassem socorro, um terrível golpe de um mangual jogou-o ao chão. A infantaria em turbilhão pôs-se em cima dele.

O estandarte com um negro alerião e um *perisonium* dourado no peito vacilou e caiu. A cavalaria pesada, da qual fazia parte o subtenente Devlin aep Meara, lançou-se naquela direção, cortando, estraçalhando, esmagando, berrando.

"Queria saber", Devlin aep Meara pensou, arrancando a espada de uma capelina destroçada e do crânio de um lansquenê temeriano. "Queria saber", pensou, rebatendo num extenso golpe o dentuço gancho de uma bisarma dirigida para ele. "Queria saber para que tudo isso, por que tudo isso, e por quem tudo isso."

•

– Eeeh... E foi então que se convocou o convento das grandes mestras... Nossas Veneráveis Mães... eeeh... cuja lembrança sempre permanecerá viva entre nós... Pois... eeeh... as grandes mestras da Primeira Loja... decidiram... eeeh... decidiram...

– Noviça Abonde, você está despreparada. Nota insuficiente. Sente-se.

– Mas eu estudei, de verdade...

– Sente-se.

– Para que diabos temos que estudar essas coisas velhas? – murmurou Abonde ao sentar-se. – Quem, hoje em dia, ainda liga para essas coisas?... E que proveito isso traz?...

– Silêncio! Noviça Nimue!

– Presente, mestre.

– Estou vendo. Você sabe a resposta? Se não souber, sente-se e não me faça perder tempo à toa.

– Sei.

– Fale, então.

– Pois sim. As crônicas nos ensinam que o convento das mestras se reuniu no castelo Montecalvo para decidir como acabar com a maléfica guerra entre o imperador do Sul e os reis do Norte. A Venerável Mãe Assire, a santa mártir, disse que os governantes não cessariam a luta até que sangrassem o suficiente. E a Venerável Mãe Filippa, santa mártir, respondeu: "Dar-lhes-emos uma grande, sangrenta, horrível e cruel batalha. Incitaremos tal batalha para que as tropas do imperador e os exércitos dos reis derramem seu sangue nela. E depois nós, ou seja, a Grande Loja, os obrigaremos a fazer as pazes". E foi isso o que aconteceu. As Veneráveis Mães incitaram a batalha de Brenna, e os governantes foram obrigados a assinar a paz de Cintra.

– Muito bem, noviça Nimue. Eu lhe daria uma nota mais alta... se não fosse por esse "pois sim" no início da frase. Não se começa uma frase com "pois sim". Sente-se. E agora ouviremos sobre a paz de Cintra. A pessoa que falará sobre o assunto será...

A campainha tocou, indicando que era a hora do intervalo. Contudo, as noviças não reagiram com gritos nem com o barulho dos bancos ao levantar-se. Mantiveram-se em silêncio, em uma calma solene e respeitosa. Já não eram pirralhas e não frequentavam o jardim de infância. Já estavam na terceira série! Tinham catorze anos! E essas circunstâncias exigiam um comportamento adequado.

•

– Bom, aqui não há muita coisa para acrescentar. – Ruivo avaliou o estado do primeiro paciente que acabava de manchar com sangue o branco imaculado da mesa. – O fêmur está fragmentado... A artéria ficou intacta, caso contrário teriam trazido um cadáver. Parece ter sofrido um golpe de machado e a dura aba da sela funcionou como um toco de lenhador. Olhem só...

Shani e Iola inclinaram-se. Ruivo esfregou as mãos.

– Como disse, aqui não há nada a acrescentar. Pode-se apenas retirar. Mãos à obra. Iola! Torniquete, com força. Shani, faca. Não essa. A faca de amputação, de dois gumes.

O ferido não tirava os olhos inquietos de suas mãos. Seguia seus movimentos com o olhar de um animal assustado preso numa armadilha.

– Por obséquio, Marti, um pouco de magia – o metadílio acenou com a cabeça, debruçando-se sobre o paciente de tal maneira que encobria todo o seu campo de visão.

– Vou amputar, filho.

– Nãoooo! – o ferido ululou, sacudindo a cabeça, tentando escapar das mãos de Marti Sodergren. – Não querooo!

– Se eu não amputar, vai morrer.

– Prefiro morrer... – sob o efeito da magia da curandeira, o ferido falava cada vez mais devagar. – Prefiro morrer a ficar aleijado... Deixem-me morrer... Estou implorando... Deixem-me morrer!

– Não posso – Ruivo ergueu a faca, olhou para a lâmina, para o aço virgem, brilhoso. – Não posso deixar que morra. Sou médico.

Introduziu o gume com firmeza e fez um profundo corte. O ferido gritou. E, embora fosse humano, uivou desumanamente.

•

O estafeta freou o cavalo com tanto ímpeto que pedaços do gramado saíram voando de debaixo dos cascos. Dois ajudantes seguraram a brida e dominaram o corcel agitado. O estafeta saltou da sela.

– Quem? Quem mandou você? – Jan Natalis gritou.

– O senhor de Ruyter... – o estafeta arquejou. – Paramos os negros... mas são grandes as perdas... O senhor de Ruyter pede reforço...

– Não há reforço – o condestável respondeu após um momento de silêncio. – Precisam aguentar. Têm que aguentar!

•

– E aqui, senhoras – Ruivo apontou, parecendo um colecionador que apresentava sua coleção –, vejam que bela consequência de um corte na barriga... Alguém facilitou o nosso trabalho, ensaiando no coitado uma laparatomia amadora... Por sorte ele foi carregado com cuidado, sem perder órgãos importantes... Isto é, suponho que não tenham sido perdidos órgãos importantes. Shani, o que você acha disso? Por que essa cara, menina? Até agora você só conhecia os homens como são externamente?

– As tripas estão danificadas, senhor Ruivo...

– O diagnóstico, além de correto, é evidente! Nem é preciso olhar, basta cheirar. Iola, passe o pano. Marti, ainda temos muito sangue aqui. Por gentileza, aplique um pouco mais de sua preciosa magia. Shani, grampo. Use a pinça hemostática, não está vendo que o sangue está jorrando? Iola, passe a faca.

– Quem está vencendo? – repentinamente, o paciente operado virou os olhos esbugalhados e perguntou num balbucio, embora com plena consciência. – Digam-me... quem... está vencendo?

– Filhinho. – Ruivo debruçou-se sobre as entranhas abertas, ensanguentadas e pulsantes. – Realmente, se fosse você, seria a última coisa com a qual me preocuparia.

•

... começou, então, na ala esquerda e no meio da linha, um embate horrível e sangrento. No entanto, embora o ímpeto e a perseverança de Nilfgaard fossem enormes, sua carga chocara-se contra o exército real como uma onda do mar se choca contra as rochas. Tratava-se de soldados excepcionais, pesados esquadrões de Maribor, Wyzim e Tretogor, assim como os pertinazes lansquenês temerianos, mercenários profissionais que não se assustavam facilmente com a força da cavalaria.

E foi assim que o combate prosseguiu, como o mar que se choca contra a rocha da terra firme. Era um combate em que não havia como adivinhar quem venceria, pois, embora as ondas se chocassem constantemente contra a rocha, não enfraqueciam, apenas cediam para logo voltar a bater. No entanto, a rocha continuava firme, como antes, visível por entre as ondas revoltas.

A situação na ala direita do exército real, entretanto, era diferente.

Como um velho gavião que sabe onde pousar e executar a bicada mortal, o marechal de campo Menno Coehoorn sabia onde aplicar o golpe. Juntando suas divisões de elite – a "Deithwen" de lanceiros e os couraçados de "Ard Feainn" – num punho de ferro, atacou no cruzamento das linhas acima da lagoa Dourada, no lugar onde estavam os esquadrões de Brugge. Embora os bruggenses lutassem com cora-

gem, mostraram-se menos resistentes, tanto em termos de armaduras como de espírito. Sucumbiram ao ataque dos nilfgaardianos. Imediatamente, dois esquadrões da Companhia Livre, comandados pelo velho condotiero Adam Pangratt, lançaram-se em seu socorro e conseguiram deter Nilfgaard, o que lhes custou um alto preço em sangue. Entretanto, os anões da Unidade Voluntária posicionada no flanco direito correriam o terrível risco de serem cercados e a formação de todo o exército real estava ameaçada de ser destroçada.

Jarre mergulhou a pena no tinteiro. Os netos esganiçavam no fundo do pomar e suas risadas ressoavam como sinetas de cristal.

No entanto, Jan Natalis, atento como um grou, notara o perigo, e num instante percebeu o que estava para acontecer. Enviou imediatamente um estafeta aos anões com uma ordem para o coronel Els...

•

Com toda a sua ingenuidade de um rapaz de dezessete anos, o corneta Aubry achava que chegar à asa direita, transmitir a ordem e voltar ao morro demoraria no máximo dez minutos. Certamente não mais do que isso, pois montava Chiquita, uma égua esguia e veloz como uma corça.

Antes mesmo de ter chegado à lagoa Dourada, o corneta se deu conta de duas coisas: não sabia quando chegaria à asa direita nem quando conseguiria regressar, e a rapidez de Chiquita lhe seria muito, muito mais útil mesmo.

No campo, a leste da lagoa Dourada, a batalha fervia. Os negros lutavam contra a cavalaria bruggense, que protegia a formação da infantaria. De repente o corneta viu silhuetas de capas verdes, amarelas e vermelhas saindo do turbilhão da batalha e fugindo em alvoroço em direção ao rio Chotla feito faíscas ou cacos de um vitral partido. Atrás deles, como um rio negro, os nilfgaardianos foram invadindo tudo.

Aubry freou a égua bruscamente, puxou as rédeas, pronto para recuar e fugir, saindo do caminho dos fugitivos e dos perseguidores. Mas o sentido de dever prevaleceu. O corneta encostou-se ao pescoço do cavalo e lançou-se num galope desenfreado.

Em volta ouviam-se gritos e cascos batendo, estridor e estampido. Via-se um tremeluzir caleidoscópico de silhuetas e o brilho das espadas. Alguns bruggenses, empurrados até a beira da lagoa, resistiam desesperadamente, juntando-se em volta da bandeira com a cruz de âncora. No campo, os negros massacravam a infantaria dispersa, que não tinha apoio.

A visão do corneta foi tapada por uma capa negra com o símbolo de um sol prateado.

– *Evgyr, Nordling!*

Aubry gritou, e Chiquita, assustada com o berro, lançou-se em fuga, salvando sua vida, tirando-o do alcance da espada nilfgaardiana. Repentinamente, flechas e setas silvaram, sobrevoando sua cabeça, e outra vez silhuetas tremeluziram diante dos seus olhos.

"Onde estou? Onde estão os meus? Onde está o inimigo?"

– *Evgyr morv, Nordling!*

Estrondo, estridor, cavalos relinchando, gritos.

– Pare, pirralho! Não é por aí!

A voz de uma mulher. Uma mulher montada num garanhão negro, de armadura, com o cabelo esvoaçando e o rosto respingado de sangue. Junto dela, cavaleiros couraçados.

– Quem é você? – A mulher borrou o sangue com o punho no qual segurava a espada.

– Corneta Aubry... alferes do condestável Natalis... Levo ordens para os coronéis Pangratt e Els...

– Você não tem a menor chance de chegar no lugar onde "Adieu" está lutando. Vamos até os anões. Sou Julia Abatemarco... Apressem os cavalos, diabos! Estão cercando-nos! A galope!

Não teve tempo de protestar. Tampouco valia a pena fazê-lo.

Após curto galope desenfreado, surgiu, do meio da poeira, uma massa da infantaria, um quadrilátero, encascado como uma tartaruga com a parede de paveses e eriçado com pontas de ferro como uma almofada para agulhas. Uma enorme bandeira dourada com dois martelos cruzados esvoaçava sobre o quadrilátero. Junto dela erguia-se uma vara com colas de cavalos e caveiras humanas.

O quadrilátero estava sendo atacado pelos nilfgaardianos. Avançavam e recuavam. Pareciam cães a sacudir um velho que tentava espantá-los agitando uma vara na mão. Era a divisão "Ard

Feainn", impossível de confundir com qualquer outra, por causa dos enormes sóis nas capas.

– Adiante, Companhia Livre! – a mulher gritou, movimentando a espada em redemoinho. – Esforcem-se para ganhar nosso soldo!

Os cavaleiros – e junto deles o corneta Aubry – lançaram-se contra os nilfgaardianos.

O embate durou apenas alguns instantes, mas foi terrível. Ao terminar, a parede de paveses abriu-se diante deles. Estavam dentro do quadrilátero, apertados em meio a anões de cota de malha, coifas de malha e elmos pontudos, à infantaria redânia, à suave cavalaria bruggense e aos condotieros armados.

Julia Abatemarco – Doce Pateta, condotiera, só agora reconhecida por Aubry – levou-o até um rechonchudo anão que carregava um elmo pontudo ornamentado com um belo penacho. Estava montado desleixadamente num encouraçado cavalo nilfgaardiano, sobre uma sela de lanceiro com um enorme cepilho. Subiu nele para poder olhar por sobre as cabeças dos infantes.

– Coronel Barclay Els?

O anão acenou com o penacho, reparando, com uma evidente comoção, o sangue com o qual estavam cobertos o corneta e sua égua. Aubry involuntariamente ficou vermelho. Era o sangue dos nilfgaardianos que os condotieros estraçalhavam junto dele. Ele mesmo nem teve tempo de desembainhar a espada.

– Corneta Aubry...

– Filho de Anzelm Aubry?

– O caçula.

– Ah! Conheço seu pai! O que você traz para mim de Natalis e Foltest, cornetinha?

– Corremos o risco de sofrer um rompimento no meio do agrupamento... O condestável ordena que a Unidade Voluntária recolha a asa o mais rápido possível e recue para a lagoa Dourada e o rio Chotla... para dar apoio...

As palavras foram abafadas por berros, pelo estridor e guincho dos cavalos. De repente, Aubry percebeu o quanto eram estúpidas as ordens que trazia, e que tinham pouco valor para Barclay Els, Julia Abatemarco e para aquele quadrilátero formado por anões armados de martelos que lutavam sob a bandeira que esvoaçava sobre o mar negro de Nilfgaard, que os cercava e atacava de todos os lados.

– Atrasei-me... Cheguei tarde demais... – gemeu.

Doce Pateta bufou. Barclay Els abriu um sorriso largo.

– Não, corneta, foram os nilfgaardianos que chegaram muito cedo – falou.

•

– Dou meus parabéns às senhoras e a mim mesmo por esta bem-sucedida ressecção do intestino grosso e delgado, esplenectomia e sutura do fígado. Queria apenas chamar a atenção para o fato de que demoramos muito tempo para ajudar nosso paciente a superar as consequências daquilo que fizeram com ele no campo de batalha em apenas um átimo de segundo. Recomendo isso como assunto para reflexões filosóficas. Agora a senhorita Shani suturará nosso paciente.

– Mas eu nunca fiz isso antes, senhor Ruivo!

– Sempre há uma primeira vez. O vermelho com o vermelho, o amarelo com o amarelo, o branco com o branco. Suture desse modo e dará tudo certo.

•

– Como é que é? – Barclay Els cofiou a barba. – O que você está falando, cornetazinho, filho caçula de Anzelm Aubry? Que estamos aqui de bobeira? Caralho, nem nos mexemos diante do ataque! Não demos nem um passo para trás! Não é nossa culpa que os de Brugge não aguentaram!

– Mas a ordem...

– Estou cagando para a ordem!

– Se não preenchermos o buraco – Doce Pateta gritou sobre o alvoroço –, os negros romperão à frente! Romperão à frente! Abra a formação, Barclay! Vou avançar! Passarei para o outro lado!

– Acabarão com vocês antes que alcancem a lagoa! Morrerão em vão!

– O que você propõe, então?

O anão xingou, arrancou o elmo da cabeça e jogou-o no chão com raiva. Seus olhos estavam selvagens, avermelhados, horríveis.

Chiquita, montada pelo corneta e espantada pelos gritos, saltitava, na medida que o pouco espaço permitia.

– Chamem Yarpen Zigrin e Dennis Cranmer para cá! Agora!

Era visível que os dois anões vinham do combate mais cruento. Ambos estavam cobertos de sangue. A dragona de aço de um deles tinha vestígios de um corte que deixou as pontas das chapas eriçadas. O outro tinha a cabeça envolta numa faixa que vazava sangue.

– Tudo bem, Zigrin?

– É interessante – o anão arquejou – que todos façam a mesma pergunta...

Barclay Els virou-se, procurando o corneta com o olhar, e fixou os olhos nele.

– E então, filho caçula de Anzelm? – rouquejou. – O rei e o condestável ordenam que vamos até lá para prestar ajuda? Então abra bem os olhos, cornetinha, pois ficará espantado com o que verá.

•

– Droga! – Ruivo berrou, dando um salto para trás, afastando-se da mesa e esgrimindo o bisturi na mão. – Por quê? Por que, diabos, as coisas têm que ser assim?

Ninguém respondeu. Marti Sodergren apenas abriu os braços. Shani abaixou a cabeça. Icla fungou.

O paciente, que tinha acabado de morrer, olhava para cima, com os olhos imóveis, vidrados.

•

– Ao embate! Matem todos! Para a desgraça dos filhos da puta!

– Marchem uniformemente! – berrava Barclay Els. – Passos uniformes! Mantenham a formação! E juntos! Juntos!

Não acreditarão em mim, pensou o corneta Aubry. Nunca acreditarão quando contar. Este quadrilátero está lutando em pleno cerco... rodeado de todos os lados pela cavalaria, rasgado, golpeado, batido, esfaqueado... E mesmo assim ele avança. Avança, uniforme, unido, pavês junto de pavês. Segue pisando sobre cadáveres, empurrando a cavalaria à sua frente, empurrando adiante a divisão de elite "Ard Feainn"... Continua se movendo.

– Ao embate!

– Passos uniformes! Passos uniformes! – berrava Barclay Els. – Mantenham a formação! O grito, caralho, o grito! Nosso grito! Avante, Mahakam!

Alguns milhares de gargantas anãs entoaram o famoso grito de guerra de Mahakam.

Hooouuu! Hooouuu! Hou!
Aguardem, fregueses!
Já levarão uma tunda!
Os alicerces desse bordel
Desabarão com um chute na bunda!
Hooouuu! Hooouuu! Hou!

– Ao embate! Companhia Livre! – O agudo soprano de Julia Abatemarco penetrou, feito uma fina e afiada misericórdia, o berro estrondoso dos anões. Os condotieros saíram da formação e lançaram-se para deter a cavalaria que atacava o quadrilátero. Foi um ato verdadeiramente suicida, pois todo o ímpeto do ataque nilfgaardiano virou-se contra os mercenários, privados da proteção das alabardas, dos piques e paveses dos anões. O estrondo, os gritos e o guincho dos cavalos fizeram o corneta Aubry encolher-se instintivamente na sela. Foi golpeado nas costas e percebeu que se deslocava, junto à égua presa em meio ao turbilhão, na direção do maior alvoroço e da mais terrível das carnificinas. Agarrou com força o punho da espada, que de repente pareceu-lhe escorregadia e estranhamente desajeitada.

Logo em seguida, foi levado para a frente da linha dos paveses e começou a estraçalhar tudo à sua volta e a gritar como se estivesse possuído.

– Mais uma vez! – ouviu o grito selvagem de Doce Pateta. – Só mais um pouco! Aguentem, rapazes! Golpeiem! Matem! Pelo dobrão, tal qual o sol dourado! Até mim, Companhia Livre!

Um cavaleiro nilfgaardiano sem elmo e com um sol prateado na capa conseguiu penetrar a formação, levantou-se nos estribos, derrubou com um horrendo golpe de machado de guerra um anão com o pavês e dilacerou a cabeça de outro. Aubry virou-se na sela e atacou com ímpeto. Um pedaço do couro cabeludo de um tamanho consideravelmente grande caiu da cabeça do nilfgaardiano e ele próprio desabou no chão. Nesse momento, o corneta também foi atingido na cabeça e caiu da sela. Eram tantos ao redor que não caiu logo no chão. Ficou guinchando, suspenso por alguns segundos entre o céu, a terra e os flancos de dois cavalos. E, apesar de ter ficado apavorado, não teve tempo de degustar a dor. Ao cair, os cascos ferrados quase instantaneamente esmagaram seu crânio.

•

Após sessenta e cinco anos, a anciã, perguntada sobre aquele dia, sobre o campo de Brenna e o quadrilátero que se dirigia para a lagoa Dourada, passando por cima de cadáveres de amigos e inimigos, sorria, o que destacava ainda mais o rosto moreno e enrugado como uma ameixa seca. Impaciente – ou talvez apenas disfarçando a ansiedade –, acenava com a mão trêmula, ossuda e extremamente retorcida pela artrite.

– Não havia como qualquer um dos dois oponentes conseguir virar o resultado da batalha para o seu lado – balbuciava. – Estávamos no meio do cerco, e eles estavam ao nosso redor. Simplesmente ficamos nos matando mutuamente. Eles nos matavam, e nós os matávamos... Cof, cof, cof... Eles nos matavam, e nós os matávamos...

A anciã superou, com dificuldade, o ataque de tosse. Os ouvintes que estavam mais próximos dela viram uma lágrima correr pela sua bochecha, a procurar arduamente o caminho por entre as rugas e velhas cicatrizes.

– Eram tão valentes quanto nós – balbuciava a vovozinha, aquela que um dia fora Julia Abatemarco, Doce Pateta da Companhia Livre de Condotieros. – Cof, cof... Éramos igualmente valentes, eles e nós.

Por um longo momento, a anciã silenciou. Os ouvintes, vendo-a sorrir com as lembranças, não tinham pressa. Para a glória. Para os rostos embaçados na névoa do esquecimento daqueles que pereceram com dignidade. Para os rostos daqueles que sobreviveram com honra. Para que posteriormente suas vidas fossem arruinadas por vodca, drogas e tuberculose.

– Éramos igualmente valentes – Julia Abatemarco encerrou. – Nenhum dos adversários tinha força suficiente para demonstrar maior valentia. Mas nós... nós conseguimos ser valentes por um minuto a mais.

•

– Marti, por favor, conceda-nos mais um pouco dessa sua maravilhosa magia! Mais um pouquinho, um pinguinho, por favor! As entranhas deste coitado estão parecendo um enorme guisado e, para piorar, temperado com um monte de anéis da cota de malha! Não consigo fazer nada porque ele fica se remexendo como um peixe eviscerado! Shani, diabos, segure os ganchos! Iola! Você está dormindo, droga? Grampo! Graaampo!

Iola respirou pesadamente e, com dificuldade, engoliu a saliva que enchia toda a sua boca. "Vou desmaiar", pensou. "Não vou suportar, não vou aguentar mais isto, este fedor, esta mistura horrível de odores de sangue, vômito, fezes, urina, do conteúdo das tripas, de suor, de medo e da morte. Não vou aguentar mais os gritos e gemidos que não cessam, as mãos ensanguentadas e viscosas me agarrando como se eu realmente fosse a salvação, a fuga, a vida... Não vou aguentar mais o absurdo daquilo que fazemos aqui. Pois isto aqui é um absurdo, um enorme, gigantesco absurdo, sem nenhum sentido."

"Não vou suportar o esforço e o cansaço. Não param de trazer mais e mais pessoas..."

"Não dá mais! Vou vomitar. Vou desmaiar. Vou passar vergonha..."

– Pano! Tampão! Grampo intestinal! Não esse, um grampo mole! Cuidado com o que faz! Se você cometer esse erro outra vez, vou bater nessa sua cabeçona ruiva! Está ouvindo? Vou bater nessa sua cabeçona ruiva!

"Grande Melitele. Ajude-me. Ajude-me, deusa."

– Está vendo? Melhorou num instante! Mais um grampo, sacerdotisa! Pinça para o vaso! Muito bem! Muito bem, Iola, continue assim! Marti, enxugue os olhos e o rosto dela. E o meu também...

•

"De onde vem esta dor?", pensou o condestável Jan Natalis. "O que dói tanto em mim?

Hã... já sei... Os punhos fechados."

•

– Acabemos com eles! – gritou Kees van Lo, esfregando as mãos. – Acabemos com eles, marechal! A linha está arrebentando no cruzamento! Vamos atacar! Pelo sol grandioso, ataquemos sem demora, e eles sucumbirão, desmoronarão!

Menno Coehoorn roeu a unha nervosamente, mas percebeu que estavam olhando para ele e logo tirou o dedo da boca.

– Vamos atacar – repetiu Kees van Lo com mais calma, desta vez sem ênfase. – "Nauzicaa" está pronta...

– "Nauzicaa" deve permanecer parada – Menno falou com rispidez. – A daerlana também. Senhor Faoiltiarna!

O comandante da brigada "Vrihedd", Isengrim Faoiltiarna, conhecido como o Lobo de Ferro, virou para o marechal seu rosto repugnante, deformado por uma cicatriz que cortava sua testa, sua sobrancelha, a raiz do nariz e a bochecha.

– Avancem – Menno apontou com o bastão. – No cruzamento de Temeria e da Redânia. Ali.

O elfo prestou continência. Seu rosto repugnante nem tremeu, seus enormes e profundos olhos não mudaram de expressão.

"Comparsas", Menno pensou. "Aliados. Lutamos juntos contra um inimigo comum. Mas eu não os entendo nem um pouco, esses elfos.

São tão diferentes.

Tão estranhos."

•

– Interessante. – Ruivo tentava enxugar o rosto com o cotovelo, que também estava ensanguentado, e Iola apressou-se a ajudá-lo.

– Interessante – o cirurgião repetiu, apontando para o paciente. – Foi atravessado com um forcado ou algum tipo de bisarma de dois dentes... Vejam aqui... Um dos dentes da ponta atravessou o coração. A câmara está visivelmente perfurada, a aorta quase separada... E ainda há pouco ele respirava. Aqui, na mesa, atingido no coração, conseguiu sobreviver até chegar à mesa...

– Quer dizer que ele morreu? – perguntou soturnamente o cavaleiro da voluntária cavalaria ligeira. – Nós o trouxemos do campo de batalha para cá em vão?

– As coisas nunca acontecem em vão – Ruivo não baixou os olhos. – E, para ser sincero, sim, infelizmente, ele morreu. *Exitus*. Tirem... Ai, diabos... Deem uma olhada, meninas.

Marti Sodergren, Shani e Iola debruçaram-se sobre o cadáver. Ruivo levantou a pálpebra do morto.

– Já viram algo semelhante?

As três estremeceram.

– Sim – responderam juntas e entreolharam-se, ligeiramente espantadas.

– Eu também já havia visto – Ruivo falou. – É um bruxo. Um mutante. Isso explicaria por que conseguiu aguentar tanto... Era seu companheiro de armas? Ou vocês o trouxeram por acaso?

– Era nosso companheiro, senhor médico – o outro voluntário, um altão com a cabeça enfaixada, confirmou soturnamente. – Fazia parte do nosso esquadrão, era voluntário como a gente, e dominava a espada com maestria! Chamava-se Coën.

– E era bruxo?

– Sim. Apesar disso, era um bom homem.

– Ai... – Ruivo suspirou, vendo quatro soldados carregarem mais um ferido sobre uma capa ensanguentada da qual pingava sangue. O ferido era muito novo, deduziu pelo tom agudo da voz ao uivar de dor. – Poxa, que pena... Teria prazer em fazer a necropsia deste, apesar de tudo, bom homem. A curiosidade está me matando. Além disso, poderia escrever uma dissertação se conseguisse olhar suas entranhas .. Mas não há tempo para isso! Tirem o cadáver da mesa! Shani, água. Marti, desinfecção. Iola, passe... Poxa, menina, você está vertendo lágrimas de novo? O que houve desta vez?

– Nada, senhor Ruivo, nada. Já está tudo bem.

•

– Sinto-me como se tivesse sido roubada – Triss Merigold repetiu.

Nenneke demorou a responder. Olhava do terraço o jardim do templo, onde as sacerdotisas e as noviças entregavam-se aos trabalhos primaveris.

– Você fez uma escolha – falou por fim. – Você escolheu seu caminho, Triss, seu destino, de acordo com a sua vontade. Não é a hora de lamentar.

A feiticeira baixou os olhos e respondeu:

– Nenneke, realmente não posso lhe falar mais do que já lhe falei. Acredite em mim e me perdoe.

– Quem sou eu para perdoá-la? E o que você ganhará se eu perdoá-la?

– Mas eu noto o jeito como você me olha! Você e suas sacerdotisas – Triss estourou. – Percebo vocês me perguntando com o olhar: O que você está fazendo aqui, maga? Por que não está lá com Iola, Eurneid, Katje, Myrrha? E Jarre?

– Você está exagerando, Triss.

A feiticeira olhava para longe, para a floresta que arroxeava atrás do muro do templo, para a fumaça das fogueiras distantes. Nenneke permanecia calada. Também viajava nos seus pensamentos. Lá onde o combate estava no seu apogeu e onde jorrava sangue. Pensava nas meninas que mandou para lá.

– Elas me negaram tudo – Triss falou.

Nenneke permaneceu calada.

– Negaram-me tudo – repetiu Triss. – Tão sábias, tão sensatas, tão lógicas... Como poderia não acreditar nelas quando diziam que existem assuntos mais importantes e menos importantes, que era preciso desistir dos menos importantes, sacrificá-los em nome dos mais importantes, e sem nenhum arrependimento? Que não tem sentido salvar pessoas que conhecemos e amamos, pois trata-se de indivíduos, e o destino de indivíduos não tem nenhum impacto sobre o destino do mundo? Que a luta em nome da dignidade, da honra e dos ideais não faz sentido, pois esses são apenas conceitos vazios? Que o verdadeiro campo de batalha pelo destino do mundo fica em um lugar completamente diferente e que a luta seria travada em outro local? Eu me sinto como se tivesse sido roubada. Roubada da possibilidade de cometer desatinos. Não posso correr loucamente para socorrer Ciri, não posso correr loucamente para socorrer Geralt ou Yennefer. Pior ainda, na guerra que está sendo travada, na guerra para a qual você mandou suas meninas, na guerra para a qual Jarre fugiu, negam-me até a possibilidade de ficar no Monte. Ficar mais uma vez no Monte. Desta vez consciente de uma decisão verdadeiramente certa.

– Todos têm alguma decisão a tomar e seu próprio Monte, Triss – a arquissacerdotisa falou em voz baixa. – Todos. Você também não conseguirá fugir disso.

•

Formou-se um alvoroço na entrada da barraca. Mais um ferido foi levado para dentro, assistido por alguns cavaleiros. Um deles, usando uma armadura de placas completa, gritava, dava ordens, apressava.

– Mexam-se, assistentes! Mais rápido! Tragam-no para cá! E você, hein, seu cirurgião!

– Estou ocupado. – Ruivo nem ergueu os olhos. – Por favor, coloquem o ferido na maca. Tratarei dele logo que terminar...

– Tratará dele agora, seu médico burro! Pois este é o próprio excelentíssimo senhor conde de Garramone!

Ruivo levantou a voz enraivecido, pois a ponta da seta presa nas vísceras mais uma vez tinha escorregado do fórceps, e respondeu:

– Este hospital, este hospital tem muito pouco a ver com a democracia. Trazem para cá sobretudo cavaleiros ordenados e titulares: barões, condes, marqueses, e outros assim. Poucos se importam com gente de baixo escalão. No entanto, há certa igualdade aqui, sobre a minha mesa!

– Hein? O quê?

Ruivo novamente enfiou a sonda e o fórceps na ferida e disse:

– Não importa se este aqui, de cujas entranhas retiro o ferro, é um babaca, um cavaleiro de baixo escalão, um fidalgo das antigas linhagens ou um aristocrata. Está prostrado sobre a minha mesa. E nela, permita-me dizer, um conde e um truão têm a mesma importância.

– O quê?

– Seu conde esperará a vez dele.

– Seu metadílio abominável!

– Ajude-me, Shani. Pegue o outro fórceps. Cuidado com a artéria! Marti, por gentileza, mais um pouco de magia, temos uma forte hemorragia aqui.

O cavaleiro deu um passo adiante, rangendo a armadura e os dentes, e berrou:

– Eu vou mandar enforcá-lo! Mandarei enforcá-lo, seu desumano!

– Cale-se, Papebrock – o conde ferido falou com dificuldade, mordendo o beiço. – Cale-se. Deixe-me aqui e volte ao campo de batalha...

– Não, meu senhor! Nunca, jamais!

– É uma ordem.

De trás da lona da barraca ouviam-se troadas, o tinir de ferro, o arquejar dos cavalos e gritos selvagens. Os feridos no hospital soltavam gritos em variados tons.

– Vejam só. – Ruivo ergueu o fórceps e mostrou a ponta hirta, já extraída. – Esta joia foi feita por um artesão, que graças à sua produção sustentava uma grande família. Além disso, contribuía para o desenvolvimento da produção em pequena escala, portanto, para o bem-estar e a felicidade de todos. E esta maravilha que ficou presa nas vísceras humanas certamente está protegida por uma patente. Viva o progresso!

Jogou desleixadamente a ponta ensanguentada num balde e olhou para o ferido, que havia desmaiado enquanto Ruivo falava.

– Suturar e retirar. Se tiver sorte, sobreviverá. Tragam o próximo da fila. Aquele com a cabeça dilacerada.

– Esse saiu da fila alguns minutos atrás – Marti Sodergren falou com calma.

Ruivo inspirou e expirou o ar, afastou-se da mesa sem fazer comentários desnecessários e postou-se diante do conde ferido. Suas mãos estavam ensanguentadas, e o avental, salpicado de sangue, como o de um açougueiro. Daniel Etcheverry, o conde de Garramone, empalideceu ainda mais.

– Pois é – Ruivo suspirou. – Chegou a sua vez, excelentíssimo senhor conde. Tragam-no para a mesa. O que temos aqui? Ah, desta articulação não restou nada que possa ser salvo. Mingau! Polpa! Com o que vocês se batem lá, excelentíssimo senhor conde, que consegue até esmagar os ossos? Bom, isto vai doer um pouco, excelentíssimo senhor conde. Vai doer um pouco. Mas não tenha medo. Vai ser do mesmo jeito que na batalha. Torniquete. Faca! Amputamos, Vossa Graça!

Daniel Etcheverry, o conde de Garramone, que até então estava com cara de poucos amigos, uivou feito lobo. Antes que apertasse as mandíbulas, Shani enfiou-lhe uma cavilha da madeira de tília.

•

– Vossa Majestade! Senhor Condestável!

– Fale, homem!

– A Unidade Voluntária e a Companhia Livre mantêm o istmo junto da lagoa Dourada... Os anões e condotieros resistem firmes, apesar de terem sido terrivelmente dizimados... Dizem que “Adieu” Pangratt, Frontino e Julia Abatemarco estão mortos... Todos, todos estão mortos! E o esquadrão doriano que ia ajudá-los, esse foi abatido por completo...

– Retirada, senhor condestável – Foltest falou em voz baixa, mas com veemência. – Se quiser saber minha opinião, está na hora de retirar-se. Que Bronibor mande sua infantaria contra os negros! Já! Imediatamente! Do contrário, romperão nossa formação, e isto significará o fim.

Jan Natalis não respondeu. Observava de longe mais um estafeta a aproximar-se numa corrida desenfreada, montado num cavalo que soltava enormes quantidades de espuma.

– Respire, homem. Respire e fale!

– Romperam... a frente... os elfos da brigada "Vrihedd"... O senhor de Ruyter informa a vossas excelências...

– Informa o quê? Fale!

– Que está na hora de salvar a vida.

Jan Natalis ergueu os olhos para o céu.

– Blenckert – falou surdamente. – Que venha Blenckert. Ou que venha a noite.

•

A terra em volta da barraca tremeu sob os cascos. Parecia que a lona inflara por causa dos gritos e do relincho dos cavalos. Um soldado entrou na barraca com ímpeto, seguido por dois assistentes.

– Fujam! – o soldado berrou. – Salvem-se! Nilfgaard está acabando com os nossos! É um massacre! Um massacre! A derrota!

– Pinça! – Ruivo recuou, afastando o rosto do jato de sangue enérgico e vivo que jorrou da aorta. – Grampo! E um tampão! Grampo, Shani! Marti, por gentileza, faça algo para estancar essa hemorragia...

Alguém que estava junto da barraca soltou um uivo curto, interrompido, como o de um animal. Um cavalo grunhiu. Alguma coisa caiu no chão, tinindo e estourando. A seta lançada de uma besta perfurou a lona com um estalo, silvou e saiu pelo outro lado, por sorte muito alto, sem risco para os feridos deitados nas macas.

– Nilfgaaaaaard! – o soldado gritou outra vez, num tom alto e com a voz trêmula. – Senhor cirurgião! Não ouvem o que digo? Nilfgaard rompeu as linhas reais e vem matando! Fujaaaam!

Ruivo pegou a agulha que Marti Sodergren entregou-lhe e deu o primeiro ponto. O operado não se mexia já havia um bom tempo. Mas o coração dele continuava batendo.

– Não quero morreeeeer! – ululou um dos feridos que estava consciente. O soldado soltou um palavrão, de um salto foi para a saída, subitamente deu um grito, caiu para trás e desabou no chão, respingando sangue. Iola, que estava ajoelhada junto das macas, pôs-se de pé e afastou-se.

De repente, tudo ficou em silêncio.

"Não é um bom sinal", Ruivo pensou ao ver quem entrava na barraca: os elfos. Relâmpagos prateados. A brigada "Vrihedd", a famosa brigada "Vrihedd".

– Vocês tratam aqui – disse o primeiro dos elfos, alto, com um fino e belo rosto expressivo e enormes olhos cor de anil. – Tratam, é isso?

Ninguém respondeu. Ruivo sentiu suas mãos tremerem. Passou a agulha para Marti às pressas. Notou que a testa e a raiz do nariz de Shani estavam ficando brancas.

– Como é possível? – o elfo falou, arrastando as palavras, num sinal de mau agouro. – Então para que nós, lá no campo, ferimos? Na batalha, nós produzimos feridas para que se morra em consequência delas. E vocês as tratam? Observo aqui uma absoluta falta de lógica, e uma discrepância de interesses.

Encurvou-se e, quase sem mover o braço para trás, enfiou a espada no peito do ferido deitado na maca mais perto da entrada. O segundo elfo encravou um espontão em outro ferido. O terceiro, consciente, tentava segurar a ponta da arma com a mão esquerda e o cotoco da mão direita, enfaixado com uma grossa camada de ataduras.

Shani soltou um grito fino, penetrante, abafando o gemido pesado e desumano de um aleijado que estava sendo assassinado. Iola jogou-se sobre a maca, protegendo outro ferido com o próprio corpo. Seu rosto ficou pálido como o pano de uma atadura, seus lábios começaram a tremer involuntariamente. O elfo semicerrou os olhos.

– *Va vort, beanna!* – latiu. – Ou a perfurarei junto com esse Dh'oine!

– Fora daqui! – Ruivo alcançou Iola em três pulos, protegendo-a. – Fora da minha barraca, seu assassino! Vá para lá, para o campo. Seu lugar é lá mesmo, junto dos outros assassinos. Matem-se lá uns aos outros, se quiserem! Mas fora daqui!

O elfo olhou para baixo, para o rechonchudo metadílio, que tremia de medo e que, com a ponta da cabeça encaracolada, alcançava em altura apenas um pouco acima da sua cintura.

– *Bloede Pherian* – sibilou. – Servo dos humanos! Saia do meu caminho!

– Não vou fazer isso. – Os dentes do metadílio batiam, mas as palavras saíam claras.

O outro elfo saltou até ele e empurrou o cirurgião com a haste do espontão. Ruivo caiu de joelhos. O elfo alto puxou Iola com força, tirando-a de cima do ferido, e ergueu a espada.

Ficou estupefato quando viu as labaredas prateadas da divisão "Deithwen" na capa negra enrolada que servia de apoio para a cabeça de um dos feridos e a patente de coronel.

– *Yaevinn!* – gritou, ao entrar com ímpeto na barraca uma elfa de cabelos escuros trançados. – *Caemm, veloe! Ess'evgyriad a'Dh'oine a'en va! Ess'tedd!*

O elfo alto ficou olhando por um momento para o coronel ferido e em seguida mirou nos olhos do cirurgião, apavorados e cheios de lágrimas. Depois, virou as costas e saiu.

Do outro lado da barraca ouviam-se novamente batidas de cascos, gritos e o tinir de ferro.

– Para cima dos negros! Matem todos! – ressoaram milhares de vozes. Alguém uivou feito um animal, mas o uivo virou um rouquejar macabro.

Ruivo tentou se levantar, mas as pernas não obedeciam, nem os braços. Iola, sacudida por fortes espasmos, devido ao choro reprimido, encolheu-se junto da maca do nilfgaardiano ferido, em posição fetal.

Shani chorava, sem fazer nenhuma tentativa de esconder as lágrimas, mas continuava segurando os ganchos. Marti suturava calmamente. Apenas seus lábios se mexiam, num monólogo mudo, silencioso.

Ruivo, que ainda não conseguia se levantar, sentou-se. Seus olhos encontraram os de um assistente enfiado no canto da barraca, encolhido.

– Dê-me um gole de pinga – pediu com dificuldade. – Só não me fale que você não tem. Conheço vocês, malandros. Vocês sempre têm pinga.

•

O general Blenheim Blenckert ergueu-se nos estribos, esticou o pescoço como um grou e ficou ouvindo os sons da batalha.

– Estendam a formação – ordenou aos comandantes. – Depois desse morro seguiremos a trote. Pelo que os exploradores dizem, sairemos direto na asa direita dos negros.

– E vamos dar uma surra neles! – um dos tenentes gritou com voz fina, um jovem de bigode sedoso e muito ralo. Blenckert olhou para ele de soslaio.

– Mandem o alferes-mor na frente – ordenou, desembainhando a espada. – E durante o ataque gritem: "Redânia!", gritem a plenos pulmões! Que os rapazes de Foltest e Natalis saibam que o reforço vem chegando.

•

Havia quarenta anos, desde os dezesseis anos de idade, o conde Kobus de Ruyter lutara em várias batalhas. Além disso, era soldado de oitava geração, e decerto carregava nos genes algo que fazia com que o berro e a barulheira da batalha, que para qualquer pessoa seriam algo assustador ou ensurdecedor, parecessem para Kobus de Ruyter uma sinfonia, um concerto de instrumentos. Num instante ele percebia no concerto novas notas, novos acordes e tons.

– Vivaaa, rapazes! – bradou, sacudindo o bastão. – Redânia! Redânia vem vindo! As águias! As águias!

Vinda do Norte, de trás dos morros, aproximava-se da batalha uma massa de cavaleiros sobre os quais tremulavam flâmulas cor de amaranto e um enorme gonfalão com a águia redânia prateada.

– Reforço! Venha o reforço! Vivaaa! Acabem com os negros! – De Ruyter berrou.

Soldado havia oito gerações, logo notou que os nilfgaardianos recolhiam a ala e tentavam virar-se para a carga do reforço, numa densa frente alinhada. Sabia que não se podia permitir que fizessem isso.

– Sigam-me! – bradou, arrancando o estandarte das mãos do alferes-mor. – Sigam-me! Sigam-me, tretogorianos!

Atacaram. Foi um ataque suicida, horrível, mas eficiente. Os nilfgaardianos da divisão "Venendal" fecharam a formação, e foi então que os esquadrões redânios se lançaram sobre eles com ímpeto. Um forte brado elevou-se ao céu.

Kobus de Ruyter já não conseguia mais ver nem ouvir. Foi atingido na têmpora por uma seta perdida lançada de uma besta. O conde deslizou da sela e caiu do cavalo. A bandeira cobriu-o feito um sudário.

Oito gerações dos De Ruyters que pereceram em combate e acompanhavam a batalha do além acenavam com as cabeças, em sinal de reconhecimento.

•

– Pode-se dizer, senhor capitão, que nesse dia os nortelungos foram salvos por um milagre, ou por uma coincidência que não podia ser prevista por ninguém... É verdade que Restif de Montholon escreveu em seu livro que o marechal Coehoorn cometeu um erro na estimativa da força e das intenções do adversário, que arriscou demasiadamente ao dividir o Grupo do Exército "Meio" e avançar com a incursão cavalariana, que foi para uma batalha sem ter pelo menos uma vantagem de três a um, e que negligenciou o reconhecimento, não percebeu o exército redânio vindo com reforço...

– Cadete Puttkammer! A "obra" de duvidoso valor do senhor Montholon não faz parte do currículo desta escola! E a Sua Majestade Imperial se pronunciou de forma bastante crítica a respeito desse livro! Portanto, faça o favor de não citá-lo aqui. Realmente, causa-me espanto. Até agora suas respostas têm sido muito boas, até excepcionais, e de repente o senhor começa a discursar sobre milagres e coincidências, e por fim permite-se criticar as habilidades de comando de Menno Coehoorn, um dos maiores comandantes do império. Cadete Puttkammer e todos os outros cadetes, se desejam passar na prova de ingresso, façam o favor de ouvir e guardar na mente: em Brenna não ocorreu nenhum tipo de milagre ou coincidência, houve uma conspiração! Forças de sabotagem inimigas, elementos de subversão, ignóbeis intrigantes, cosmopolitas, políticos falidos, traidores e corruptos! Uma úlcera que depois foi queimada com ferro incandescente. Mas, antes que isso acontecesse, esses repugnantes traidores do seu próprio povo teciam suas teias de aranha e armavam as ciladas de tramoias! Foram eles que enganaram o marechal Coehoorn e o induziram a erro! Foram eles, canalhas sem honra nem fé, simples...

•

– Filhos da puta! – Menno Coehoorn repetiu, sem tirar a luneta dos olhos. – Simples filhos da puta! Mas esperem, eu vou encontrá-los, vou ensinar-lhes o que é o reconhecimento. De Wyngalt! Encontre o oficial que estava de patrulha atrás dos morros no Norte. Ordene que todos, toda a patrulha, sejam enforcados!

– Sim, senhor! – Ouder de Wyngalt, o *aide-de-camp* do marechal, concordou, batendo os calcanhares. Naquela hora, não poderia saber que Lamarr Flaut, o oficial daquela patrulha, naquele exato momento estava morrendo, esmagado pelos cavalos da secreta reserva tática dos nortelungos que havia atacado do flanco e que ele próprio não tinha identificado. De Wyngalt tampouco poderia saber que ele mesmo só teria mais duas horas de vida.

– Quantos são, senhor Trahe, pela sua estimativa? – Coehoorn mantinha a luneta no olho.

– Pelo menos dez mil – respondeu secamente o comandante da Sétima Brigada Daerlana. – Principalmente da Redânia, mas vejo também os chevrons de Aedirn... Há também um unicórnio, então Kaedwen também está presente... Com a força de pelo menos um esquadrão...

•

O esquadrão avançava a galope. Areia e cascalho salpicavam de debaixo dos cascos.

– Adiante, Pardo! – berrava o centurião Meiovaso, embriagado, como de costume. – Batam neles, acabem com eles! Kaedweeen! Kaedweeen!

"Diabos, que vontade de mijar", Zyvik pensou. "Deveria ter mijado antes da batalha... Talvez agora não haja outra oportunidade."

– Adiante, Pardo!

"Sempre o Pardo. Onde as coisas andam mal, o Pardo está. Quem é que mandam como corpo de expedição a Temeria? O Pardo. Sempre o Pardo. E eu estou com vontade de mijar."

Chegaram. Zyvik soltou um grito, virou-se na sela e cortou, a partir da orelha, destruindo a dragona, o ombro de um cavaleiro de capa negra com uma estrela de prata de oito pontas.

– Pardo! Kaedweeen! Batam neles, matem!

Com estrondo, estrugir e tinir, por entre os berros de pessoas e o guincho de cavalos, o Destacamento Pardo chocou-se com os nilfgaardianos.

•

– Mellis-Stoke e Braibant conseguirão lidar com esse reforço – falou com calma Elan Trahe, o comandante da Sétima Brigada Daerlana. – As forças estão equilibradas, ainda não aconteceu nada que nos prejudique. A divisão de Tyrconnel equilibra a ala esquerda, "Magne" e "Venendal" mantêm-se na ala direita, e nós... marechal, nós podemos desequilibrar a balança...

– Atacando no cruzamento das linhas, outra vez após os elfos – Menno Coehoorn entendeu de imediato. – Entrando pela retaguarda, despertando pânico. É isso mesmo! Assim faremos, pelo sol grandioso! Senhores, aos esquadrões! "Nauzicaa" e "Sétima", a hora de vocês chegou!

– Viva o imperador! – gritou Kees van Lo.

O marechal virou-se e disse:

– Senhor de Wyngalt, faça o favor de juntar os ajudantes e o esquadrão de segurança. Chega de inércia! Atacaremos junto à Sétima Brigada Daerlana.

Ouder de Wyngalt empalideceu levemente, mas logo se recuperou.

– Viva o imperador! – gritou, e sua voz quase não tremeu.

•

Ruivo cortava, e o ferido uivava e arranhava a mesa. Iola, lutando corajosamente para superar a tontura, cuidava do torniquete e dos grampos. Do lado da entrada da barraca ouvia-se a voz exaltada de Shani.

– Para onde estão indo? Vocês estão loucos? Os vivos estão esperando aqui por socorro, e vocês se metem com um cadáver?

– Mas é o próprio barão Anzelm Aubry, senhora cirurgiã! O comandante de um esquadrão!

– Ele era o comandante de um esquadrão! Agora é um defunto! Vocês conseguiram trazê-lo para cá inteiro só porque a armadura dele é hermética! Levem-no daqui. Isto é um hospital de campo, e não um mortuário!

– Mas, senhora cirurgiã...

– Não bloqueiem a entrada! Ali estão chegando com um que ainda está vivo. Pelo menos parece vivo. Também pode ser que sejam apenas gases.

Ruivo bufou, mas logo franziu o cenho.

– Shani! Venha aqui agora!

– Lembre-se, fedelha – falou com os dentes cerrados, debruçado sobre a perna aberta –, um cirurgião pode permitir-se fazer uso de cinismo só depois de dez anos de prática. Não vai esquecer?

– Não vou, senhor Ruivo.

– Pegue o raspador e tire o periósteo... Droga, seria bom anestesiá-lo mais um pouco... Onde está Marti?

– Vomitando atrás da barraca. Vomitando as tripas – Shani falou, sem nenhum cinismo.

– Os feiticeiros, em vez de inventar inúmeros sortilégios terríveis e poderosos – Ruivo segurou a serra –, deveriam preocupar-se em inventar apenas um que lhes permitisse realizar pequenos feitiços. Por exemplo, feitiços de anestesia. Anestesia sem problemas, e sem vomitar.

A serra rangeu e trincou. O ferido não parava de ulular.

– Aperte mais o torniquete, Iola!

Finalmente o osso cedeu. Ruivo trabalhou-o com um cinzel e enxugou a testa.

– Os vasos e os nervos – disse maquinalmente e sem necessidade, pois antes que terminasse a frase as moças já estavam suturando. Tirou da mesa a perna amputada e jogou para o lado, sobre a pilha de membros amputados. Havia algum tempo o ferido já não gritava, nem ululava.

– Desmaiou ou morreu?

– Desmaiou, senhor Ruivo.

– Tudo bem. Suture o cotoco, Shani. E tragam o próximo! Iola, vá verificar se Marti já vomitou tudo.

– Queria saber quantos anos de prática o senhor tem. Uns cem? – perguntou Iola em voz baixa e sem erguer a cabeça.

•

Após alguns minutos de uma marcha exaustiva e sufocante, por causa da poeira, os gritos dos centuriões e decanos finalmente pararam e os regimentos wyzimianos alinharam-se. Jarre, arfando e tentando apanhar o ar com a boca feito peixe, viu o voivoda Bronibor desfilando diante da frente, montado em seu belo corcel coberto com as placas da armadura. O próprio Bronibor também usava armadura completa, esmaltada, com listras azuis, parecendo uma enorme sarda metálica.

– Como estão, jegues?

As fileiras de piqueiros responderam com um murmúrio, retumbante como um distante trovão.

– Vocês estão emitindo peidorretas – o voivoda constatou, virando o cavalo encouraçado e guiando-o a passo lento diante da frente. – Isso significa que estão bem, pois, quando estão mal, não peidam em voz baixa, mas uivam e ganem como condenados. Pelas suas caras, percebo que estão animados para a luta, que sonham com o combate, que já não veem a hora do embate com os nilfgaardianos! E aí, vagabundos wyzimianos? Trago-lhes boas notícias! Seus sonhos se cumprirão daqui a um instante, daqui a um átimo de instante.

Os piqueiros murmuraram outra vez. Bronibor chegou até a ponta da linha, retornou e continuou seu discurso, batendo o bastão contra o arco do cepilho ornado.

– Devoraram um monte de poeira, infantes, marchando atrás dos encouraçados! Até agora, em vez de fama e conquistas, apenas cheiraram os peidos dos cavalos! Ainda hoje, diante de uma grande necessidade, por pouco vocês não conseguiram chegar ao campo de glória. Mas conseguiram, e por isso dou-lhes os meus sinceros parabéns! Aqui, nos arredores desta vila, cujo nome esqueci, finalmente mostrarão o seu valor como um exército. Essa nuvem que estão vendo no campo é a cavalaria nilfgaardiana, que pretende esmagar nosso exército atacando pela lateral, empurrar-nos e afogar-nos nos pântanos desse riozinho cujo nome também me escapou. Vocês, famosos piqueiros wyzimianos, pela graça do rei Foltest e do condestável Natalis, foram honrados com a missão de defender a lacuna que se formou em nossas fileiras. Preencherão essa lacuna com, digamos, seus próprios peitos, interromperão a carga nilfgaardiana. Estão contentes, camaradas? Estão cheios de orgulho, hein?

Jarre olhou em volta, apertando a haste do pique. Nada indicava que os soldados sentiam-se alegres com a perspectiva de um combate imediato. E se realmente estavam cheios de orgulho pela honra da missão de preencher a lacuna, disfarçavam bem. À sua direita, Melfi balbuciava uma oração em voz baixa. À sua esquerda, Deuslax, um soldado experiente, fungava, xingava e tossia nervosamente.

Bronibor virou o cavalo e endireitou-se na sela.

– Não estou ouvindo! – rugiu. – Perguntei se vocês estão cheios de orgulho, caralho!

Desta vez os piqueiros, diante da falta de qualquer outra opção, bramiram em um poderoso uníssono que sim, que estavam cheios de orgulho. Jarre também bramiu. Ou todos, ou ninguém.

– Muito bem! – o voivoda parou o cavalo diante da frente. – E agora alinhem-se de modo adequado! Centuriões, o que estão esperando, caralho? Formem um quadrilátero! A primeira fileira de joelhos, a segunda em pé! Encravem os piques! Com a outra ponta, burro! Sim, sim, estou falando com você, seu jegue barbudo! Levantem mais as lâminas, imbecis! Alinhem-se, juntem-se, agrupem-se, ombro a ombro! Agora, sim, causam uma boa impressão! Quase como uma tropa!

Jarre estava na segunda fileira. Encravou a haste do pique com força na terra e apertou-a com as mãos suadas por causa do medo. Melfi balbuciava sem parar a oração pelos moribundos. Deuslax rosnava de modo confuso e repetia a todo momento palavras relacionadas com a vida íntima dos nilfgaardianos, cachorros, cadelas, reis, condestáveis, voivodas e mães de todos eles.

A nuvem no campo aumentava de tamanho. Bronibor rugiu:

– Não fiquem peidando aí, não batam os dentes! Espantar os cavalos nilfgaardianos com esses sons é uma ideia que não dá certo! Que ninguém se engane! Quem avança contra nós são a brigada "Nauzicaa" e a "Sétima Brigada Daerlana", tropas excelentes, valentes e muito bem treinadas! É impossível assustá-los, é impossível vencê-los! É preciso matá-los! Levantem os piques!

À distância ouvia-se a batida de cascos, que soava cada vez mais alto. A terra começou a tremer. As lâminas começaram a fulgurar feito faíscas na nuvem formada pela poeira.

– Pela sua sorte cagada, wyzimianos – o voivoda voltou a bramir –, o pique comum da infantaria do novo e modernizado padrão tem vinte e um pés de comprimento, enquanto uma espada nilfgaardiana tem três pés e meio. Suponho que sabem fazer as contas. Saibam, então, que eles também possuem essa habilidade. Mas contam com a possibilidade de vocês não aguentarem, de revelarem sua verdadeira natureza, confirmando que são cagões, covardes e malditos comedores de ovelhas. Os negros contam com a possibilidade de vocês largarem seus piques e começarem a fugir, enquanto eles os perseguirão no campo, cortando suas costas, seus occipícios e suas nucas com tranquilidade e sem dificuldades. Lembrem-se, cagões, que, embora o medo faça os calcanhares se tornarem extraordinariamente voláteis, vocês não conseguirão fugir de um cavaleiro. Quem quiser viver, quem quiser alcançar a fama e a conquista, deve ficar em pé! Com firmeza! Como um muro! Estreitem as fileiras!

Jarre virou-se. Os arqueiros que estavam atrás da linha dos piqueiros já giravam as manivelas. O centro do quadrilátero eriçou-se com as lâminas das bisarmas, ranseurs, alabardas, glaives-guisarmes, foices, voulges e forcas. A terra tremia cada vez com mais força, e entre a negra parede da cavalaria que se aproximava já se podiam distinguir silhuetas de cavaleiros.

– Mãe, mamãe. Mãe, mamãe... – repetia Melfi com os lábios trêmulos.

– ... da puta – murmurava Deuslax.

O som da batida dos cascos tornava-se cada vez mais intenso. Jarre queria passar a língua nos lábios, mas não conseguia. Ela tinha parado de se comportar como de costume, havia enrijecido de forma estranha e estava ressecada. A batida dos cascos tornava-se cada vez mais intensa.

– Estreitem! – rugiu Bronibor, desembainhando a espada. – Sintam o ombro do companheiro! Lembrem-se, nenhum de vocês está lutando sozinho! E o único remédio para o medo que vocês sentem é o pique na mão! Preparem-se para a luta! Os piques direcionados para o peito dos cavalos! O que vamos fazer, vagabundos wyzimianos? Eu já perguntei!

– Manter-nos em pé com firmeza! – os piqueiros bramiram em uníssono. – Como um muro! Estreitar as fileiras!

Jarre também bramia. Ou todos ou ninguém. Areia, cascalho e grama salpicavam de debaixo dos cascos da cavalaria que se aproximava em formação em cunha. Os cavaleiros que avançavam em carga gritavam feito demônios, esgrimiam as armas. Jarre apertou o pique, escondeu a cabeça entre os ombros e fechou os olhos...

•

Jarre, sem parar de escrever, espantou a vespa que rondava o tinteiro com um brusco movimento do cotoco.

A ideia do marechal Coehoorn foi malsucedida. O ataque pelo flanco foi estancado pela heroica infantaria wyzimiana, comandada pelo voivoda Bronibor, e ele pagou pela sua valentia com o próprio sangue. Enquanto os wyzimianos resistiam, Nilfgaard começou a desmantelar-se no flanco esquerdo. Alguns fugiram, outros agruparam-se e defenderam-se em grupos, cercados por todos os lados. Logo isso também aconteceu na ala direita, onde a persistência dos anões e dos condotieros finalmente superou o ímpeto de Nilfgaard. Em toda a frente ergueu-se um poderoso grito de triunfo, e um novo ânimo tomou conta dos corações dos cavaleiros reais. Mas nos nilfgaardianos o ânimo se apagou e suas mãos perderam as forças. E os nossos começaram a trincá-los com tanta intensidade que os sons da batalha, feito eco, ressoavam por toda parte.

E foi então que o marechal de campo Coehoorn entendeu que haviam perdido a batalha e viu as brigadas à sua volta se dissiparem e se extinguirem.

Dirigiam-se a ele oficiais e cavaleiros levando cavalos descansados, pedindo que partisse, que salvasse sua vida. Mas no peito do marechal nilfgaardiano batia um coração destemido. "Não é digno", gritou, afastando as rédeas estendidas para ele. "Não é digno que eu fuja como um covarde do campo de batalha no qual, sob o meu comando, tantos bons homens pereceram pelo imperador." E o valente Menno Coehoorn acrescentou...

•

– Não há como escapar. Cercaram-nos de todos os lados – acrescentou com calma e sobriedade Menno Coehoorn, olhando em volta do campo.

– Passe sua capa e seu elmo, marechal. – O capitão Sievers enxugou o suor e o sangue do rosto. – Pegue os meus! Desmonte de seu corcel, monte no meu... Não recuse! O senhor precisa viver! É imprescindível para o império, insubstituível... Nós, os daerlanos, atrairemos e atacaremos os nortelungos, e o senhor tentará passar lá embaixo, depois do pesqueiro...

– Não conseguirá se safar dessa – Coehoorn murmurou, agarrando as rédeas que lhe foram entregues.

– É uma honra – Sievers endireitou-se na sela. – Sou um soldado! Da Sétima Brigada Daerlana! Aproxime-se, pode confiar! Chegue mais perto!

– Boa sorte – Coehoorn murmurou, cobrindo os ombros com a capa daerlana com um negro escorpião no ombro. – Sievers?

– Sim, marechal?

– Nada. Boa sorte, rapaz.

– E que a sorte também o acompanhe, marechal. Pode crer! Adiante, aos cavalos!

Coehoorn seguiu-os com o olhar, por muito tempo, até o momento em que o grupo de Sievers chocou-se com estrondo, gritos e estrépito com os condotieros, uma unidade que os superava em número, reforçado imediatamente por outros. As negras capas dos daerlanos desapareceram por entre o cinzento dos condotieros, e tudo mergulhou na poeira.

O tossir nervoso dos ajudantes e de Wyngalt fez Coehoorn, distraído, retomar a atenção. O marechal ajeitou os loros e as abas da sela e acalmou o corcel agitado.

– Adiante! – ordenou.

Inicialmente tudo correu bem. Na saída do pequeno vale que levava para o rio defendia-se com ferocidade uma unidade cada vez menor dos resistentes da brigada "Nauzicaa", agrupada em forma de um círculo eriçado de lâminas, sobre a qual os nortelungos temporariamente concentraram todo o ímpeto e toda a força, formando-se uma lacuna no anel. Contudo, o que era previsível, não conseguiram safar-se por completo. Precisaram passar pelo meio de uma fileira da voluntária cavalaria ligeira, que, pelos símbolos, deduzia-se que era bruggense. O embate foi curto, mas terrivelmente feroz. Coehoorn perdeu. Desistiu de qualquer reminiscência ou aparência de um heroísmo patético, e procurou apenas sobreviver. Sem esperar pela escolta que se chocara com os bruggenses, correu atrás dos ajudantes, na direção do rio, deitando-se sobre o cavalo e agarrando a sua nuca.

O caminho estava livre. Atrás do rio e dos salgueiros tortos estendia-se uma planície vazia na qual não se avistava nenhum exército inimigo. Ouder de Wyngalt, que galopava junto de Coehoorn, também percebeu isso e gritou em triunfo.

Demasiado cedo.

Um prado coberto de persicária de um verde intenso separava-os da correnteza lenta e turva do rio. Quando a adentraram em pleno galope, de repente os cavalos submergiram no pântano até a barriga.

O marechal, sobrevoando a cabeça do cavalo, caiu no pântano. Os cavalos em volta relinchavam e davam coices, os homens enlamaçados e cobertos de lemna gritavam. No meio desse pandemônio, Menno ouviu um som estranho e repentino. Era o som da morte. O silvo das rêmiges.

Lançou-se na direção da correnteza do rio, submerso no grosso pântano até a cintura. O ajudante que o acompanhava caiu repentinamente, enfiando o rosto na lama, e o marechal pôde ver em suas costas uma seta encravada até a empenagem. No mesmo momento, sentiu um terrível golpe na cabeça. Desequilibrou-se, mas não caiu, pois estava atolado no meio do lodo e da elódea. Tentou gritar, mas conseguiu apenas rouquejar. "Estou vivo", pensou, tentando livrar-se do lodo pegajoso. "O cavalo, na tentativa de desatolar-se do aluvião, deu uma patada em meu elmo.

A chapa amassada com profundidade machucou minha bochecha, arrancou meus dentes e cortou minha língua... Estou sangrando... engolindo sangue... mas continuo vivo..."

Mais um estalo das cordas, o silvo das rêmiges, o estrondo e o estouro das pontas perfurando as armaduras, gritos, o relincho dos cavalos, o chapinhar, o sangue respingando. O marechal olhou para trás e viu arqueiros na margem. Pequenas, rechonchudas e atarracadas silhuetas de cotas de malha, coifas de malha e elmos pontudos. "Anões", pensou.

O estalo das cordas das bestas, o silvo das setas. O guincho dos cavalos espantados. O grito dos homens, engasgando com água e lama.

Ouder de Wyngalt, virado para os arqueiros, anunciou gritando que se entregava, e com voz alta e estridente pediu misericórdia e clemência, prometeu o pagamento do resgate, clamou pela vida. Certo de que ninguém entenderia suas palavras, ergueu a espada que segurava pela lâmina sobre a cabeça. Com um gesto de rendição internacional, até cosmopolita, estendeu a arma na direção dos anões. Não foi entendido, ou foi mal entendido, pois duas setas o atingiram no peito com tanta força que o impacto o arrebatou do pântano.

Coehoorn arrancou o elmo amassado da cabeça. Conhecia muito bem a língua dos nortelungos.

– Fou mauefau Coeoon... – balbuciou, cuspindo sangue. – Mauefau... Coeoon... Vou buircau... Defculpem... Defculpem...

– O que ele está dizendo, Zoltan? – perguntou espantado um dos besteiros.

– Que se dane ele e seu discurso! Está vendo o bordado em sua capa, Munro?

– Um escorpião prateado! Ah! Rapazes, acertem o filho da puta! Por Caleb Stratton!

– Por Caleb Stratton!

As cordas estalaram. Uma seta atingiu Coehoorn diretamente no peito, outra na cintura, mais uma na clavícula. O marechal de campo do império de Nilfgaard caiu para trás, num ralo lodaçal. A elódea e a persicária desabaram com o seu peso. "Quem poderia ser esse Caleb Stratton, diabos?", ainda conseguiu pensar. Nunca na vida ouvira falar de nenhum Caleb...

A turva, espessa, lodosa e sangrenta água do rio Chotla fechou-se sobre sua cabeça e penetrou seus pulmões.

•

Saiu da barraca para tomar ar fresco. E foi então que o viu sentado junto da mesa do ferreiro.

– Jarre!

Ergueu os olhos em sua direção. Havia neles um vazio.

– Iola? – perguntou, falando com dificuldade por causa dos lábios ressecados. – De onde você...

– Que pergunta é essa?! – interrompeu-o imediatamente. – É melhor você me dizer como veio até aqui.

– Trouxemos nosso comandante... o voivoda Bronibor... Ele está ferido...

– Você também está ferido. Mostre-me essa mão. Ó deusa! Rapaz, você vai sangrar até a morte!

Jarre olhava para ela, e de repente Iola começou a duvidar se ele a enxergava.

– Há uma batalha – disse o rapaz, tiritando os dentes levemente. – É preciso resistirmos como um muro... Fortes, enfileirados... Os que estão levemente feridos devem levar ao hospital... os gravemente feridos. Trata-se de uma ordem.

– Mostre-me sua mão.

Jarre uivou por um breve momento. Os dentes apertados soltaram-se, executando um selvagem *staccato*. Iola franziu o cenho.

– Poxa, isso está com um aspecto horrível... Nossa, Jarre! Pode ter certeza, a mãe Nenneke ficará com raiva... Venha comigo.

Viu-o empalidecer ao perceber, ao sentir o fedor suspenso sob a lona da barraca. Perdeu o equilíbrio. Segurou-o. Viu que olhava para a mesa ensanguentada, para o homem prostrado nela, para o cirurgião, um pequeno metadílio que saltitou repentinamente, bateu as pernas contra o chão, soltou um repugnante palavrão e jogou com ímpeto o bisturi no chão.

– Droga! Caralho! Por quê? Por que as coisas são assim? Por que têm que ser assim?

Ninguém respondeu.

– Quem era?

– O voivoda Bronibor – Jarre disse com uma voz fraca, olhando para a frente com um olhar vazio. – Nosso comandante... Resistimos duramente, enfileirados. Essa foi a ordem. Como um muro. E Melfi foi morto...

– Senhor Ruivo, este rapaz é meu conhecido... Está ferido... – disse Iola.

– Consegue ficar em pé – o cirurgião avaliou com frieza. – E aqui um moribundo espera uma trepanação. Aqui não existe favoritismo...

Nesse momento Jarre desmaiou com uma grande dose de dramaticidade, desabando no chão. O metadílio bufou.

– Tudo bem, levem-no para a mesa – ordenou. – Nossa, sua mão está em frangalhos. Como ela ainda consegue se manter presa ao corpo? Só se for pela manga. Iola, torniquete! Com força! E nem se atreva a chorar! Shani, passe a serra.

A serra perfurou o osso com um horrível trincar acima da articulação do cotovelo. Jarre recuperou a consciência e soltou um bramido horrível, embora curto, pois, assim que o osso cedeu, desmaiou outra vez.

•

E foi assim que a potência de Nilfgaard foi reduzida a pó e cinzas nos campos de Brenna, e a marcha do império para o Norte finalmente foi interrompida. O império perdeu em Brenna quarenta e quatro mil homens, mortos ou feitos prisioneiros. Pereceu a flor da cavalaria, os cavaleiros de elite. Pereceram, viraram prisioneiros ou desapareceram sem deixar notícias comandantes de renome como Menno Coehoorn, Braibant, Mellis-Stoke, Van Lo, Tyrconnel, Eggebracht e outros, cujos nomes não se perpetuaram em nossos arquivos.

Assim Brenna virou o início do fim. Mas é preciso ressaltar que essa batalha foi apenas um tijolo na grande construção e teria pouca importância, se não fosse pelo fato de os frutos da vitória terem sido aproveitados de forma inteligente. Vale a pena lembrar que, em vez de descansar sobre os louros e se encher de orgulho, Jan Natalis lançou-se desenfreadamente para o Sul. A incursão comandada por Adam Pangratt e Julia Abatemarco esfacelou duas divisões do Terceiro Exército que levavam um reforço tardio para Menno Coehoorn. Foram esfaceladas de tal modo que nec nuntius cladis. *Depois de receber a notícia, o restante do Grupo do Exército "Meio" sofreu uma infame derrota e, atravessando o Jaruga, fugiu às pressas. No entanto, como Foltest e Natalis seguiam seus passos, os imperiais perderam todos os carros e todas as armas de cerco com as quais, em sua soberba, pensavam conquistar Wyzim, Gors Velen e Novigrad.*

E, como uma avalanche que desce da montanha juntando grandes quantidades de neve e tornando-se cada vez maior, Brenna provocava consequências cada vez mais sérias para Nilfgaard. O Exército "Verden", comandado pelo duque de Wett, passou a sofrer grande opressão. Os corsários de Skellige e o rei Ethain de Cidaris causavam-lhe tremendos prejuízos numa guerra de guerrilhas. E quando de Wett soube da batalha de Brenna, quando chegou até ele a notícia de que o rei Foltest e Jan Natalis iam ao seu embate numa marcha forçada, imediatamente mandou tocar a retirada e em pânico atravessou o rio, seguindo rumo a Cintra. O caminho da fuga ficou coberto de cadáveres, pois os relatos sobre as derrotas dos nilfgaardianos fizeram ressurgir o levante em Verden. As tropas fortes permaneceram apenas em fortalezas invencíveis como Nastrog, Rozrog e Bodrog, de onde saíram honrosamente e com os estandartes erguidos após a paz de Cintra.

Já em Aedirn as notícias sobre Brenna constribuíram para que os reis Demawend e Henselt, que permaneciam em discórdia, fizessem as pazes e se unissem na luta armada contra Nilfgaard. O grupo do Exército "Leste", comandado pelo duque Ardal aep Dahy, marchou na direção do Vale do Pontar, mas não conseguiu derrotar os dois reis aliados. Com o reforço dos redânios e dos guerrilheiros da rainha Meve, que fizeram estragos na retaguarda de Nilfgaard, Demawend e Henselt empurraram Ardal aep Dahy até Aldersberg. O duque Ardal queria aceitar a batalha, mas, por um estranho golpe do destino, inesperadamente adoeceu. Após ter ingerido uma comida, foi tomado pelas cólicas e pela diarreia miserere, e assim, num período de dois dias, morreu, sofrendo intensas dores. No entanto, Demawend e Henselt sem demora atacaram os nilfgaardianos. Lá, nas redondezas de Aldersberg, esfacelaram-nos severamente na batalha decisiva, decerto em prol da justiça histórica, embora Nilfgaard tivesse uma vantagem substancial no que diz respeito à quantidade de homens. Assim, o espírito e a técnica costumam triunfar sobre a força bruta e cega.

É preciso dizer mais uma coisa: ninguém sabe o que aconteceu com Menno Coehoorn em Brenna. Alguns contam que pereceu, que seu corpo, não identificado, foi enterrado numa vala comum. Outros falam que sobreviveu, porém, atemorizado pela raiva do imperador, não voltou a Nilfgaard, mas refugiou-se em Brokilon, por entre as dríades, e lá virou eremita, deixando a barba crescer até o chão. E foi lá que morreu amargurado.

No entanto, circula por entre o povo uma história que diz que o marechal teria voltado à noite ao campo brennense, percorrendo as mamoas e lamentando: "Devolvam-me minhas legiões!" Por fim, enforcou-se num choupo sobre o morro, por este motivo chamado de Cadafalso. E, à noite, é possível topar com a assombração do famoso marechal em meio a outros espectros que costumam visitar o campo de batalha.

– Vô Jarre! Vô Jarre!

Jarre ergueu a cabeça debruçada sobre os papéis e ajeitou os óculos que deslizavam do nariz suado.

– Vô Jarre! Vô Jarre! – sua neta caçula gritou nos registros mais agudos. Era uma menina de seis anos, esperta e sagaz, que, graças aos deuses, puxou mais para a mãe, a filha de Jarre, do que para o genro desalentado.

– Vô Jarre! A vó Lucienne mandou dizer que já chega de ficar rabiscando inutilmente e que a comida já está na mesa!

Jarre juntou com todo o cuidado as resmas de papel cheias de anotações e tampou o tinteiro. O cotoco do braço pulsou com dor. "O tempo vai mudar", pensou. "Vai chover."

– Vô Jaaaareeee!

– Já vou, Ciri. Já vou.

•

Já era meia-noite e ainda não tinham tratado o último ferido. As últimas operações foram feitas à luz de lamparina, e depois também à luz mágica. Marti Sodergren recuperou-se após a crise e, embora permanecesse pálida como a morte e seus gestos fossem rígidos como os de um golem, usava a magia de forma ágil e eficaz.

Uma noite escura cobria tudo quando os quatro saíram da barraca. Sentaram-se, encostados na lona.

Na planície viam-se diversos fogos: os das fogueiras imóveis dos acampamentos, os dos fogos móveis das tochas e dos fachos. A noite ressoava com um cantar distante, aclamações, gritos e saudações.

A noite ao redor vibrava também com os gritos e gemidos dos feridos, as lamentações e os suspiros dos moribundos. Mas já não conseguiam ouvir esses ruídos. Estavam acostumados aos sons do sofrimento e da morte, que para eles já eram comuns, naturais, integrados a essa noite como o coaxar dos sapos nos pântanos junto do rio Chotla, como o canto das cigarras por entre as acácias junto da lagoa Dourada.

Marti Sodergren permanecia num silêncio lírico, encostada no braço do metadílio. Iola e Shani, cingidas num abraço, de vez em quando soltavam baixinho uma risada sem nenhum sentido.

Antes que se sentassem ao pé da barraca, tomaram um copo de vodca. Marti presenteou-os com seu último feitiço: o encanto da alegria, normalmente usado durante a extração dos dentes. Ruivo sentiu-se enganado. Misturada com a magia, a bebida, em vez de fazê-lo relaxar, deixou-o torpe, e em vez de diminuir o seu cansaço, fez com que ele aumentasse. E, em vez de trazer o esquecimento, avivou as lembranças.

"Pelo visto", pensou, "só para Iola e Shani o álcool e a magia funcionaram bem."

Virou-se, e nos rostos das duas moças, iluminados pelo luar, viu traços de lágrimas prateados e brilhosos.

– Por curiosidade: quem é que ganhou a batalha? Alguém sabe? – perguntou, passando a língua nos lábios dormentes e insensíveis.

Marti virou o rosto para ele, mas continuou imersa num silêncio lírico. As cigarras cantavam por entre as acácias, os salgueiros e amieiros junto da lagoa Dourada. Os sapos coaxavam. Os feridos gemiam, lamentavam, suspiravam. E morriam. Shani e Iola riam por entre as lágrimas.

•

Marti Sodergren morreu duas semanas depois da batalha. Envolveu-se com um oficial da Companhia Livre de Condotieros. Considerava essa aventura algo passageiro, ao contrário do oficial. Quando Marti, que gostava de aventuras, envolveu-se com um capitão temeriano, o condotiero, tomado por um surto de ciúmes, esfaqueou-a. Foi enforcado, mas não conseguiram salvar a curandeira.

Ruivo e Iola morreram um ano após a batalha, em Maribor, durante o maior surto de epidemia de febre hemorrágica, uma peste conhecida também como morte vermelha, ou praga de Catriona, denominação derivada do nome do navio no qual tinha sido trazida. Foi então que todos os médicos e grande parte dos sacerdotes fugiram de Maribor. Obviamente, Ruivo e Iola ficaram. Continuaram tratando as pessoas, porque eram médicos. Para eles, o fato de não existir remédio contra a morte vermelha não tinha a menor importância. Os dois contraíram a doença. Ele morreu em seus braços, num forte e seguro aperto de suas grandes e feias mãos de camponesa. Ela morreu quatro dias depois, em solidão.

Shani morreu setenta e dois anos após a batalha como uma ilustre, respeitada e aposentada decana da cátedra de medicina da Universidade de Oxenfurt. Gerações de futuros cirurgiões repetiam sua famosa piada: "Suture o vermelho com o vermelho, o amarelo com o amarelo, o branco com o branco. Certamente, tudo dará certo".

Poucos, bem poucos, conseguiam reparar que, depois de contar essa anedota, a decana sempre enxugava disfarçadamente uma lágrima.

•

Os sapos coaxavam, as cigarras cantavam por entre os salgueiros junto da lagoa Dourada. Shani e Iola davam risadas por entre as lágrimas.

– Por curiosidade – repetiu Milo Vanderbeck, metadílio, cirurgião de campo, conhecido como Ruivo. – Quem deve ter vencido?

– Ruivo, acredite: se tivesse sido você, seria a última coisa com a qual eu me preocuparia – Marti Sodergren respondeu com lirismo.

CAPÍTULO NONO

Algumas das chamas eram altas e fortes, brilhavam intensa e vivamente, outras, no entanto, eram pequenas, vacilantes e trêmulas, e sua luz escurecia e se extinguia. E na própria ponta havia uma chama franzina e fraca, quase latente, titubeante, que resplandecia, ocasionalmente, com grande esforço, ou apagava-se quase por completo.

– A quem pertence essa chama moribunda? – o bruxo perguntou.

– A você – a Morte respondeu.

Flourens Delannoy, *Contos e lendas*

O planalto, em quase toda a sua extensão, até os distantes cumes das montanhas roxas, envoltas pela névoa, parecia um mar pedregoso. Ondulado em alguns pontos, exibia saliências ou arestas. Eriçado em outros, devido aos dentes pontudos dos arrecifes. Essa impressão parecia ainda mais impactante por causa das carcaças dos navios. Dezenas de destroços de galés, galeaças, cocas, caravelas, brigues, urcas, dracares. Alguns pareciam estar ali fazia pouco tempo, outros eram apenas amontoados de tábuas e balizas quase irreconhecíveis que, evidentemente, estavam lá havia dezenas ou mesmo centenas de anos.

Alguns navios caídos tinham as quilhas voltadas para o alto. Outros, tombados de lado, pareciam ter sido arremessados por tempestades e vendavais satânicos. Outros ainda pareciam navegar, marear por entre esse oceano de pedras. Erigiam-se retos e firmes, com as figuras de proa orgulhosamente empinadas, com os mastros apontando para o zênite, com os restos das velas, dos brandais e dos estais esvoaçando. Tinham até tripulações espectrais: esqueletos presos entre as tábuas putrefatas, marinheiros mortos emaranhados nos cabos, para sempre ocupados com uma navegação infinita.

Bandos de pássaros negros desprenderam-se das vergas, dos mastros, cabos e esqueletos, alarmados com a aparição de um cavaleiro, espantados pela batida dos cascos, e alçaram voo grasnando. Salpintaram o céu por um instante e revoaram em bando sobre a beira de um precipício no qual, no fundo, jazia um lago cinzento e liso feito mercúrio. Na borda dele via-se uma fortaleza escura e sombria que com suas torres dominava sobre o depósito de carcaças e estava parcialmente suspensa sobre o lago, com os baluartes encravados na parede vertical. Kelpie dançou, resfolegou, remexeu as orelhas arrebitadas, enfadada com as carcaças e toda a paisagem de morte ao seu redor. Estava incomodada com os pássaros negros já de volta, que pousavam novamente nos mastros e vaus partidos, nos brandais e nas caveiras. As aves perceberam que não era preciso temer um cavaleiro solitário e que, se alguém ali tivesse que ter medo, seria o próprio cavaleiro.

– Calma, Kelpie. É o fim do caminho. Este é o lugar certo e o tempo certo – Ciri falou com voz alterada.

•

Sem saber como, conseguiu chegar ao portão, emergindo como um fantasma em meio às carcaças. Os sentinelas que vigiavam o portão a avistaram primeiro, alarmados pelo grasnar das gralhas. E agora gritavam, gesticulavam, apontavam para ela com os dedos, chamando os outros sentinelas.

Quando chegou até a torre do portão, o lugar já estava totalmente ocupado por uma multidão em algazarra. Todos olhavam para ela, tanto os poucos que já a haviam visto antes e a conheciam – entre eles, Boreas Mun e Dacre Silifant – como os numerosos que apenas tinham ouvido falar dela e agora olhavam, espantados, para a moça de cabelos cinzentos com uma cicatriz no rosto e uma espada nas costas – entre eles, os novos recrutas de Skellen, mercenários e simples bandoleiros vindos das redondezas de Ebbing. Olhavam também para a bela égua negra com a cabeça erguida para o alto, roncando e tinindo as ferraduras nas lajes do pátio.

A algazarra repentinamente terminou. Um silêncio absoluto tomou conta do lugar. A égua, ao pisar, levantava as patas como uma bailarina. As ferraduras ressoavam como martelos batendo contra a bigorna. Demorou para que alguém cruzasse as bisarmas e os ranseurs, impedindo-a de seguir adiante. Alguém, com um gesto inseguro e receoso, estendeu a mão na direção da coxa do animal. A égua roncou.

– Guiem-me até o senhor deste castelo – a moça falou com voz vibrante.

Boreas Mun, sem saber por quê, sustentou seu estribo e deu-lhe a mão. Os outros seguraram a égua, que batia os cascos e resfolegava.

– Está me reconhecendo, moça? Já nos encontramos uma vez – Boreas falou em voz baixa.

– Onde?

– No gelo.

Olhou direto nos olhos dele.

– Naquela época não olhava para os rostos – respondeu com indiferença.

Ele acenou a cabeça com seriedade e perguntou:

– Você foi a Senhora do Lago. O que veio fazer aqui, moça? Por que veio?

– Vim buscar Yennefer. E vim para encontrar meu destino.

– Seu destino será a morte – ele sussurrou. – Você está no castelo de Stygga. Se eu fosse você, fugiria daqui rápido e para o mais longe possível.

Olhou para ele outra vez. E, num instante, Boreas entendeu o que ela quis dizer com esse olhar.

Stefan Skellen apareceu. Ficou observando por um bom tempo a moça com os braços cruzados no peito. Por fim, com um gesto enérgico, fez sinal para que o seguisse. E ela foi, sem dizer uma palavra, escoltada e cercada por homens armados.

– Que moça estranha... – Boreas murmurou. E estremeceu.

– Por sorte, já não precisamos mais nos preocupar com ela – Dacre Silifant disse com sarcasmo. – E não entendi por que você conversou tanto com ela. Foi ela, essa bruxa, que matou Vargas e Fripp, e depois Ola Harsheim...

– Quem matou Harsheim foi o Coruja, não foi ela – Boreas o interrompeu. – Ela poupou nossa vida, lá naquele gelo, embora pudesse ter matado e afogado como filhotes de cachorro todos nós, inclusive Coruja.

– Até parece. – Dacre cuspiu no chão do pátio. – Ele vai recompensá-la por essa misericórdia, junto com o mago e Bonhart. Você vai ver, Mun, e pode ter certeza de que eles vão dar um belo trato nela. Vão esfolá-la devagarzinho, tirinha por tirinha.

– Estou achando que vão fazer isso mesmo – Boreas rosnou. – São carrascos. Mas nós não somos melhores do que eles, já que trabalhamos para eles.

– E temos outra opção? Não temos.

De repente, um dos mercenários de Skellen gritou baixinho, e outro o acompanhou. Alguém xingou, e outro suspirou. Alguém apontou com a mão sem dizer nada.

Em todos os lugares havia pássaros: nas ameias, nas mísulas, nos telhados das torres, nas cornijas, nos parapeitos e gabletes, nas calhas, nas gárgulas e nos mascarões. Chegaram silenciosamente, vindos do depósito de carcaças, e permaneciam pousados, na calada, à espera.

– Estão pressentindo a morte – balbuciou um dos mercenários.

– E carniça – outro acrescentou.

– Não temos saída – Silifant repetiu maquinalmente, olhando para Boreas. Mas Boreas Mun olhava para os pássaros.

– Talvez esteja na hora de termos pressa... – disse em voz baixa.

•

Subiram por uma enorme escada de três lances. Passaram pela fileira de estátuas dispostas em nichos ao longo de um corredor comprido e pelo claustro que contornava o vestíbulo. Ciri andava confiante, sem sentir medo. Nem as armas nem os escoltadores com feições de bandido a assustavam. Ela mentira ao dizer que não se lembrava dos rostos dos homens no lago congelado. Lembrava. Lembrava como Stefan Skellen – o mesmo que agora, com ar soturno, guiava-a para dentro daquele horrível castelo – tremia e seus dentes tiritavam no gelo.

Agora, quando por vezes olhava para trás e a fitava, Ciri percebeu que ele ainda tinha um pouco de medo dela. Respirou mais fundo.

Entraram no vestíbulo, sob uma alta e estrelada abóbada de nervuras sustentada por colunas, sob enormes castiçais que pareciam aranhas. Ciri viu quem a esperava lá. O medo encravou seus dedos grifanhos em suas vísceras, apertou seu punho, puxou e girou.

Bonhart pulou até ela em três passos. Agarrou-a pelo gibão na altura do peito, com as duas mãos. Levantou-a, puxou-a na sua direção, aproximou o rosto dela de seus pálidos olhos de peixe e rouquejou:

– O inferno deve ser realmente horrível, pois você preferiu a mim.

Ela não respondeu. Sentiu cheiro de álcool no hálito dele.

– Ou será que o inferno não a quis, pequena besta? Será que aquela diabólica torre cuspiu você com nojo depois de provar seu veneno?

Puxou-a, aproximando-a ainda mais. Ciri virou-se e afastou o rosto. Bonhart disse em voz baixa:

– Tem razão, tem razão de sentir medo, é o fim do seu caminho. Você não fugirá daqui. Aqui, neste castelo, farei verter o sangue das suas veias.

– Já terminou, senhor Bonhart?

Ciri logo reconheceu quem fez a pergunta: era o feiticeiro Vilgefortz. Na ilha de Thanedd, primeiro ele foi prisioneiro, ficou algemado, depois a perseguiu na Torre da Gaivota. Naquela ocasião, na ilha, ele era muito bonito. Algo havia mudado no seu rosto, fazendo seu semblante tornar-se feio e assustador.

– Senhor Bonhart, já que sou o anfitrião – o feiticeiro ouviu essas palavras sem se mexer na poltrona, que lembrava um trono –, permita-me assumir a prazerosa obrigação de dar as boas-vindas à nossa convidada, a senhorita Cirilla de Cintra, filha de Pavetta, neta de Calanthe, descendente da famosa Lara Dorren aep Shiadhal, ao castelo de Stygga. Bem-vinda. Aproxime-se, por favor.

Das últimas palavras que o feiticeiro disse, o deboche havia desaparecido, ocultado sob a máscara da gentileza. Havia nelas apenas ameaça e ordem. Ciri logo percebeu que não conseguiria se opor ao comando. Sentiu medo, um horrível medo que a paralisava.

– Aproxime-se – Vilgefortz sibilou. E Ciri percebeu o que havia de errado no rosto dele: o olho esquerdo, consideravelmente menor que o direito, piscava, revolvia-se, girava feito louco na roxa cavidade enrugada. A imagem era terrível.

– Postura valente, nenhum sinal de medo no semblante dela – o feiticeiro falou, inclinando o rosto. – Parabéns, contanto que a sua coragem não se deva à estupidez. Vou logo esclarecer quaisquer dúvidas. Como o senhor Bonhart observou, e com razão, você não fugirá daqui, nem por meio de teleportação, nem usando as suas habilidades excepcionais.

Ciri sabia que ele estava certo. Antes assegurava-se sempre, até o último momento, de que conseguiria fugir e se esconder no meio dos tempos e dos espaços, se fosse preciso. Agora sabia que isso era uma ilusória esperança, uma quimera. O castelo vibrava com magia negativa, hostil, alheia, e a magia penetrava-a, permeava-a, rastejava pelas suas vísceras como um parasita, escarafunchava asquerosamente o seu cérebro. Ela não podia fazer nada. Estava sob o domínio do inimigo. Estava impotente.

"Não há saída", Ciri pensou. Sabia o que estava fazendo, sabia com quais intenções tinha ido lá. O restante eram apenas ilusões. Então, que aconteça o que tiver que acontecer.

– Bravo! Uma avaliação correta da situação. Que aconteça o que tiver que acontecer. Ou melhor: que aconteça o que eu decidir. Interessante... Será que você, minha formosa, é capaz de adivinhar qual será a minha resolução? – disse Vilgefortz.

Ciri queria responder, mas, antes que conseguisse vencer a resistência da garganta contraída e ressecada, outra vez ele se antecipou a ela, sondando seus pensamentos.

– Claro que você sabe. A senhora dos mundos, a senhora dos tempos e dos espaços. Sim, sim, minha formosa, sua visita não me surpreendeu. Sei como você fugiu do lago e para onde foi. Sei com quem se encontrou e o que encontrou. Sei como você chegou até aqui. Só não tenho conhecimento de uma coisa: será que o caminho foi longo e lhe proporcionou muitas emoções?

Lançou um sorriso falso e antecipou-se outra vez:

– Ah, não precisa responder. Sei que foi interessante e emocionante. Sabe, eu mesmo estou muito ansioso para fazer essa experiência. Invejo muito seu talento. Minha formosa, você será obrigada a compartilhá-lo comigo. Sim, "será obrigada" é a expressão adequada. Simplesmente não a libertarei das minhas mãos até que você o compartilhe comigo. Não a soltarei das minhas mãos nem de dia, nem de noite.

Ciri finalmente entendeu que não era só o medo que apertava sua garganta. O feiticeiro a amordaçava e a estrangulava usando de magia. Debochava dela, humilhava-a na frente de todos.

– Solte... Yennefer – conseguiu articular, tossindo e curvando-se devido ao esforço. – Solte-a... e poderá fazer comigo tudo o que quiser.

Bonhart caiu na gargalhada. Stefan Skellen também riu secamente. Vilgefortz mexeu com o dedo mindinho no canto do seu olho macabro.

– Você não pode ser tão insensata a ponto de não saber que posso fazer com você o que eu quiser. Sua proposta é patética, ridícula, sem nenhum sentido.

Ela ergueu a cabeça, embora isso lhe custasse muito esforço, e falou:

– Você precisa de mim... para ter um filho comigo. Todos querem isso, você também. Sim, estou sob o seu poder. Eu mesma vim até aqui... Você não me capturou, embora tenha me perseguido pela metade do mundo. Vim aqui sozinha, e eu própria me entrego a você. Por Yennefer, pela vida dela. Você acha isso engraçado? Então tente resolver as coisas comigo na base da força e da violência, e verá que a vontade de rir passará num instante.

Bonhart num pulo aproximou-se dela, ameaçando-a com o chicote. Vilgefortz fez um gesto aparentemente sem significado, apenas um leve movimento com a mão, mas foi o suficiente para que o látego voasse das mãos do caçador e para que ele próprio cambaleasse, como se tivesse sido atropelado por uma carroça repleta de carvão.

– Senhor Bonhart – Vilgefortz falou massageando os dedos –, pelo visto, o senhor ainda tem dificuldade para entender as obrigações de um hóspede. Lembre-se: sendo um hóspede, não pode destruir móveis ou obras de arte, nem roubar pequenos objetos, nem sujar tapetes ou lugares de difícil acesso. Também não pode violentar nem bater em outros convidados, pelo menos até que o anfitrião termine de violentar ou de bater neles, até que sinalize para os outros que já podem bater e violentar. Você também, Ciri, deveria tirar conclusões apropriadas daquilo que acabei de falar. Não sabe fazer isso? Então eu a ajudarei. Você se entrega a mim e concorda humildemente com tudo, me deixa fazer com você tudo o que eu quiser, e acha a proposta grandiosa? Você está enganada. A questão é esta: vou fazer com você aquilo que preciso fazer, e não aquilo que desejaria fazer. Por exemplo, como uma forma de revanche por Thanedd, eu gostaria de arrancar pelo menos um dos seus olhos, mas não posso fazer isso porque temo que você não sobreviva.

Ciri entendeu que era essa a hora. Agora ou nunca. Soltou-se, dando meia-volta, e arrancou a andorinha da bainha. De repente, todo o castelo começou a girar. Ela caiu no chão e machucou dolorosamente os joelhos. Dobrou-se, quase tocando o piso com a testa. Lutou para controlar a ânsia de vômito. A espada deslizou de seus dedos dormentes. Alguém a ergueu.

– Siiim – Vilgefortz falou, arrastando as sílabas, apoiando o queixo nas mãos unidas, como em oração. – Do que você estava falando? Ah, sim, é verdade, da sua proposta. A vida e a liberdade de Yennefer em troca do... do quê? Da sua entrega voluntária, de boa e espontânea vontade, sem violência ou força? Sinto muito, Ciri. Para o que farei com você, a violência e a força são imprescindíveis.

– Sim, sim – repetiu, observando com curiosidade a moça tossir, cuspir e tentar vomitar. – Não é possível resolver isso sem violência ou força. Garanto que você nunca concordaria voluntariamente com aquilo que planejo fazer com você. Portanto, como você pode ver, sua proposta, ridícula e sem o menor sentido, é simplesmente inaproveitável. Por isso eu a rejeito. Andem, peguem-na. Levem-na direto para o laboratório.

•

O laboratório não era muito diferente daquele do templo de Melitele, em Ellander, que Ciri conhecia. Também era bem iluminado, limpo, com mesas longas e tampos de metal sobre os quais havia muitos vidros, retortas, frascos de laboratório, tubos de ensaio, tubinhos, lentes, alambiques que silvavam e borbulhavam e outros aparelhos muito estranhos. Nesse laboratório também, como em Ellander, pairava no ar um forte cheiro de éter, álcool retificado, formol e de algo mais, algo que provocava medo. Até em Ellander, num templo acolhedor, junto de sacerdotisas amigáveis e de Yennefer, o laboratório despertava medo nela. No entanto, em Ellander, ninguém a arrastava à força para o laboratório, ninguém a colocava com brutalidade sobre a mesa, ninguém segurava os seus braços e as suas mãos num aperto de ferro. Em Ellander, no meio do laboratório não havia uma horrível cadeira de aço com evidente formato sádico. Lá não se viam indivíduos vestidos de branco, de cabeças rapadas, nem havia a presença de Bonhart, nem de Skellen, que, excitado e corado, passava nervosamente a língua nos lábios, nem de Vilgefortz, com um olho normal e o outro minúsculo e superagitado.

Vilgefortz afastou-se da mesa na qual, por um longo momento, ficou arrumando instrumentos que despertavam terror. Aproximou-se de Ciri e falou:

– Veja, minha formosa donzela, minha chave para o poder e o domínio não apenas sobre este mundo, que é a vaidade das vaidades, condenado, inclusive, a uma iminente destruição, mas sobre todos os mundos, sobre uma ampla extensão de espaços e tempos formados após a conjunção. Você certamente me entende, pois já visitou alguns desses tempos e espaços.

Depois de um momento de silêncio, arregaçou as mangas e continuou:

– Tenho até vergonha de admitir que o poder me atrai muito. É presunçoso, eu sei, mas quero ser soberano. Sonho ser um soberano reverenciado, abençoado pelo povo, pelo simples fato de existir. E desejo ser venerado se, por exemplo, tentar salvar o mundo de um cataclismo. Mesmo se decidisse salvá-lo apenas por capricho. Ah, Ciri, o meu coração se alegra só de pensar que vou recompensar generosamente os fiéis e castigar terrivelmente os desobedientes e rebeldes. As preces dirigidas a mim por gerações inteiras, oradas por mim, pelo meu amor e pela minha graça, serão para mim como mel, um doce néctar para a minha alma. Por gerações inteiras, Ciri, por mundos inteiros. Preste atenção. Você está ouvindo? Do ar, da fome, do fogo, da guerra e da ira de Vilgefortz, salvai-nos...

Mexeu os dedos diante do rosto de Ciri, depois agarrou violentamente suas bochechas. Ela gritou, tentou livrar-se, mas ele a segurava com força. Seus lábios começaram a tremer. Vilgefortz percebeu isso e soltou uma gargalhada.

– A criança do destino – riu nervosamente, e do canto dos seus lábios saiu uma mancha de espuma. – Aen Hen Ichaer, o sagrado sangue antigo élfico... agora só meu...

Endireitou-se bruscamente, limpou os lábios e declarou, já no seu tom frio habitual:

– Vários tolos e místicos tentaram enquadrá-la em fábulas, lendas e profecias, seguiram o gene que você carrega, a herança dos antepassados. Confundindo o céu com as estrelas refletidas na superfície de uma lagoa, supuseram misticamente que o seu gene, ao qual atribuem grandes possibilidades, continuaria evoluindo e alcançaria a plenitude da sua força no seu filho ou no filho do seu filho. E desse modo cresceu em volta de você uma aura mística, pairou o fumo do incenso. Mas a verdade é simples, muito simples, diria mesmo que organicamente simples. O que importa, minha formosa, é o seu sangue, no sentido absolutamente literal, e não figurado, da palavra.

Pegou da mesa uma seringa de vidro de cerca de meio pé de comprimento. Na ponta dela havia um fino tubo capilar levemente recurvado. Ciri sentiu sua boca ressecar. O feiticeiro examinou a seringa contra a luz e afirmou com frieza:

– Daqui a pouco você será despida e colocada na cadeira, exatamente naquela ali, para a qual você olha com tanta curiosidade. Permanecerá nela algum tempo, em uma posição pouco confortável. Será fecundada por meio deste objeto que, pelo visto, também fascina você. Não será tão desagradável, já que a maior parte do tempo você estará semiconsciente, por causa do efeito dos elixires que administrarei via intravenosa para que o óvulo fecundado seja implantado de modo apropriado e para evitar uma gravidez ectópica. Não precisa ter medo. Tenho experiência, já fiz isso antes centenas de vezes. Na verdade, nunca o fiz antes com uma escolhida pelo destino, mas não acho que os úteros ou os ovários das escolhidas sejam muito diferentes daqueles das moças comuns.

Vilgefortz continuou, deleitando-se com o que dizia:

– E, agora, o mais importante. Talvez você fique preocupada, mas pode ser que receba a notícia com alegria. Saiba que você não dará à luz. Talvez a criança até possa ser um grande escolhido, com capacidades excepcionais, o salvador do mundo e o rei dos povos. No entanto, ninguém pode garantir isso, e não tenho a mínima intenção de ficar esperando tanto tempo. Necessito do sangue. Mais precisamente, do sangue placentário. Logo depois que a placenta se formar, eu a retirarei de dentro de você. Depois disso, minha formosa, o resto dos meus planos e das minhas intenções, como você já percebeu, não mais lhe dirão respeito, por isso não tem sentido contar-lhe quais são. Isso causaria apenas uma frustração desnecessária.

Calou-se, fazendo uma espetaculosa pausa. Ciri não conseguia controlar os lábios trêmulos. Acenou com a cabeça, num gesto teatral, e disse:

– E agora você está convidada a sentar-se na cadeira, senhorita Cirilla.

– Valeria a pena que essa vagabunda da Yennefer assistisse ao que vai acontecer. Ela merece! – Os dentes de Bonhart brilharam debaixo do bigode branco quando ele falou isso.

– É claro. – No canto dos lábios sorridentes de Vilgefortz apareceu novamente uma ponta branca de espuma. – A fecundação é, de fato, algo sagrado, majestoso e solene, é um mistério que deveria ser assistido por toda a família. E Yennefer é uma quase mãe. Aliás, nas culturas primitivas, a mãe participava ativamente no defloramento da filha. Andem, tragam-na para cá!

– Mas, quanto à fecundação... – Bonhart debruçou-se sobre Ciri, que os rapados acólitos do feiticeiro começavam a despir. – Não se poderia fazer isso, senhor Vilgefortz, de uma maneira mais comum, mais tradicional?

Skellen bufou, meneando a cabeça. Vilgefortz franziu levemente a sobrancelha.

– Não, não, senhor Bonhart, não se pode – respondeu com frieza.

Ciri soltou um grito agudo, como se acabasse de se dar conta da seriedade da situação. Um grito, depois outro.

– Oras! – O feiticeiro franziu o cenho. – Entramos na caverna do leão corajosamente, com a testa e a espada erguidas, e agora nos assustamos com um pequeno tubo de vidro? Que decepção, minha donzela!

Ciri, sem se constranger, pela terceira vez soltou um grito tão alto que a vidraria no laboratório tiniu.

E, de repente, todo o castelo de Stygga respondeu com gritaria e alarme.

•

– Estamos ferrados, filhos – repetiu Zadarlik, arranhando o pé do ranseur recoberto com metal para tirar o esterco de entre as pedras do pátio. – Vocês vão ver que nós, pobres coitados, estamos ferrados.

Olhou para os camaradas, mas nenhum dos sentinelas se manifestou. Boreas Mun, que por vontade própria, e não por uma ordem, permaneceu com os vigias no portão, tampouco comentou algo. Como Silifant, ele poderia ter ido atrás de Coruja, poderia ver com os próprios olhos o que aconteceria com a Senhora do Lago e qual seria seu destino. Mas Boreas não queria assistir. Preferia ficar lá, no pátio, ao ar livre, longe das câmaras e salas do castelo alto para onde a moça foi levada. Sabia que, onde ele estava, nem sequer um grito chegaria aos seus ouvidos.

– Esses pássaros negros são um sinal de mau agouro. – Com um movimento da cabeça, Zadarlik apontou para as gralhas que permaneciam pousadas em cima dos muros e das cornijas. – Essa moça que chegou montada na égua negra é um sinal de mau agouro. Digo-vos que nós servimos a Coruja em uma maléfica ação. Ora, dizem que ele próprio já não é mais legista, nem um senhor importante, mas um fora da lei, como nós, e que o imperador está terrivelmente enraivecido com ele. Filhinhos, se formos presos junto com ele, estaremos ferrados, coitados de nós.

– Ai, ai! A estaca nos espera! A ira do imperador é um mau sinal – acrescentou outro sentinela, um bigodudo que usava um chapéu enfeitado com penas de cegonha preta.

– Poxa, talvez já não sobre tempo ao imperador para tratar da gente – intrometeu-se um terceiro sentinela que havia chegado ao castelo de Stygga fazia relativamente pouco tempo, com o último grupo de mercenários recrutados por Skellen. – Dizem que ele tem agora outros assuntos a tratar e que aconteceu uma batalha decisiva em algum lugar no Norte. Os nortelungos derrotaram as forças imperiais, acabaram com elas.

– Então, talvez não seja tão ruim estarmos aqui, junto de Coruja. É sempre melhor estar na companhia daquele que promete – falou outro sentinela.

– Claro que é bom. Acho que Coruja vai ser promovido. E nós também seremos promovidos junto com ele! – comentou o mais novo deles.

– Ai, filhinhos, vocês são tolos como rabo de um cavalo – Zadarlik falou, apoiando-se no ranseur.

Os pássaros negros alçaram voo, agitando as asas e grasnando de modo ensurdecedor. O bando redemoinhou em volta do bastião, enegrecendo o céu.

– Que diabos é isso? – um dos sentinelas rosnou.

– Abram o portão, por favor.

De repente, Boreas Mun sentiu um cheiro penetrante de ervas, de sálvia, hortelã e tomilho. Engoliu a saliva, sacudiu a cabeça. Fechou e abriu rapidamente os olhos. Não adiantou. Um indivíduo magro e grisalho que parecia um cobrador de impostos surgiu subitamente junto deles, e não mostrava ter a mínima intenção de desaparecer. Permanecia lá, sorrindo com os lábios cerrados. Os cabelos eriçados de Boreas por pouco levantaram o gorro dele.

– Abram o portão, por favor – o fulano sorridente repetiu. – Sem demora. Assim será melhor.

Zadarlik soltou o ranseur, que tiniu ao cair no chão. Permaneceu paralisado, mexendo os lábios silenciosamente. Seus olhos estavam vagos. Os outros aproximaram-se do portão, pisando de modo rígido, sem naturalidade, feito autômatos. Tiraram a viga e abriram o portão.

Quatro cavaleiros adentraram o pátio, acompanhados pelo estrondo das batidas dos cascos. Um deles tinha o cabelo branco como neve, e a espada em suas mãos reluzia feito um relâmpago. O segundo era uma mulher de cabelos claros que empinava o arco montada num cavalo a galope. O terceiro cavaleiro, uma moça relativamente jovem, dilacerou a têmpora de Zadarlik com um impetuoso golpe do seu sabre recurvado.

Boreas Mun pegou às pressas o ranseur que havia caído no chão e resguardou-se com a haste. De repente, o quarto cavaleiro alteou sobre ele. Dos dois lados do seu elmo estendiam-se as asas de uma ave de rapina. A espada erguida reluziu.

– Deixe, Cahir. Poupemos tempo e sangue. Milva, Regis, venham por aqui... – o cavaleiro de cabelos brancos disse com severidade. – Não, por ali, não... Ali há apenas um beco entre os muros – Boreas balbuciou, sem saber por que o fazia. – Sigam por aquele lado, por aquelas escadas... para o castelo. Se for para salvar a Senhora do Lago, então precisam se apressar.

– Obrigado! Obrigado, desconhecido! Regis, você ouviu? Siga! – disse o cavaleiro de cabelos brancos. Após um instante, no pátio havia apenas cadáveres. E Boreas Mun continuava apoiado na haste do ranseur, que não conseguia soltar, tão trêmulas estavam as suas pernas.

As gralhas sobrevoavam o castelo de Stygga grasnando, encobrindo as torres e os baluartes com uma nuvem negra como a mortalha.

•

Vilgefortz ouviu, com uma calma absoluta e o rosto impassível, o relato ofegante do mercenário recém-chegado. Mas o olho agitado e pestanejante o entregava. Rosnou:

– Resgate no último momento! Inacreditável! Essas coisas simplesmente não acontecem. Ou acontecem em teatrinhos de feira de má qualidade, o que dá na mesma. Faça-me um favor, bom homem, e admita que você inventou tudo isso, para, digamos, contar uma piada.

– Não estou inventando! Estou dizendo a verdade! Entraram aqui uns... um bando inteiro... – respondeu o soldado, revoltado.

– Tudo bem... – o feiticeiro o interrompeu. – Eu estava brincando. Skellen, trate desse assunto pessoalmente. Será uma oportunidade de provar quanto vale realmente o seu exército, financiado pelo meu ouro.

Coruja saltitou, agitando os braços nervosamente, e gritou:

– Por acaso você não está tratando os fatos com menosprezo, Vilgefortz? Parece que não está enxergando a gravidade da situação! Se o castelo estiver sendo atacado, então o atacante deve ser o exército de Emhyr, e isto significa...

– Isso não significa nada – o feiticeiro o interrompeu. – Mas entendo o que você quer dizer. Tudo bem, se o fato de eu lhe dar respaldo aumenta o seu moral, então, que seja assim. Vamos. O senhor Bonhart também.

Fixou seu repugnante olho em Ciri e avisou:

– Quanto a você, não se iluda. Sei quem apareceu aqui para tentar esse resgate ridículo. E garanto-lhe que transformarei essa farsa num horror.

Acenou para os serviçais e acólitos e falou:

– Vocês, hein! Algemem a moça com dimerítio, tranquem-na na cela e não se afastem da porta, nem que seja por um passo. Serão responsabilizados pelo que acontecer com ela com suas próprias cabeças. Entenderam?

– Sim, senhor.

•

Entraram com ímpeto no corredor e de lá adentraram numa grande sala cheia de esculturas, uma verdadeira gliptoteca. Ninguém impediu que seguissem. Toparam apenas com alguns serviçais que, ao vê-los, imediatamente fugiram. Subiram pela escada. Cahir derrubou a porta com um chute. Angoulême entrou dando um grito bélico, e com um golpe do sabre abateu o elmo de uma armadura posicionada junto da porta, tomando-a por um sentinela. Percebeu seu erro e caiu na gargalhada.

– He, he, he! Olhem só...

– Angoulême! Não fique parada! Ande! – Geralt chamou a sua atenção.

Uma porta abriu-se diante deles. No fundo apareceram silhuetas. Milva empinou o arco automaticamente e soltou uma flecha. Alguém gritou. A porta fechou-se. Geralt ouviu o ferrolho sendo fechado com estrondo e gritou:

– Andem, andem! Não fiquem parados!

– Bruxo, esta correria não tem sentido. Vou fazer... um voo de reconhecimento – Regis falou.

– Vá.

O vampiro desapareceu como se tivesse sido levado pelo vento. Geralt não tinha tempo para estranhar.

Novamente deram de cara com algumas pessoas, desta vez armadas. Cahir e Angoulême saltaram sobre elas aos gritos, e todas puseram-se em fuga, ao que parecia, sobretudo por causa de Cahir e de seu imponente elmo com asas.

Entraram no claustro e na galeria que rodeava o vestíbulo interno. Cerca de vinte passos os separavam do pórtico que levava para dentro do castelo, quando algumas silhuetas apareceram do lado oposto do claustro. Ecoaram gritos, silvaram flechas.

– Escondam-se! – o bruxo gritou.

As flechas caíram como uma verdadeira granizada. As rêmiges zuniram. Suas pontas arrancavam chispas das lajes e o estucado das paredes, cobrindo-os com um fino pó.

– Para o chão! Atrás do balaústre!

Jogaram-se no chão, escondendo-se, da melhor forma possível, atrás das pilastras em espiral esculpidas com um ornamento de folhas. Mas não conseguiram sair de lá ilesos. O bruxo ouviu Angoulême soltar um grito. Viu que ela agarrou o braço, e a manga da roupa no mesmo momento ficou ensopada de sangue.

– Angoulême!

– Nada! Passou pelo mole! – a moça gritou em resposta, com a voz apenas levemente trêmula, confirmando aquilo que ele já sabia. Se a ponta tivesse despedaçado o osso, Angoulême teria desmaiado por causa do impacto.

Os arqueiros da galeria disparavam flechas sem parar e gritavam, pedindo reforço. Alguns correram para a lateral, para mirar os presos de um ângulo melhor. Geralt xingou e avaliou a distância que os separava da arcada. Não parecia nada boa, mas permanecer onde estavam significaria a morte.

– Vamos pular! Cuidado! Cahir, ajude Angoulême! – ele gritou.

– Vão nos destroçar!

– Vamos pular! Precisamos pular!

– Não! – Milva gritou, levantando-se com o arco na mão. Endireitou-se e ficou na posição de disparo, como uma estátua, uma amazona de mármore com um arco. Os arqueiros que estavam na galeria bramiram.

Milva soltou a corda. Um dos arqueiros foi arremessado para trás. As suas costas chocaram-se contra a parede, na qual formou-se uma mancha sangrenta que lembrava um enorme polvo. Um grito ressoou na galeria, um grito de ira, de terror.

– Pelo sol grandioso... – Cahir gemeu. Geralt apertou seu ombro.

– Vamos pular! Ajude Angoulême!

Os arqueiros da galeria dirigiram toda a projeção para Milva. A arqueira nem sequer tremeu, embora à sua volta se levantasse uma nuvem de poeira do reboque, caíssem estilhaços de mármore e lascas das hastes despedaçadas. Soltou a corda com tranquilidade. Outra vez ouviram-se gritos. O segundo arqueiro foi derrubado como um fantoche, borrando seus companheiros com seu sangue e seu cérebro.

– Agora! – Geralt gritou ao ver os sentinelas dispersarem-se na galeria e caírem no chão, escondendo-se das flechadas certeiras. Apenas os três mais corajosos atiravam.

Uma flecha acertou com estrondo uma pilastra, cobrindo Milva com o pó do reboque. A arqueira assoprou os cabelos caídos sobre o seu rosto e esticou a corda.

– Milva! Deixe! Fuja! – Geralt, Angoulême e Cahir conseguiram alcançar a arcada.

– Só mais uma – disse a arqueira, com a rêmige da flecha no canto da boca.

A corda estalou. Um dos três corajosos uivou, caiu por cima do balaústre, inclinou-se e tombou sobre as lajes do pátio. Ao verem isso, os outros imediatamente perderam a coragem. Caíram no chão e agarraram-se a ele. Aqueles que chegaram correndo não se arriscaram a entrar na galeria e se tornar alvo fácil para Milva.

Houve apenas uma exceção. Milva o avaliou. Era baixo, magro e moreno. Usava um protetor no antebraço esquerdo, polido de tão desgastado, e uma luva de arqueiro na mão direita. Viu-o erguer o arco composto, bem-proporcionado, com uma empunhadura entalhada esculpida, e esticá-lo suavemente. Viu a corda alongada ao máximo riscar seu rosto moreno. Viu a rêmige de penas vermelhas tocar sua bochecha. Viu que almejava bem.

Ergueu o arco e esticou-o suavemente, mirando já durante o alongamento. A corda tocou seu rosto e a empenagem da rêmige, o canto da sua boca.

•

– Força, força, Mariazinha. Puxe até a carinha. Enrole a corda com os dedos para que a flecha não caia do ponto de ancoragem. Apoie a mão com força na bochecha. Mire! Com os dois olhos abertos! Agora prenda a respiração e atire!

A corda, apesar do protetor de lã, mordiscou dolorosamente o seu antebraço esquerdo.

O pai tentou falar alguma coisa, mas começou a tossir. Era uma tosse grave, seca e pungente. "A tosse está cada vez pior", pensou Mariazinha Barring ao abaixar o arco. "Cada vez pior e cada vez mais frequente. Ontem começou a tossir quando mirava um corço. Por isso, no almoço, comemos apenas espinafre selvagem cozido. Detesto espinafre selvagem. Detesto fome. Detesto pobreza."

O velho Barring inspirou o ar, tossindo roucamente.

– A flecha desviou por cinco do centro do alvo, moça! Cinco! Não falei para você não tremer tanto na hora de soltar a corda?! E você fica se sacudindo como se tivesse uma lesma entre as nádegas. E demora a mirar. Atira com a mão cansada! Acaba apenas estragando as flechas!

– Mas eu acertei! E a flecha não desviou por cinco, mas por dois e meio.

– Não responda! Ora, os deuses me castigaram mandando-me uma moça desajeitada no lugar de um rapaz.

– Não sou desajeitada!

– Vamos ver. Atire mais uma vez. E lembre-se do que lhe falei: tem que se manter firme no chão, mirar e atirar rapidamente. Por que você está resmungando?

– Porque o senhor está reclamando de mim.

– É o meu direito como pai. Atire.

Esticou o arco amuada, quase chorando. Ele notou e disse baixinho:

– Eu amo você, Mariazinha. Lembre-se sempre disso.

Soltou a corda logo após a rêmige tocar no canto da sua boca. O pai elogiou:

– Muito bem! Muito bem, filha!

Depois, ele começou a tossir horrivelmente, a estertorar.

•

O arqueiro moreno da galeria morreu no local. A flecha disparada por Milva o atingiu abaixo da axila esquerda e se encravou fundo, mais da metade da haste, despedaçando as costelas, destruindo os pulmões e o coração.

A flecha de empenagem vermelha disparada um décimo de segundo antes do arco do arqueiro atingiu Milva na parte inferior da barriga e atravessou-a, destroçando os seus quadris, dilacerando os seus intestinos e as suas artérias. A arqueira caiu no chão como se tivesse sido derrubada por um aríete.

Geralt e Cahir gritaram em uníssono. Sem se dar conta de que os arqueiros tinham pegado de novo os arcos após a queda de Milva, saltaram para debaixo do pórtico que os protegia, seguraram a arqueira e arrastaram-na, sob a granizada de flechas. Uma das pontas tiniu no elmo de Cahir. Outra, juraria Geralt, atravessou seu cabelo feito um pente.

Milva deixava atrás de si uma extensa e brilhante mancha de sangue. No lugar onde a colocaram, formou-se instantaneamente uma enorme poça vermelha. Cahir xingava, suas mãos tremiam. Geralt sentia que o desespero e a raiva tomavam conta dele.

– Titia! Titia, não mooorrraaa! – Angoulême ululou.

Maria Barring abriu a boca e tossiu de forma macabra, cuspindo sangue no queixo.

– Eu também amo você, papai – disse, articulando as palavras com clareza, e tombou morta.

•

Os acólitos rapados não conseguiam dominar Ciri, que se sacudia e gritava. Foram ajudados pelos serviçais. Um deles recebeu um pontapé dela, saltou para trás, dobrou-se e caiu de joelhos, segurando a virilha com as mãos e inspirando o ar espasmodicamente.

Isso deixou os outros enraivecidos. Ciri levou um soco na nuca e um tapa no rosto e foi derrubada no chão. Alguém a chutou com força nos quadris, outro se sentou sobre as suas canelas. Um dos acólitos rapados, um jovem de olhos verdes e malvados, pôs-se de joelhos sobre o seu peito, encravou os dedos nos seus cabelos e puxou com força. Ciri ululou.

O acólito também. E arregalou os olhos. Ciri viu sangue jorrar de sua cabeça rapada, manchando o jaleco branco com uma estampa macabra.

No instante a seguir, o laboratório virou um inferno.

Os móveis foram derrubados, produzindo grande estrondo. O trincar penetrante e o estalo do vidro quebrando misturaram-se com o ganir infernal dos homens. As decocções, os filtros, os elixires, os extratos e outras substâncias mágicas derramavam sobre as mesas, caíam no chão e misturavam-se. Algumas silvavam ao entrar em contato com as outras, e formavam-se nuvens de fumaça amarela. Momentaneamente, um fedor corrosivo encheu o local.

Por entre a fumaça, atrás das lágrimas que caíam devido ao odor, Ciri viu, horripilada, um vulto negro que lembrava um enorme morcego a debater-se no laboratório com uma incrível velocidade. Viu-o esbarrar nas pessoas durante sua revoada, e as pessoas atingidas por ele caindo aos gritos. Diante de seus olhos, um serviçal que tentava fugir foi arrancado do chão e derrubado sobre a mesa, onde ficou debatendo-se, jorrando sangue e guinchando por entre as retortas, os alambiques, os tubos de ensaio e os frascos de laboratório quebrados.

As misturas derramadas respingaram sobre a lamparina. Ouviu-se um silvo, um odor espalhou-se pelo local e, de repente, aconteceu uma explosão no laboratório. A onda de calor dissipou a fumaça. Ciri cerrou os dentes para não gritar.

Na cadeira de aço destinada a ela, um homem magro, grisalho, vestido elegantemente de preto, mordia e chupava calmamente o pescoço do acólito rapado pendurado sobre o seu joelho. O acólito guinchava baixinho e tremia. As suas pernas e os seus braços esticados saltavam ritmicamente.

Chamas cadavericamente roxas dançavam sobre o tampo de aço da mesa. As retortas e os frascos de laboratório explodiam com estrondo.

O vampiro arrancou os caninos pontudos do pescoço da vítima e fixou em Ciri os olhos negros como azeviche.

– Existem ocasiões em que simplesmente não há como não aproveitar para tomar um pouco – disse num tom de esclarecimento, lambendo o sangue dos lábios.

Ao ver a expressão do rosto de Ciri, falou sorrindo:

– Não tenha medo, não tenha medo, Ciri. Ficou feliz por ter encontrado você. Chamo-me Emiel Regis. Sou companheiro do bruxo Geralt, embora isto pareça um tanto estranho. Vim até aqui junto com ele para salvá-la.

Um mercenário armado entrou com ímpeto no laboratório em chamas. O companheiro de Geralt virou a cabeça na direção dele, sibilou e mostrou os caninos. O mercenário uivou terrivelmente e demorou a silenciar, mesmo distante.

Emiel Regis tirou do joelho o corpo do acólito, imóvel e mole feito um pano, levantou e espreguiçou-se como um gato e disse:

– Quem diria – disse. – Um pirralho qualquer, mas dono de um sangue singular. Isto tem nome: virtude oculta. Deixe, Cirilla, que eu a leve até Geralt.

– Não – Ciri balbuciou.

– Não precisa ter medo de mim.

– Não tenho medo – protestou, lutando corajosamente contra os dentes, que insistiam em bater. – Não é isso... Yennefer está presa aqui. Preciso libertá-la o mais rápido possível. Temo que Vilgefortz... Por favor, senhor...

– Emiel Regis.

– Estimado senhor, avise Geralt, por favor, que Vilgefortz está aqui. É um feiticeiro, um poderoso feiticeiro. Diga a Geralt que tenha cuidado.

•

– Você deve ter cuidado – Regis repetiu, olhando para o corpo de Milva. – Vilgefortz é um poderoso feiticeiro. Ela, no entanto, foi libertar Yennefer.

Geralt soltou um palavrão.

– Vamos! Vamos! – gritou, para despertar nos companheiros o ânimo perdido.

Angoulême levantou-se, enxugou as lágrimas e falou:

– Vamos, então! Vamos! Está na hora de dar uma surra em algumas bundas, caralho!

– Estou me sentindo tão forte que poderia inclusive quebrar a porra deste castelo – o vampiro sibilou, soltando um sorriso horripilante.

O bruxo olhou para ele desconfiado e disse:

– Bom, talvez nem tanto assim. Mas tentem passar para o andar superior e provoquem confusão para desviar a atenção de mim. Tentarei achar Ciri. Foi uma péssima ideia, vampiro, você tê-la deixado sozinha.

– Foi ela que mandou – Regis explicou com calma, num tom e com uma postura que não permitiam nenhuma discussão. – Admito, surpreendeu-me.

– Eu sei. Subam aos andares superiores. Força! Tentarei achá-la. Ela ou Yennefer.

•

Achou, e com relativa rapidez.

Topou com eles de súbito, quando surgiram inesperadamente na curva de um corredor. Viu, e essa visão fez a adrenalina picar-lhe as veias no dorso das mãos.

Alguns fortões arrastavam Yennefer pelo corredor. A feiticeira estava toda desgrenhada e algemada, o que não a impedia de tentar soltar-se, de sacudir-se e xingar como um carregador de porto.

Geralt não deixou que os fortões se recuperassem do susto. Bateu só uma vez, e apenas em um deles, com um curto golpe do cotovelo. O fortão ganiu feito um cão, cambaleou, bateu com a cabeça contra uma armadura de placa instalada num nicho, o que produziu um tinir e um estrondo, e deslizou sobre ela, sujando as chapas com o seu sangue.

Os outros três soltaram Yennefer e saltaram para trás. O quarto agarrou a feiticeira pelo cabelo, encostou uma faca no pescoço dela, um pouco acima da gargalheira de dimerítio, e uivou:

– Não se aproxime! Vou matá-la! Não estou de brincadeira!

– Nem eu. – Geralt redemoinhou a espada e mirou nos olhos do fortão, que não resistiu. Ele soltou Yennefer e juntou-se aos companheiros. Todos já tinham armas na mão. Um deles arrancou de uma panóplia uma alabarda histórica que tinha uma aparência ameaçadora. Todos, curvados, hesitavam entre o ataque e a defesa.

– Sabia que você viria – Yennefer falou, endireitando-se com orgulho. – Mostre a esses patifes o que uma espada de bruxo é capaz de fazer, Geralt.

Ergueu as mãos algemadas para o alto, esticando o grilhão que unia as algemas.

Geralt segurou o sihill com as duas mãos, inclinou a cabeça levemente, almejou e cortou de uma maneira tão veloz que ninguém notou o movimento da lâmina.

As algemas tiniram ao cair no chão. Um dos fortões suspirou. Geralt segurou o punho da espada com mais força e posicionou o dedo indicador acima do guarda-mão.

– Fique firme, Yen. Incline um pouco a cabeça, por favor.

A feiticeira nem tremeu. O som do metal atingido pela espada era muito nítido.

A gargalheira de dimerítio caiu junto das algemas. No pescoço de Yennefer brotou apenas uma única e minúscula gota vermelha.

Riu, massageando os pulsos, e virou-se para os fortões. Nenhum deles resistiu ao seu olhar.

Aquele que carregava a alabarda colocou, com o maior cuidado, a antiga arma no chão, como se temesse que ela fosse tinir, e balbuciou:

– Que o Coruja enfrente esse indivíduo pessoalmente. Eu prezo pela minha vida.

– Nós fomos obrigados... fomos obrigados... recebemos ordens... – murmurou outro ao recuar.

– Nós não fomos duros com a senhora... enquanto estava presa... Testemunhe a nosso favor... – pediu o terceiro, passando a língua nos lábios.

– Saiam daqui – ordenou Yennefer. Livre das algemas de dimerítio, ereta, com a cabeça erguida orgulhosamente, equiparava-se a um titã. Parecia alcançar a abóbada com o seu cabelo negro, desgrenhado.

Os fortões fugiram, sorrateiramente e sem olhar para trás. Yennefer encolheu-se, voltando ao tamanho normal, e lançou-se para abraçar Geralt.

– Sabia que você viria para me resgatar – murmurou, procurando com os seus lábios os de Geralt. – Sabia que você viria, apesar dos pesares.

Após um momento, puxando o ar, ele disse:

– Vamos! Agora precisamos achar Ciri.

– Ciri – ela repetiu. E, num instante, uma brasa roxa que despertava terror ardeu em seus olhos. – E Vilgefortz.

•

Um fortão munido de uma besta apareceu de trás da quina, gritou e atirou, apontando para a feiticeira. Geralt saltou como se tivesse sido empurrado por uma mola e agitou a espada. A seta rebatida passou sobre a cabeça do besteiro, tão próxima que o fez se contrair. Não teve tempo de se descontrair: o bruxo saltou até ele e o dilacerou como se fosse uma carpa. Havia mais dois fortões no fundo do corredor, também munidos de bestas. Também atiraram, mas suas mãos tremiam demais para que conseguissem acertar. Num instante o bruxo já estava junto deles, e os dois caíram mortos.

– Por onde, Yen?

A feiticeira concentrou-se, fechando os olhos.

– Por aqui, por esta escada.

– Você tem certeza de que este é o caminho certo?

– Sim.

Os facínoras os atacaram logo atrás da curva do corredor, próximo ao portal ornado com uma arquivolta. Eram mais de dez indivíduos, armados com lanças, partasanas e corsescas. Também mostravam-se decididos e persistentes. Mesmo assim, tudo aconteceu rápido. Um deles logo foi atingido no centro do peito com um dardo de fogo disparado por Yennefer. Geralt girou, executando uma pirueta, e caiu no meio dos outros. Seu sihill anão reluzia e silvava feito uma serpente. Quatro caíram mortos, e os restantes fugiram. Na fuga, o tinir e o estrépito provocaram eco nos corredores.

– Está tudo bem, Yen?

– Não podia estar melhor.

Vilgefortz apareceu sob a arquivolta e falou calma e sonoramente:

– Estou muito admirado! De verdade, estou impressionado, bruxo. Você é ingênuo e por demais estúpido, mas sua técnica realmente impressiona.

– Seus facínoras acabaram de fugir, deixando você à nossa mercê. Entregue-me Ciri e pouparemos a sua vida – Yennefer falou com a mesma calma.

– Sabe, Yennefer, que essa já é a segunda proposta magnânima que recebo hoje? Obrigado, obrigado mesmo. Eis a minha resposta – o feiticeiro disse com um largo sorriso.

– Cuidado! – Yennefer gritou, saltando para o lado. Geralt também saltou. Bem na hora. Uma coluna de fogo disparada das mãos estendidas do feiticeiro transformou numa massa negra e sibilante o lugar onde estavam antes de saltarem. O bruxo limpou a fuligem e os restos das sobrancelhas do rosto. Viu que Vilgefortz estendia a mão. Foi para o lado, caindo no chão atrás da base da coluna. O estrondo foi tão grande que sentiu uma picada nos ouvidos e todo o castelo estremeceu.

•

O eco fez o estrondo propagar-se pelo castelo. As paredes tremeram, os lustres tiniram. Um enorme retrato a óleo com uma moldura banhada a ouro caiu no chão com estrépito.

Os mercenários que saíam correndo do vestíbulo tinham um medo selvagem nos olhos. Stefan Skellen lançou-lhes um olhar feroz e chamou a atenção deles com expressão e voz marciais.

– O que aconteceu? Falem!

– Senhor legista... – um deles estertorou. – Um inferno! Eles são demônios ou diabos... Atiram com os arcos sem falhar... Cortam terrivelmente... Há morte por todos os lados... Tudo está vermelho de sangue!

– Uns dez foram mortos... talvez mais... E lá... estão ouvindo?

Outro estrondo. O castelo estremeceu.

– Magia... Vilgefortz... Bem, vamos ver. Vamos verificar quem fez o que e com quem – Skellen murmurou.

Outro soldado surgiu correndo. Estava pálido e coberto de pó do reboco. Por um longo momento, não conseguiu articular nem uma palavra. Por fim falou, com as mãos descontroladas e a voz trêmula:

– Lá... lá... um monstro... senhor legista... como um enorme morcego negro... Eu o vi com meus próprios olhos arrancando as cabeças dos homens... O sangue jorrava! E ele sibilava e ria... Tinha dentes enormes!

– Não conseguiremos de volta as cabeças... – alguém sussurrou atrás das costas de Coruja.

Boreas Mun decidiu falar:

– Senhor legista, são fantasmas. Eu vi... o jovem conde Cahir aep Ceallach. Mas ele está morto.

Skellen olhou para ele, porém não disse nada. Dacre Silifant balbuciou:

– Senhor Stefan... contra quem lutamos aqui?

Um dos mercenários gemeu:

– Não são seres humanos. São magos e demônios infernais! A força humana não é suficiente para confrontá-los...

Coruja cruzou os braços sobre o peito, passou um olhar corajoso e autoritário pelos mercenários e afirmou forte e claramente:

– Não nos envolveremos, então, nesse conflito das forças infernais! Que os demônios lutem contra os demônios, os feiticeiros contra os feiticeiros, e os fantasmas contra os mortos-vivos! Não vamos atrapalhá-los! Esperaremos aqui, com calma, o resultado da batalha.

Os rostos dos mercenários resplandeceram. O moral cresceu visivelmente. Skellen retomou com uma voz forte:

– Essas escadas são a única via de escape. Esperaremos aqui. Veremos quem tentará descer por elas.

Um terrível estrondo ressoou lá em cima. O estuque caiu da abóbada, produzindo um nítido rumorejar. Sentiu-se o cheiro de enxofre e queimado. Coruja gritou, poderosa e corajosamente, para animar sua tropa:

– Está muito escuro aqui! Andem, acendam tudo o que for possível! Tochas, brandões! Precisamos conseguir enxergar quem aparecer nessas escadas! Encham com algo que pegue fogo aqueles cestos de ferro!

– Com o quê, senhor?

Sem proferir nem uma palavra, Skellen apontou para aquilo a que se referia. O mercenário perguntou, incrédulo:

– Com pinturas? Com quadros?

– É isso mesmo – Coruja bufou. – O que vocês estão olhando? A arte morreu!

As molduras e as pinturas foram destroçadas. A madeira seca e as telas envernizadas pegaram fogo instantaneamente, fulgurando e produzindo uma chama clara.

Boreas Mun ficou olhando. Já estava completamente decidido.

•

Ouviu-se um estrondo, acompanhado de um relâmpago. A coluna de trás, da qual tinham conseguido se afastar quase no último momento, se desfez. A base dela quebrou. O capitel, ornado de acanto, bateu contra o chão, despedaçando o mosaico de terracota. Um sibilante raio globular foi lançado na sua direção. Yennefer o rebateu, vociferando sortilégios e gesticulando.

Vilgefortz aproximava-se deles. A sua capa revoava como as asas de um dragão. Ao andar, dizia:

– Yennefer não me surpreende. É mulher, portanto uma criatura menos evoluída, movida por um caos hormonal. No entanto, você, Geralt, não é só um homem sensato por natureza, mas também um mutante, imune às emoções.

Acenou com a mão. Novamente um estrondo, outro relâmpago. O escudo mágico criado por Yennefer rebateu o raio. Vilgefortz continuou, passando o fogo de uma mão para a outra:

– Apesar da sua sensatez, você apresenta uma admirável, embora pouco sábia, coerência numa única questão: você deseja remar com insistência contra a corrente e urinar contra o vento. Isso tinha que acabar mal. Saiba que hoje, aqui no castelo de Stygga, você urinou contra um furacão.

•

A luta travava-se em algum lugar dos pisos inferiores. Alguém gritava de modo horripilante, ululava, clamava de dor. Alguma coisa queimava. Ciri sentia a fumaça e o cheiro de queimado, o sopro cálido de ar.

Algo bateu com muita força. As colunas que apoiavam a abóbada estremeceram e o estuque começou a cair das paredes.

Ciri olhou com cautela de trás da quina. O corredor estava vazio. Percorreu-o rápida e silenciosamente, passando por fileiras de estátuas posicionadas em nichos do lado direito e do esquerdo. Já as havia visto em sonhos.

Saiu do corredor e topou logo de cara com um homem que segurava uma lança. Pulou para trás, pronta para saltar e esquivar-se.

E foi então que ela percebeu que não se tratava de um homem, mas de uma mulher de cabelos brancos, magra e corcunda, e que ela não carregava uma lança, e sim uma vassoura. Ciri pigarreou:

– Por acaso uma feiticeira de cabelos negros está mantida em cativeiro aqui? Onde?

A mulher com a vassoura permaneceu calada por um longo momento, movendo os lábios como se estivesse mastigando algo. Por fim, balbuciou:

– E como eu poderia saber isso, pombinha? Eu apenas cuido da limpeza aqui. Vivo limpando essa bagunça que eles fazem –

continuou, sem sequer olhar para Ciri. – E eles continuam bagunçando. Olhe só, pombinha.

Ciri olhou. Na laje formara-se uma mancha de sangue em zigue-zague. A mancha terminava junto de um cadáver encolhido, apoiado na parede. Perto dele havia mais dois cadáveres, um em posição fetal, o outro escarranchado de modo indecente. Junto deles viam-se bestas.

– Vivem sujando. – A mulher pegou o balde e um pano, ajoelhou-se e começou a limpar. – Só sujeira, mais nada, só sujeira, sempre sujeira. E eu limpando sem parar. Será que um dia isto terminará?

– Não, nunca. Assim funcionam as coisas neste mundo – Ciri falou surdamente.

A mulher parou de limpar. Sem levantar a cabeça, disse:

– Aqui eu limpo, só faço isso. Mas digo-lhe, pombinha, que precisa seguir reto e depois virar à esquerda.

– Obrigada.

A mulher abaixou a cabeça ainda mais e voltou a limpar.

•

Estava sozinha. Sozinha e perdida no labirinto dos corredores. "Senhora Yennefer!"

Até agora tinha mantido o silêncio, temendo atrair os homens de Vilgefortz. Mas agora...

"Yennefer!"

Achou que havia ouvido algo. Sim, com certeza!

Entrou correndo na galeria e de lá em um salão grande, por entre pilastras esguias. As suas narinas detectaram outra vez cheiro de queimado.

Bonhart saiu de um nicho feito um fantasma e deu-lhe um soco no rosto. Ciri cambaleou. Ele saltou até ela como um açor, agarrou-a pela garganta e empurrou-a, asfixiando-a, até o muro. Ela viu seus olhos de peixe e sentiu seu coração descer até o ventre.

– Não a teria achado se você não tivesse gritado – estertorou. – Mas você clamou, e saudosamente! Estava com saudade de mim, meu amorzinho?

Ainda pressionando-a contra a parede, colocou uma mão no cabelo dela, na nuca. Ciri puxou a cabeça. O caçador de recompensas sorriu, deixando os dentes à mostra. Passou a mão sobre o seu braço, apertou o seu seio, agarrou brutalmente a sua virilha. Depois soltou-a e empurrou-a, fazendo que deslizasse pela parede. E jogou a espada de Ciri aos pés dela. "Sua andorinha." E ela, no mesmo instante, percebeu o que ele queria.

– Preferia que fosse na arena – ele falou, arrastando as palavras. – Para ser a coroação, o final de muitas belas apresentações. A bruxa contra Leo Bonhart! Todos pagariam para ver algo assim! Ande! Levante o ferro e desembainhe-o.

Obedeceu, mas não tirou a lâmina da bainha. Apenas pendurou o cinto transversalmente, para que o cabo estivesse ao alcance da sua mão.

Bonhart deu um passo para trás e disse:

– Pensei que esses tratamentos que Vilgefortz preparou para você seriam suficientes para satisfazer meus olhos. Mas estava errado. Preciso sentir a sua vida escorrer pela minha lâmina. Cago para os feitiços e os feiticeiros, para o destino, as profecias e as vicissitudes do mundo. Cago para o sangue antigo e o novo. O que significam para mim todos esses feitiços e encantos? O que resultará deles? Nada! Nada se pode comparar ao prazer...

Interrompeu a sua fala. Ciri viu os lábios dele se cerrarem e os olhos reluzirem de forma agourenta. Ele sibilou:

– Derramarei o sangue de suas veias, bruxa. E depois, antes de você arrefecer, celebraremos nossas núpcias. Você é minha, e morrerá sendo minha. Pegue a arma.

Um distante estrondo ressoou. O castelo estremeceu.

Bonhart esclareceu, com um rosto impassível:

– Vilgefortz está transformando seus libertadores bruxescos em polpa. Ande, moça, pegue a espada.

"Fugir", pensou, congelando de medo. "Fugir para outros espaços, outros tempos, para longe dele, bem longe." Sentiu vergonha: "Como assim, fugir? Deixar Yennefer e Geralt à sua mercê?" O juízo sussurrava-lhe: "Não serei muito útil morta".

Concentrou-se, apertando os punhos nas têmporas. Bonhart entendeu momentaneamente o que estava para acontecer e lançou-se sobre ela. Mas era tarde demais. Um zunido nos ouvidos de Ciri, algo reluziu. "Consegui", pensou triunfantemente.

Logo percebeu, porém, que o triunfo era prematuro. Deu-se conta disso ao ouvir gritos selvagens e sortilégios. "O fiasco deve ter sido causado pela aura maligna, hostil e paralisante deste lugar." Deslocou-se, não para muito longe, sequer fora do alcance do olhar dele, só para o extremo oposto da galeria, a pouca distância de Bonhart, mas longe do alcance das suas mãos e da sua espada. Pelo menos por um instante.

Perseguida pelo seu berro, Ciri virou-se e pôs-se a correr.

•

Correu por um longo e extenso corredor, seguida pelo olhar morto das canéforas de alabastro que sustentavam as arcadas. Virou uma vez, depois outra. Queria fazer Bonhart perder-se e confundir-se, no entanto dirigia-se para o local de onde vinham os ruídos do combate. Era lá que estavam seus amigos.

Entrou com ímpeto num grande cômodo redondo. No meio dele havia a escultura de uma mulher com o rosto encoberto, com certeza uma deusa, sobre um pedestal de mármore. Dois corredores saíam do cômodo, ambos relativamente estreitos. Escolheu um deles aleatoriamente. E, como era de esperar, fez a escolha errada.

– Uma moça! Peguem-na! – um dos sicários berrou.

Eram tantos, tão numerosos, que ela não poderia arriscar algum confronto, mesmo num corredor estreito. E Bonhart devia estar muito próximo. Ciri recuou e pôs-se em fuga. Entrou correndo na sala da deusa de mármore e ficou paralisada.

Diante dela surgiu um cavaleiro com uma espada enorme, usando uma capa preta e um elmo ornamentado com as asas de uma ave de rapina.

A cidade estava em chamas. Ciri ouvia o estalido do fogo, via as chamas trêmulas, sentia o calor do incêndio. O relinchar dos cavalos e os gritos dos assassinados penetravam seus ouvidos... De repente, as asas da ave negra adejaram, encobriram tudo... "Socorro!"

"Cintra", pensou, recuperando a consciência. "A ilha de Thanedd. Ele veio me seguindo até aqui. É um demônio. Estou cercada por demônios, pelos íncubos dos meus sonhos. Atrás de mim, Bonhart. Diante de mim, ele."

Ouviam-se os gritos e as pisadas dos serviçais, que se aproximavam correndo.

De repente, o cavaleiro com o elmo deu um passo à frente. Ciri venceu o medo. Arrancou a andorinha da bainha.

– Não toque em mim!

O cavaleiro deu mais um passo, e Ciri viu, espantada, que atrás da capa dele escondia-se uma moça de cabelos claros que trazia um sabre recurvado na mão. A moça passou por Ciri feito um lince e com um golpe do sabre dilacerou um dos serviçais sobre a laje. E o cavaleiro, para espanto de Ciri, em vez de atacá-la, despedaçou o outro facínora com um poderoso corte. Os outros recuaram para dentro do corredor.

A moça de cabelos claros lançou-se na direção da porta, mas não conseguiu fechá-la. Embora gritasse e agitasse a espada ferozmente, os serviçais conseguiram afastá-la de debaixo do portal. Ciri viu um deles alanhá-la com uma lança e a moça cair de joelhos. Saltou, executando com a andorinha um corte a partir da orelha. Do outro lado surgiu correndo o cavaleiro negro, golpeando terrivelmente com a sua longa espada. A moça de cabelos claros, ainda ajoelhada, conseguiu tirar um machado de trás do cinto e lançou-o, acertando um dos fortões direto no rosto. Depois conseguiu chegar até a porta, fechou-a, e o cavaleiro passou o ferrolho nela.

– Ufa! Carvalho e ferro! Vai ser demorado eles conseguirem derrubar isto! – a moça falou.

– Não perderão tempo, procurarão outro caminho – o cavaleiro negro avaliou com firmeza. Logo em seguida, ao ver a perna da calça da moça ensopada de sangue, ficou soturno. A jovem acenou com a mão, num gesto de despreocupação.

– Vamos fugir daqui. – O cavaleiro tirou o elmo, olhou para Ciri e se apresentou: – Sou Cahir Mawr Dyffryn, o filho de Ceallach. Vim para cá junto com Geralt para socorrê-la, Ciri. Sei que é difícil de acreditar.

– Já vi coisas mais inacreditáveis – Ciri resmungou. – Você percorreu um longo caminho... Cahir... Onde está Geralt?

Cahir olhava para ela. Ciri lembrava os seus olhos da ilha de Thanedd. Olhos cor de anil escuro, macios como veludo. Belos olhos. Ele respondeu:

– Está socorrendo a feiticeira, a...

– Yennefer. Vamos.

– Vamos! – falou a moça de cabelos claros, improvisando uma atadura na coxa. – Precisamos ainda dar uns chutes em algumas bundas! Pela titia!

– Vamos – o cavaleiro repetiu.

Mas era tarde demais.

– Fujam – Ciri sussurrou, ao ver quem se aproximava pelo corredor. – É a encarnação do demônio. Mas ele quer só a mim, não vai persegui-los... Corram... Ajudem Geralt...

Cahir meneou a cabeça e falou suavemente:

– Ciri, fico espantado com as coisas que você diz. Vim aqui, para o outro lado do mundo, para encontrar, salvar e defender você, e agora você quer que eu fuja?

– Você não sabe com quem está lidando.

Cahir esticou as luvas, arrancou a capa e envolveu o antebraço esquerdo com ela. Agitou a espada e redemoinhou-a, produzindo um zunido.

– Já saberei.

Bonhart parou ao avistar os três, mas só por um momento, e falou:

– Hã?! Chegou o resgate? São seus companheiros, bruxa? Ótimo. Dois a mais, dois a menos, tanto faz.

De repente, Ciri teve um alumbramento e vociferou:

– Despeça-se da sua vida, Bonhart! Chegou o seu fim! O ferro com o ferro se afia!

Talvez tenha exagerado. Percebeu um tom falso na sua voz. Parou e olhou desconfiado.

– Um bruxo? Será mesmo?

Cahir redemoinhou a espada, assumindo a posição de ataque. Bonhart nem se mexeu. Sibilou:

– Que coisa! A bruxa prefere caras bem mais novos do que eu imaginava. Dê uma olhada aqui, valentão.

Abriu a camisa. Medalhões de prata reluziram em seu punho. Um gato, um grifo e um lobo. Rangeu os dentes e falou:

– Se você é um bruxo de verdade, então saiba que o seu amuleto de charlatão ornará minha coleção. E, se você não for um bruxo, será morto antes que consiga piscar os olhos. Seria mais sensato sair do meu caminho e fugir para bem longe. Eu quero essa moça, não guardo rancor de você.

– Sua valentia é da boca para fora – Cahir falou com calma, redemoinhando a lâmina. – Veremos quais são as suas habilidades. Angoulême, Ciri! Fujam!

– Cahir...

– Corram para socorrer Geralt – corrigiu-se.

Correram. Ciri escorava Angoulême, que mancava.

– Você próprio pediu isso. – Bonhart semicerrou os olhos pálidos e deu alguns passos para a frente, girando a espada.

– Eu próprio pedi isso? – Cahir Mawr Dyffryn aep Ceallach repetiu surdamente. – Não, assim determinou o destino!

Chocaram-se num salto, num embate rápido, cercando-se mutuamente numa agitação selvagem das espadas. O tinir do ferro encheu o corredor, provocando o tremor e o balançar aparente da estátua de mármore.

– Você não é nada mal – Bonhart rouquejou quando se separaram. – Não é nada mal, valentão. Mas não é nenhum bruxo, a pequena víbora me enganou. Sua hora chegou. Prepare-se para morrer.

– Só da boca para fora.

Cahir respirou fundo. O embate o convenceu de que tinha poucas chances contra os olhos de peixe. O indivíduo era rápido e forte demais para ele. Sua única chance era o fato de ele estar com pressa para perseguir Ciri. E ele estava visivelmente nervoso.

Bonhart atacou outra vez. Cahir bloqueou o corte, curvou-se, saltou, agarrou o adversário pela cintura, empurrou contra a parede e deu-lhe um golpe de joelho na virilha. Bonhart segurou o rosto dele e bateu-o com força três vezes seguidas, com o pomo da espada, na parte lateral da cabeça. O terceiro golpe fez Cahir tombar para trás. Ele viu a lâmina reluzir e instintivamente a bloqueou, mas muito devagar.

•

A família dos Dyffryn observava escrupulosamente a tradição. Todos os homens do clã velavam em silêncio, dia e noite, o corpo de um parente morto exposto na armaria do castelo. As mulheres, reunidas em outra ala, para não atrapalharem os homens, para não distraí-los nem perturbar suas reflexões, soluçavam, sofriam espasmos e desmaiavam. Quando se recuperavam, voltavam a soluçar e sofrer espasmos. E *da capo*.

Os espasmos e as lágrimas, até no caso das mulheres nobres de Vicovaro, eram vistos como algo sem sentido e uma grande desonra. Mas, na família dos Dyffryn, essa era a tradição, e ninguém a mudava, sequer se atrevia a mudá-la.

Cahir, um rapaz de dez anos, irmão caçula de Aillil, morto em Nazair e velado nesse mesmo instante na armaria do castelo, de acordo com os costumes e a tradição, ainda não era considerado um homem. Não pôde juntar-se ao grupo de homens reunido em volta do caixão aberto, não pôde ficar junto do avô Gruffyd, do pai Ceallach, do irmão Dheran e de toda a multidão de tios maternos e paternos, assim como de primos. Obviamente, tampouco foi-lhe permitido espasmar ou desmaiar com a avó, a mãe, as três irmãs e toda a multidão de tias maternas e paternas, assim como as primas. Junto de todos os parentes menores de idade que haviam ido a Darn Dyffra para as exéquias, o enterro e as celebrações subsequentes, Cahir se dedicou a fazer brincadeiras e travessuras nos muros. E acometia com seus punhos aqueles que consideravam seus próprios pais ou irmãos mais velhos, em vez de Aillil aep Ceallach, os mais valentes de todos na batalha de Nazair.

– Cahirzinho! Venha cá, filhinho!

Mawr, a mãe de Cahir, e a irmã dela, a tia Cinead var Anahid, estavam no claustro. O rosto da mãe estava vermelho e tão inchado de chorar que Cahir ficou apavorado. Sentiu-se comovido com o fato de que o choro tinha a capacidade de transformar a sua mãe – uma mulher excepcionalmente bela – num verdadeiro mascarão. Por isso, decidiu com convicção jamais verter sequer uma lágrima.

– Lembre-se, filhinho – Mawr soluçou, apertando o menino junto ao regaço com tanta força que o deixou sem ar. – Lembre-se deste dia. Lembre-se de quem tirou a vida de seu irmãozinho Aillil: foram os malditos nortelungos. Eles são seus inimigos, filhinho. Você deve sempre odiá-los, deve odiar essa maldita nação de assassinos!

– Vou odiá-los, mãe – Cahir prometeu, um pouco confuso. Primeiro, porque seu irmão Aillil havia morrido em batalha, com honra. Teve uma morte de guerreiro, louvável e digna de ser invejada. Por que, então, verter lágrimas? Segundo, não era nenhum segredo que a avó Eviva, a mãe de Mawr, descendia dos nortelungos. Às vezes o pai, durante os seus acessos de raiva, chamava a mãe de "a loba do Norte". Obviamente, ela jamais soube disso.

Mas, agora, já que se tratava da disposição materna...

– Eu os odiarei – jurou com ânimo. – Já os odeio! E quando crescer e tiver uma espada verdadeira, irei à guerra e cortarei suas cabeças! A senhora vai ver!

A mãe inspirou fundo e começou a espasmar. A tia Cinead a escorou.

Cahir fechava os punhos, tremendo de ódio. Odiava aqueles que magoaram sua mãe e fizeram que ficasse tão feia.

•

O golpe executado por Bonhart dilacerou a têmpora, a bochecha e a boca de Cahir. Ele deixou a espada cair e cambaleou. O caçador de recompensas deu meia-volta e cortou, acertando-o entre o pescoço e a clavícula. Cahir desabou aos pés da deusa de mármore, e seu sangue, feito um sacrifício pagão, espirrou sobre o pedestal da estátua.

•

Ressoou um estrondo, o chão estremeceu sob seus pés e um escudo caiu com fragor de uma panóplia exposta na parede. Uma fumaça corrosiva começou a flutuar e rastejar pelo corredor. Ciri enxugou o rosto. Pesava como uma pedra de moinho a moça de cabelos claros que ela escorava.

– Mais rápido... precisamos correr mais rápido...

– Eu não consigo ir mais rápido – a moça falou. E, de repente, sentou-se pesadamente no chão. Ciri viu, horrorizada, uma poça de sangue se formar e crescer debaixo dela e da perna de sua calça ensopada. A moça estava pálida como um moribundo.

Num instante, Ciri ajoelhou-se junto dela, tirou o seu xale, depois o seu cinto, e tentou usá-los como torniquetes. Mas a ferida era grande demais, e estava muito próxima da virilha. O sangue não parava de jorrar.

A moça agarrou-a pela mão. Seus dedos estavam frios como gelo.

– Ciri...

– Sim.

– Sou Angoulême. Eu não acreditava... não acreditava que iríamos achá-la. Mas segui Geralt... É impossível não segui-lo. Sabia?

– Sabia. Esse é o jeito dele.

– Nós a achamos, e salvamos, e Fringilla debochava de nós... Diga-me...

– Por favor, não fale mais nada.

– Diga... – Angoulême movia os lábios cada vez mais devagar e com um esforço cada vez maior. – Diga, já que você é uma rainha... Em Cintra... você nos concederá sua graça, não é? Você me nomeará... condessa? Diga, mas não minta... Você conseguirá fazer isso? Diga, por favor!

– Não fale nada. Poupe as suas forças.

Angoulême suspirou, curvou-se, apoiou a testa no braço de Ciri e falou com certa clareza:

– Sabia... sabia, caralho, que o bordel em Toussaint era um projeto de vida mais promissor.

Passou-se um momento muito longo antes de Ciri perceber que Angoulême, a moça que abraçava, havia morrido.

•

Ela o avistou quando se aproximava guiado pelos olhares mortos das canéforas que sustentavam as arcadas de alabastro. E, de repente, entendeu que a fuga era impossível, que não havia como fugir dele e que teria de confrontá-lo. Sabia disso. Mas ainda o temia muito.

Pegou a arma. A lâmina da andorinha cantou baixinho, e ela conhecia esse canto.

Recuava pelo largo corredor enquanto ele seguia atrás dela, segurando a espada com ambas as mãos. O sangue pingava da lâmina, gotejava intensamente do guarda-mão.

"Um cadáver", avaliou, passando por cima do corpo de Angoulême. "Muito bem. Aquele valentão também já foi para o jardim das tabuletas."

Ciri sentiu o desespero tomar conta dela. Seus dedos apertavam o cabo com tanta força que doíam. Começou a recuar.

– Você me enganou – Bonhart falava, arrastando as sílabas, enquanto a perseguia. – O valentão não tinha um medalhão. Mas algo me diz que aqui no castelo encontrarei alguém que usa um medalhão. Acharei alguém com o medalhão. O velho Leo Bonhart está determinado a apostar sua cabeça que o achará perto da bruxa Yennefer. Mas, antes disso, temos coisas mais importantes para tratar, víbora. Nós, em primeiro lugar, você e eu. E nossas núpcias.

Ciri tomou a decisão. Assumiu posição de guarda, traçando um curto arco com a andorinha. Começou a andar ao longo de um semicírculo, cada vez mais rápido, forçando o caçador de recompensas a girar sem sair do lugar. Ele falou arrastando as palavras:

– Da última vez esse artifício não adiantou muito. O que você fará, então? Não consegue aprender com os próprios erros?

Ciri apressou o passo. Com movimentos fluidos e suaves da lâmina, buscava confundir e desorientar, provocar e hipnotizar.

Bonhart girou a espada num sibilante molinete e rosnou:

– Isso não funciona comigo! E está me aborrecendo!

Diminuiu a distância, dando dois passos rápidos.

– Que ressoe a música!

Saltou e cortou com força. Ciri encolheu-se numa pirueta, levantou-se, apoiou-se na perna esquerda e golpeou imediatamente, sem tomar posição. Antes que a lâmina tinisse, bloqueada por Bonhart, ela já estava girando, deslizando com suavidade por baixo dos cortes sibilantes. Atacou outra vez, sem mover a espada, mas flexionando o cotovelo de maneira surpreendente, pouco comum. Bonhart impediu o golpe e, de imediato, executou um corte da esquerda. Ciri já havia imaginado que ele faria isso. Precisava apenas flexionar os joelhos levemente e balançar o tronco para esquivar-se do gume, por um décimo de polegada. Logo ela passou para o ataque, executando um golpe curto. Mas, desta vez, ele estava à sua espera, e desorientou-a com uma finta. Ciri quase perdeu o equilíbrio, aguardando uma parada, mas salvou-se saltando rápido. Mesmo assim, a espada de Bonhart esbarrou em seu braço. Em um primeiro momento ela achou que o gume havia cortado apenas a manga forrada, mas logo sentiu um líquido morno escorrer de debaixo da sua axila e da sua mão.

As canéforas de alabastro observavam os dois com olhos indiferentes.

Ciri recuava, e ele a seguia curvado, executando largos movimentos convexos com a espada, como se fosse a encarnação da morte esquelética que ela havia visto nas pinturas do templo. "A dança dos esqueletos", pensou "Aí vem o ceifador da morte."

Recuou. O líquido morno escorria pelo seu antebraço e pela sua mão.

– O primeiro sangue é para mim – Bonhart disse ao ver as gotículas estreladas que respingaram no chão. – Para quem será o segundo, minha amada?

Recuou novamente.

– Olhe para trás. É o fim.

E ele estava certo. O corredor terminava num abismo, num precipício. No fundo viam-se as tábuas empoeiradas, sujas e desordenadas do piso inferior. Essa parte do castelo estava destruída, nem sequer tinha chão. Sobrou apenas o esqueleto da construção, composto das pilastras, da cumeeira e da grade de vigas que ligava tudo.

Ciri hesitou. Pisou numa viga e recuou sobre ela, sem tirar os olhos de Bonhart, observando todos os movimentos dele. Foi o que a salvou. De repente, ele se lançou sobre ela, correndo pela viga, cortando o ar com rápidos movimentos cruzados, agitando a espada em velozes fintas. Sabia o que ele estava esperando. Uma parada falha ou uma finta errada fariam Ciri desequilibrar-se, e então ela cairia da viga sobre o piso arruinado do andar inferior.

Mas Ciri não se deixou enganar com as fintas. Pelo contrário, esquivou-se de modo gracioso, iniciando um golpe de direita. Bonhart hesitou por um átimo de segundo, e então ela repetiu o corte da direita, tão veloz e forte que ele balançou após o bloqueio e teria caído se não fosse a sua altura. Com o braço esquerdo levantado, conseguiu segurar a cumeeira e manter o equilíbrio. Mas, por uma fração de segundo, perdeu a concentração. E, para Ciri, esse intervalo de tempo era suficiente. Lançou-se numa estocada e arremessou com força, estendendo ao máximo o braço e a lâmina.

Bonhart nem tremeu quando o gume da andorinha deslizou, sibilando pelo seu peito e pelo seu braço esquerdo. Revidou de imediato, e com tanta força que o golpe teria dilacerado Ciri ao meio se não tivesse executado uma pirueta para trás. Ela saltou para a viga mais próxima, flexionando o joelho e segurando a espada na horizontal, acima da cabeça.

Ele olhou para o próprio braço e ergueu a mão esquerda, marcada com um desenho de zigue-zagues cor de carmesim. Olhou para as gotas espessas que pingavam para baixo, para o abismo, e falou:

– E não é que você consegue aprender com os próprios erros, hein?... – A voz dele tremia de raiva. Mas Ciri o conhecia bem. Estava calmo, concentrado e pronto para matar.

Bonhart saltou até a viga em que Ciri estava, executando golpes cruzados. Prosseguia com ímpeto, pressionando-a para que recuasse, pisando firme, sem vacilar, sem sequer olhar onde pisava. A viga estalava e soltava poeira.

Continuou pressionando-a com golpes cruzados. Forçou-a a recuar para trás. Atacava com tanta rapidez que não lhe dava oportunidade para arriscar-se, saltando ou executando uma pirueta. Ela era obrigada a defender-se e esquivar-se o tempo todo.

Viu os olhos de peixe de Bonhart fulgurarem. Sabia o que isso significava. Ele a empurrou contra uma pilastra, uma cruzeta abaixo da cumeeira, para um lugar do qual ela não teria como fugir.

Ciri precisava fazer alguma coisa, e, de repente, percebeu o quê.

Kaer Morhen. O pêndulo.

"Você impele o pêndulo, absorve o seu ímpeto, a sua energia. Você absorve o seu ímpeto rebatendo-o. Entendeu?"

"Entendi, Geralt."

De repente, com a velocidade de uma víbora em ataque, passou da defesa à ofensiva. A lâmina da andorinha gemeu, chocando-se com a espada de Bonhart. No mesmo instante, num impulso, Ciri pulou para a viga adjacente. Conseguiu parar e, milagrosamente, manter o equilíbrio. Deu alguns passos ligeiros, saltou outra vez, retornou à viga onde estava Bonhart e pousou atrás das costas dele. Virou na hora certa, cortou largamente, quase às cegas, no lugar onde deveria pousar. Falhou por um fio de cabelo, e o ímpeto do golpe o fez vacilar. Atacou feito um raio. Lançou-se num ataque por estocada e caiu, flexionando o joelho. Cortou firme e fortemente. E ficou paralisada, com a espada estendida para o lado, olhando com calma o longo e liso corte transversal na túnica de Bonhart ficar encharcado e verter um espesso líquido encarnado.

– Sua... sua... – ele vacilou. Bonhart lançou-se sobre ela. Já estava mole e entorpecido. Ciri fugiu, dando um salto para trás, e ele não conseguiu manter o equilíbrio. Caiu sobre um joelho, mas não conseguiu acertar a viga, e a madeira já estava molhada e escorregadia. Por um segundo ficou olhando para Ciri, depois caiu.

Ciri viu Bonhart cair sobre o piso. Uma nuvem de poeira, reboco e sangue elevou-se como um gêiser do chão. Ele arremessou a sua espada para o lado, a uma grande distância. Estava inerte, escarranchado, enorme, magro, ferido e completamente indefeso, mas continuava com um aspecto horripilante.

Demorou um pouco para que por fim se mexesse. Gemeu. Tentou levantar a cabeça. Movimentou os braços e as pernas. Arrastou-se até a pilastra e encostou-se nela. Gemeu outra vez, apalpando com as mãos o peito e a barriga ensanguentados.

Ciri pulou. Caiu junto dele, de cócoras, com a ligeireza de um gato. Viu seus olhos de peixe abrirem-se de medo.

– Você venceu... – estertorou, olhando para o gume da andorinha. – Você venceu, bruxa. Lamento que não tenha sido na arena... Daria um ótimo espetáculo...

Ela não disse nada.

– Fui eu quem lhe deu essa espada, lembra-se? – ele falou.

– Eu me lembro de tudo.

– Você vai... você vai acabar comigo de vez? Você não vai fazer isso comigo... Não vai matar alguém derrubado e indefeso... Eu a conheço, Ciri. Você é demasiado... nobre para fazer isso – gemeu.

Ciri ficou olhando para Bonhart por um momento, um longo momento. Depois debruçou-se sobre ele, e os seus olhos abriram-se ainda mais. Mas ela apenas arrancou do seu pescoço os medalhões de lobo, gato e grifo, virou-se e dirigiu-se para a saída.

Bonhart lançou-se sobre ela com uma faca. Saltou de maneira traiçoeira, ardilosa e silenciosa, como um morcego. Soltou um berro só no último momento, quando o punhal estava prestes a ser encravado, até o cabo, em suas costas. E nesse berro manifestou todo o seu ódio.

Ciri esquivou-se da punhalada traiçoeira com uma célere meia-volta e um salto para o lado. Virou-se e executou um golpe rápido, extenso e forte, impulsionando todo o braço. Fez aumentar o impacto do golpe girando as ancas. A andorinha sibilou e cortou só com a ponta da lâmina. Ressoou um silvo e um estalo. Bonhart agarrou sua garganta. Os olhos de peixe saltaram das órbitas.

– Eu já disse a você que me lembro de tudo – Ciri falou com frieza.

Bonhart arregalou os olhos ainda mais, e depois caiu. Inclinou-se para trás e desabou, levantando poeira. Enorme, magro como o ceifador, ficou prostrado sobre o chão sujo, por entre tacos quebrados. Continuou apertando a garganta forte e firmemente. Apesar disso, a vida se esvaía rapidamente por entre os seus dedos, derramava-se em volta da sua cabeça na forma de uma enorme auréola negra.

Ciri ficou em pé, alteando sobre Bonhart, em silêncio, para que ele a enxergasse bem e levasse consigo a sua imagem, apenas a sua imagem, para onde quer que fosse.

Ele olhou para ela com um olhar turvo e diluído. Tremeu, tomado por convulsões, esfregando os saltos dos sapatos sobre as tábuas do piso. Depois emitiu um borbulhar, o mesmo borbulhar que um funil produz depois que toda a substância escorreu por ele. E esse foi o último som que emitiu.

•

Ouviu-se um estouro, e os vitrais arrebentaram, tinindo e estrugindo.

– Cuidado, Geralt!

Saltaram para o lado na hora certa. Um raio ofuscante sulcou o piso. Pedaços de terracota e afiados fragmentos do mosaico chiaram no ar. Outro raio acertou a coluna atrás da qual o bruxo estava escondido, e ela quebrou-se em três pedaços. A metade da arcada desprendeu-se da abóbada e desabou, produzindo um ribombo ensurdecedor. Geralt, prostrado no chão, cobriu a cabeça com as mãos, mesmo sabendo que era uma proteção muito fraca contra a grande massa de entulho que caía sobre ele. Estava preparado para o pior, mas acabou não se saindo tão mal. Levantou-se às pressas e ainda conseguiu ver sobre si próprio o halo de um escudo mágico. Percebeu que foi salvo pela magia de Yennefer.

Vilgefortz virou-se para a feiticeira e despedaçou por completo a pilastra atrás da qual ela estava escondida. Rugiu de ira, alinhavando a nuvem de fumaça e poeira com filamentos de fogo. Yennefer conseguiu desviar-se para o lado e revidou, atirando seu próprio raio contra o feiticeiro, que o rebateu sem dificuldade, e até com desdém. Ele reagiu com um golpe que a derrubou no chão.

Geralt lançou-se sobre Vilgefortz, limpando o rosto do pó do reboco. O feiticeiro olhou para ele e apontou o braço na sua direção, do qual dispararam, estrugindo, chamas. O bruxo cobriu-se instintivamente com a espada e, de modo surpreendente, foi protegido pela lâmina anã ornada de runas, que cortou a língua de fogo ao meio. Vilgefortz rugiu:

– Hã! Estou impressionado, bruxo! E o que você vai dizer sobre isto?

O bruxo não disse nada. Foi arremessado para trás, como se tivesse sido atingido por um aríete. Derrubado no chão, deslizou sobre ele, parando ao pé da base da coluna, que quebrou e caiu aos pedaços, o que fez boa parte da abóbada desabar de novo. Desta vez Yennefer não conseguiu defendê-lo com a sua proteção mágica. Um grande pedaço da arcada se desprendeu e o atingiu no ombro, derrubando-o de vez. Por um momento, ficou paralisado por causa da dor.

Yennefer, proferindo encantos, enviava um raio atrás do outro contra Vilgefortz, mas nenhum deles o acertou. Todos eram rebatidos pela esfera mágica que protegia o feiticeiro. De repente, ele estendeu as mãos, afastando-as bruscamente. Yennefer gritou de dor, ergueu-se para o alto e ficou levitando. Vilgefortz torceu as mãos, da mesma maneira como se torce um pano molhado. A feiticeira soltou um uivo penetrante e começou a se contorcer.

Geralt levantou-se às pressas, superando a dor, mas Regis se antecipou a ele. O vampiro apareceu do nada, sob a forma de um enorme morcego, e atacou Vilgefortz num voo silencioso. Antes que o feiticeiro conseguisse proteger-se com algum encanto, Regis acutilou o rosto dele com as suas garras, e não conseguiu acertar o seu olho pelo simples fato de ser excepcionalmente pequeno. Vilgefortz berrou e agitou as mãos. Yennefer, já livre, desabou em cima de uma pilha de entulho, gemendo de forma lancinante. O sangue jorrou do seu nariz, cobrindo o seu rosto e o seu peito.

Geralt, que já estava próximo a eles, ergueu o sihill para executar um golpe. Mas Vilgefortz ainda não estava derrotado, nem pensava em se entregar. Empurrou o bruxo para trás com uma poderosa onda de energia e atirou contra o vampiro um ofuscante raio branco que cortou a coluna como uma faca quente corta a manteiga. Regis esquivou-se habilmente do raio e materializou-se junto a Geralt, na sua forma normal.

– Cuidado! Cuidado, Regis... – o bruxo gemeu, tentando ver como estava Yennefer.

– Cuidado? Eu, hein... Não foi para isso que vim aqui! – o vampiro gritou, lançou-se sobre o feiticeiro num verdadeiro salto de tigre, incrível e veloz, e agarrou sua garganta. Os seus caninos reluziram.

Vilgefortz uivou de ira e terror. Por um momento, pareceu morto, mas era apenas ilusão. Em seu arsenal, o feiticeiro tinha uma arma para cada ocasião, e contra qualquer adversário, até mesmo contra um vampiro.

Agarrou Regis com as mãos, que arderam como um ferro incandescente. O vampiro gritou. Geralt também gritou ao ver o feiticeiro literalmente rasgar Regis. Saltou para socorrê-lo, mas já era tarde demais. Vilgefortz empurrou o vampiro dilacerado contra a coluna e lançou um fogo branco das suas mãos. Regis soltou um grito tão penetrante que fez o bruxo tapar os ouvidos. Os vitrais restantes estouraram, tinindo e estrugindo, e a coluna simplesmente derreteu. O vampiro derreteu com ela, transformando-se numa massa disforme.

Geralt xingou. Depositou nesse xingamento toda a sua raiva e o seu desespero. Lançou-se, erguendo o sihill para executar um golpe, mas não conseguiu cortar. Vilgefortz se virou e o acertou com a energia mágica. O bruxo sobrevoou toda a extensão do salão e bateu na parede com ímpeto, deslizando sobre ela. Ficou prostrado no chão, engolindo o ar feito um peixe, pensando não nas partes do seu corpo que estavam quebradas, mas naquelas que ainda estavam inteiras. O feiticeiro ia na sua direção. Uma vara de ferro de seis pés de comprimento materializou-se em sua mão.

– Poderia transformá-lo em cinzas apenas com um feitiço – disse. – Poderia fundi-lo e transformá-lo em esmalte, como fiz com esse monstro há pouco tempo. No entanto você, bruxo, deveria morrer de outra maneira, num combate. Talvez não necessariamente justo, mas, definitivamente, num combate.

Geralt não acreditava que conseguiria levantar, mas conseguiu. Cuspiu o sangue que escorreu do lábio cortado e segurou a espada com mais força. Vilgefortz aproximou-se, girou a vara e falou:

– Na ilha de Thanedd, quebrei-o apenas levemente, poupei-o, pois queria apenas lhe dar uma lição. Como foi inútil, desta vez eu o quebrarei em pequenos pedaços, de um jeito que ninguém consiga mais colar você.

Atacou. Geralt não fugiu, aceitou o desafio.

A vara lampejava e silvava. O feiticeiro rodeava o bruxo, que esgrimia. Geralt evitava os golpes e ele próprio os executava, mas Vilgefortz os bloqueava com habilidade. O aço, ao se chocar, emitia um gemido funesto.

O feiticeiro era rápido e ágil como um demônio. Confundiu Geralt torcendo o tronco. Executou um golpe pela esquerda, bateu de baixo e feriu as costelas do bruxo. Antes que ele recuperasse o equilíbrio e a respiração, foi atingido com tanta força no ombro que caiu de joelhos. Dando um passo para trás, salvou seu crânio de um golpe executado de cima, mas não conseguiu se esquivar de um empurro no sentido inverso, efetuado de baixo, que o acertou acima dos quadris. Vacilou e bateu com as costas contra a parede. Ainda estava consciente ao cair no chão, e na hora certa, pois a vara de ferro passou de raspão pelo seu cabelo e atingiu o muro, soltando faíscas.

Geralt rolou. A vara continuava soltando faíscas junto da sua cabeça, na laje. O segundo golpe o acertou na escápula. Sentiu um choque. Uma dor paralisante e fraqueza tomaram conta das suas pernas. O feiticeiro ergueu a vara. Em seus olhos flamejava o triunfo.

O bruxo apertou o medalhão de Fringilla na mão. A vara caiu no chão tinindo, a um pé de distância da sua cabeça. Ele rolou no sentido contrário e levantou-se rapidamente, apoiando-se no joelho. Vilgefortz saltou até ele e o golpeou. Mais uma vez, a vara errou o alvo por poucas polegadas. O feiticeiro meneou a cabeça, incrédulo, e por um momento hesitou. Respirou, e de repente entendeu. Seus olhos brilharam. Saltou com ímpeto, mas já era tarde demais: Geralt acertou sua barriga, cortando-o na transversal, profundamente. Vilgefortz gritou, deixou a vara cair e recuou, curvado. O bruxo já estava junto dele. Empurrou-o com o sapato na direção do toco que sobrara da coluna quebrada e executou um extenso golpe transversal, cortando-o da clavícula até os quadris. O seu sangue jorrou, pintando sobre a laje um desenho ondulado. O feiticeiro gritou, caiu de joelhos, abaixou a cabeça, olhou para a barriga e o peito. Por um longo momento, não conseguia tirar os olhos daquilo que via.

Geralt esperava calmamente. Assumira a posição de guarda e segurava o sihill pronto para cortar. Vilgefortz soltou um gemido angustiante e ergueu a cabeça.

– Geraaalt...

O bruxo não deixou que ele terminasse.

Por um longo momento, tudo permaneceu em silêncio.

– Não sabia... – Yennefer finalmente falou, saindo com dificuldade de debaixo da pilha de entulho. Seu aspecto era horrível. O sangue que jorrava do seu nariz cobrira todo o seu queixo e o seu decote. Vendo o olhar confuso de Geralt, repetiu: – Não sabia que você conhecia os feitiços de ilusão, e, ainda mais, que seriam capazes de confundir Vilgefortz...

– Foi o meu medalhão.

– Pois é... – ela falou, olhando desconfiada. – Interessante. De qualquer maneira, estamos vivos graças a Ciri.

– Como?

– O olho de Vilgefortz. Ele não recuperou completamente a coordenação, nem sempre acertava. No entanto, devo minha vida principalmente a...

Silenciou, olhando para os restos da coluna fundida, na qual era possível reconhecer o perfil de uma silhueta.

– Quem era, Geralt?

– Um companheiro. Vou sentir muita falta dele.

– Era um ser humano?

– Era a encarnação da humanidade. E você, Yen, como está?

– Tenho algumas costelas quebradas, uma concussão, lesões nos quadris e na coluna. Mas, afora isso, tudo ótimo. E você?

– Mais ou menos do mesmo jeito.

Olhou indiferente para a cabeça de Vilgefortz, posicionada exatamente no meio do mosaico no chão. O pequeno olho do feiticeiro, vidrado, fitava-os, exprimindo uma muda repreensão.

– É uma visão agradável – afirmou.

– É mesmo – admitiu após um momento. – Mas para mim já chega. Você consegue andar?

– Com a sua ajuda, conseguirei.

•

Os três se encontraram no lugar onde os corredores se juntavam, abaixo das arcadas, sob os mortos olhares das canéforas de alabastro.

– Ciri! – falou o bruxo, esfregando os olhos.

– Ciri! – disse Yennefer, amparada pelo bruxo.

– Geralt! – chamou Ciri.

– Ciri, é tão bom revê-la – Yennefer respondeu, superando uma brusca contração da garganta.

– Senhora Yennefer!

A feiticeira soltou-se do aperto do bruxo e endireitou-se sofridamente.

– Que aparência é essa, menina! – disse num tom de repreensão. – Olhe só como você está! Ajeite esse cabelo! Endireite as costas! Venha cá.

Ciri aproximou-se, rígida como um autômato. Yennefer ajeitou e alisou o seu colarinho. Tentou tirar o sangue seco da manga da sua roupa. Tocou nos seus cabelos. Deixou a cicatriz da bochecha à mostra. Abraçou-a com força, com muita força. Geralt viu as suas mãos nas costas de Ciri, os dedos deformados. Não sentia raiva, nem ódio, nem lastimava. Estava apenas tomado pelo cansaço. E alimentava um enorme desejo de pôr fim àquilo tudo.

– Mamãe!

– Filha!

– Venham – decidiu interrompê-las, depois de um longo momento.

Ciri fungou e limpou o nariz com o dorso da mão. Yennefer lançou-lhe um olhar de repreensão e esfregou o olho, por causa de uma partícula que caíra nele. O bruxo olhava para o corredor de onde Ciri havia saído, como se estivesse esperando que alguém aparecesse saindo dele. Ciri meneou a cabeça, entendeu o que ele estava pensando.

– Vamos embora daqui – repetiu.

– Vamos! Quero ver o céu – Yennefer falou.

– Nunca mais os deixarei, nunca – Ciri prometeu surdamente.

– Vamos embora daqui. Ciri, ampare Yen – repetiu.

– Não preciso ser amparada!

– Deixe eu ajudá-la, mamãe.

Diante deles havia escadas, enormes escadas envoltas em fumaça, e um halo reluzente saindo das tochas e do fogo nos cestos de ferro. Ciri estremeceu. Já havia visto essas escadas, nos seus sonhos e nas suas visões.

Lá embaixo, longe, havia homens armados à sua espera.

– Estou cansada – sussurrou.
– Eu também – Geralt admitiu, desembainhando o sihill.
– Já estou farta de matar.
– Eu também.
– Não há nenhuma outra saída aqui?
– Não, não há. Só essas escadas. Precisamos enfrentá-las, moça. Yen quer ver o céu. E eu quero ver o céu e vocês duas, Yen e você.

Ciri olhou para trás, para Yennefer, que se apoiou no balaústre para não cair. Tirou os medalhões confiscados de Bonhart, pendurou o gato no pescoço e entregou o lobo a Geralt. Falou:

– Espero que você saiba que isto é apenas um símbolo.
– Tudo é apenas um símbolo.

Desembainhou a andorinha.

– Vamos, Geralt.
– Vamos. Fique junto de mim.

Quem esperava por eles ao pé da escada eram os mercenários de Skellen, apertando as armas nos punhos suados. Coruja, com um gesto rápido, mandou o primeiro turno subir as escadas. Os sapatos com solas revestidas de ferro retumbaram nos degraus.

– Devagar, Ciri. Não se apresse. Fique junto de mim.
– Tudo bem, Geralt.
– E com calma, menina. Mantenha a calma. Lembre-se, sem raiva, sem ódio. Precisamos sair daqui para ver o céu. E aqueles que tentarem barrar nosso caminho devem morrer. Não hesite.
– Não hesitarei. Quero ver o céu.

Percorreram o primeiro lance sem obstáculos. Os mercenários recuaram diante deles, espantados e surpresos com a sua calma. Mas, após um momento, três indivíduos saltaram até eles aos gritos, agitando as espadas. Foram mortos num instante.

– Juntos! Acabem com eles! – Coruja berrava lá de baixo.

Outros três indivíduos correram até eles. Geralt avançou rapidamente, desorientou-os com uma finta e executou um corte de baixo, acertando a garganta de um dos mercenários. Virou-se e deixou Ciri passar por baixo do seu braço direito. Ela lacerou suavemente o segundo fortão na altura da axila. O terceiro queria salvar sua vida saltando pelo balaústre, mas não conseguiu.

Geralt enxugou os respingos de sangue do seu rosto.

– Tenha mais calma, Ciri.

– Estou calma.

Mais três mercenários. Lâminas reluzindo, gritos, morte.

O sangue espesso escorria para baixo, pelos degraus das escadas.

Um fortão que usava uma brigantina rebitada com latão lançou-se sobre ele munido de um longo *spetum*, um tipo de lança. Seus olhos tinham um aspecto selvagem, pois ele havia usado drogas. Ciri afastou a haste com uma rápida parada transversal, dando espaço para Geralt executar o golpe. Enxugou o rosto. Prosseguiram sem olhar para trás.

O segundo lance de escadas já estava próximo. Skellen berrava:

– Acabem com eles! Ataquem! Acabeeem com eleees!

Ouviram-se passos e gritos nas escadas. Lâminas reluzindo, clamor. Morte.

– Muito bem, Ciri. Mas tenha mais calma. Sem euforia. E fique junto de mim.

– Eu sempre permanecerei ao seu lado.

– Não execute o corte com o braço, se conseguir fazê-lo com o cotovelo. Tenha cuidado.

– Terei.

A lâmina reluzindo. Gritaria, sangue. Morte.

– Muito bem, Ciri.

– Quero ver o céu.

– Eu te amo muito.

– Também te amo muito.

– Tenha cuidado. Está ficando escorregadio.

Lâminas reluzindo, ululos. Prosseguiram, avançando com o sangue que escorria pelos degraus das escadas. Dirigiram-se para baixo, descendo cada vez mais fundo pelas escadas do castelo de Stygga.

O fortão que tentou atacá-los escorregou no degrau ensanguentado e caiu prostrado aos seus pés. Clamou por piedade, cobrindo a cabeça com as mãos. Passaram por ele sem sequer lançar-lhe um olhar.

Até o terceiro lance, ninguém tinha se atrevido a barrar o seu caminho. Stefan Skellen berrava lá de baixo:

– Arcos! Peguem as bestas! Boreas Mun foi buscar as bestas! Onde ele está?

Coruja não tinha como saber, mas Boreas Mun já estava bem longe. Dirigia-se para o leste, com a testa encostada na crina do cavalo, forçando-o a um galope desenfreado.

Dos homens restantes que receberam a ordem de buscar os arcos e as bestas, apenas um voltou.

O mercenário que decidiu atirar tinha as mãos levemente trêmulas e os olhos lacrimejavam por causa do *fisstech*. A primeira seta passou de raspão pelo balaústre, a segunda nem sequer acertou a escada.

– Mais alto! Suba mais, imbecil! Atire de perto! – Coruja vociferou.

O besteiro fingiu que não ouvia. Skellen soltou um poderoso palavrão, arrancou a besta, saltou até as escadas, apoiou-se num dos joelhos e mirou. Geralt protegeu Ciri com o seu próprio corpo, mas a moça saiu de trás dele e, na hora em que a corda estalou, já estava em posição de guarda. Girou a espada até a quarta superior e rebateu a seta com tanta força que ela rodopiou por um longo tempo no ar antes de cair.

– Muito bem! Muito bem, Ciri! – Geralt murmurou. – Mas, se você fizer algo parecido outra vez, vou lhe dar uma surra.

Skellen soltou a besta. E, de repente, percebeu que estava sozinho.

Todos os seus homens encontravam-se amontoados ao pé das escadas, e nenhum deles demonstrava algum ânimo para subi-las. Além disso, parecia que eram menos numerosos. Outra vez saíram, certamente para buscar mais bestas.

O bruxo e a bruxa desciam as escadas ensanguentadas do castelo de Stygga com calma, sem apressar nem diminuir o passo, juntos, ombro a ombro, confundindo e baralhando com os rápidos movimentos das lâminas.

Skellen recuou, e continuou recuando até chegar ao pé das escadas. Quando alcançou o grupo dos seus homens, percebeu que o movimento de retrocesso continuava. Xingou, impotente.

– Rapazes! Ânimo! Ataquem! Juntos! Andem, força! Atrás de mim! – gritou, mas sua voz o traiu e saiu fraca.

– Vá o senhor – um dos mercenários balbuciou, aproximando a mão com o *fisstech* do seu nariz. Coruja acertou-o com um soco, sujando seu rosto, a manga e a parte da frente da túnica com o narcótico.

O bruxo e a bruxa desceram o segundo lance de escadas.

– Cerquem todos quando chegarem ao pé da escada! Animem-se, rapazes! Coragem! Às armas! – Skellen berrou.

Geralt olhou para Ciri e quase uivou de raiva quando viu, por entre os seus cabelos cinzentos, fios branquinhos que reluziam como prata. No entanto, segurou-se: não era hora de demonstrar raiva. Falou surdamente:

– Cuidado! Permaneça junto a mim.

– Eu sempre permanecerei ao seu lado.

– Lá embaixo as coisas vão se complicar.

– Eu sei. Mas estamos juntos.

– Estamos juntos.

– Estou com vocês – falou Yennefer, descendo com eles as ensanguentadas, rubras e escorregadias escadas.

– Juntos! Juntos! – Coruja rugia.

Alguns dos mercenários que haviam saído para buscar as bestas retornaram, mas sem elas, e nitidamente apavorados.

Dos três corredores que levavam até as escadas ressoou o estrondo de portas derrubadas com bardiches, o estridor e o tinir de ferro, o rumor de pisadas. E, de repente, saíram marchando dos três, simultaneamente, soldados usando elmos negros, armaduras e capas com o símbolo da salamandra prateada. Intimidados pelos gritos poderosos e ameaçadores, os mercenários de Skellen soltavam, um a um, as armas, que caíam tinindo no chão. Bestas, pontas de glaives e rogatinas foram apontadas contra os menos decididos, apressados com gritos ainda mais ameaçadores. Dessa vez todos obedeceram, pois era evidente que os soldados negros estavam prontos para matar e esperavam apenas um pretexto para fazer isso. Coruja ficou diante da coluna, com os braços cruzados no peito.

– Um milagroso resgate? – Ciri murmurou. Geralt meneou a cabeça, num gesto de negação.

As bestas e as pontas das armas também estavam apontadas para eles.

– *Glaeddyvan vort!*

Não fazia sentido resistir. O pé da escada parecia um formigueiro lotado de soldados negros, e eles já estavam muito, muito cansados mesmo. Mas não soltaram as espadas. Depositaram-nas cuidadosamente nos degraus e depois se sentaram. Geralt sentia o braço quente de Ciri encostado ao seu, ouvia a sua respiração.

Yennefer descia de lá passando por cadáveres e poças de sangue, mostrando aos soldados negros as mãos inermes. Sentou-se pesadamente junto deles no degrau. Geralt sentiu um calor junto do outro braço. "Pena que nem sempre possa ser assim", pensou. E sabia que não podia ser mesmo.

Os homens de Coruja foram amarrados e retirados um por um do lugar. Havia cada vez mais soldados usando capas ornadas com a salamandra. De repente, começaram a aparecer entre eles oficiais de alta patente, que podiam ser reconhecidos pelos penachos brancos, pelas bordas prateadas das armaduras e pelo respeito com o qual os outros soldados lhes cediam passagem.

Diante de um dos oficiais, cujo elmo era excepcionalmente ornado com prata, os soldados cederam passagem manifestando um respeito singular, inclusive em forma de reverências. Foi ele que se deteve diante de Skellen, parado junto a uma coluna. Coruja empalideceu, ficou branco como uma folha de papel. A sua reação foi nitidamente visível, mesmo na luz vacilante das tochas e dos restos das pinturas que queimavam nos cestos de ferro. O oficial falou com uma voz potente, que retumbou até na abóbada do salão:

– Stefan Skellen, você será julgado, será punido por traição.

Coruja foi retirado. Contudo, as suas mãos não foram amarradas, como as dos soldados rasos.

O oficial virou-se. Um pano em chamas desprendeu-se de um gobelim suspenso no alto e caiu redemoinhando feito uma enorme ave de fogo. O fulgor resplandeceu na borda de prata da sua armadura e na babeira do elmo, cuja cobertura chegava até a metade das bochechas e, como no caso de todos os soldados negros, tinha o formato de uma monstruosa mandíbula denteada.

"Chegou a nossa vez", Geralt pensou. E estava certo.

O oficial fitava Ciri. Os seus olhos fulguravam e, pelas aberturas do elmo, notavam e registravam tudo. A palidez. A cicatriz no rosto. O sangue na manga e na mão. Mechas brancas nos cabelos.

Depois, o nilfgaardiano olhou para o bruxo.

– Vilgefortz? – perguntou com a sua voz potente. Geralt meneou a cabeça, num gesto de negação.

– Cahir aep Ceallach?

Outra vez o mesmo gesto.

– Uma carnificina – o oficial falou, olhando para as escadas. – Uma carnificina sangrenta. Mas não há o que fazer... Quem com ferro fere, com ferro será ferido... Além disso, você poupou trabalho aos carrascos. Você percorreu um longo caminho, bruxo.

Geralt não disse nada. Ciri fungou e limpou o nariz com o punho. Yennefer lançou-lhe um olhar de repreensão. O nilfgaardiano notou isso também e sorriu.

– Você percorreu um longo caminho – repetiu. – Você veio aqui do próprio fim do mundo. Atrás dela e para ela. Só por isso você merece uma recompensa. Senhor de Rideaux!

– Às ordens, Vossa Alteza Imperial!

O bruxo não ficou surpreso.

– Procure, por favor, uma câmara discreta onde eu possa conversar com o senhor Geralt de Rívia sem sermos incomodados. Enquanto isso, peço que providenciem todas as comodidades e todos os serviços para as senhoras. Claro, sob vigilância atenta e permanente.

– Assim será feito, Vossa Alteza Imperial.

– Senhor Geralt, siga-me, por favor.

O bruxo levantou-se. Olhou para Yennefer e Ciri, tentando acalmá-las, sinalizar que não fizessem asneiras, mas não foi necessário. Ambas estavam terrivelmente cansadas, e resignadas.

•

– Você percorreu um longo caminho – Emhyr var Emreis, Deithwen Addan yn Carn aep Morvudd, a Chama Branca Dançante sobre Mamoas dos Inimigos, repetiu, tirando o elmo. – Não sei se você, Duny, não percorreu um caminho ainda mais longo – Geralt respondeu com calma.

– Parabéns, você me reconheceu – o imperador sorriu. – E olhe que dizem que a falta da barba e o comportamento fizeram de mim outra pessoa. Muitos daqueles que me viam em Cintra passavam depois em Nilfgaard e participavam das minhas audiências, mas ninguém conseguiu me reconhecer. E você me viu uma única vez, há dezesseis anos. Minha imagem ficou tão gravada na sua memória?

– Não o reconheceria, você realmente mudou muito. Simplesmente presumi que era você, e já faz algum tempo. Com a ajuda e as dicas de outras pessoas, descobri qual era o papel do incesto na família de Ciri e no sangue dela. Em um dos pesadelos, sonhei com o pior, o mais abominável dos incestos. E eis que encontro você aqui, em pessoa.

– Mal consegue ficar em pé – Emhyr falou com frieza. – E as impertinências forçadas fazem você vacilar ainda mais. Pode se sentar na presença do imperador. Eu lhe garanto esse privilégio... vitalício.

Geralt sentou-se, aliviado. Emhyr continuava encostado ao armário esculpido e falou:

– Você salvou a vida de minha filha, em várias ocasiões. Eu lhe agradeço, no meu nome e no nome da minha posteridade.

– Você deve estar brincando comigo.

– Cirilla – Emhyr não se preocupou com a ironia – vai para Nilfgaard. No momento adequado se tornará imperatriz, como dezenas de moças que viravam e viram rainhas, ou seja, quase sem conhecer seu marido e, com frequência, sem ter uma boa impressão dele, baseadas no primeiro encontro. Muitas vezes desiludidas com os primeiros dias e... as primeiras noites de casamento. Cirilla não será a primeira.

Geralt absteve-se de fazer qualquer comentário. O imperador continuou:

– Cirilla será feliz, como a maioria das rainhas, como acabei de dizer. A felicidade virá com o tempo. O amor, que nem sequer exijo, ela transferirá para o filho que conceberei nela. Será um arquipríncipe, depois um imperador que também conceberá um filho, o filho que será o soberano do mundo e que o salvará da destruição. Assim diz a profecia, cujo conteúdo exato apenas eu conheço.

A Chama Branca retomou o discurso:

– Obviamente, Cirilla nunca saberá quem eu sou. Esse segredo morrerá com aqueles que têm conhecimento dele.

– Claro – Geralt acenou com a cabeça. – Nada poderia ser mais óbvio do que isso.

Emhyr falou após um momento:

– Você não pode ignorar a mão do destino, que manifestou a sua presença em tudo, em absolutamente tudo, inclusive nas suas ações, desde o início.

– Vejo nisso antes a mão de Vilgefortz. Foi ele que o encaminhou para Cintra, não foi? Quando você ainda era o Ouriço encantado? Foi ele que fez Pavetta...

– Você está vagando no nevoeiro – Emhyr o interrompeu bruscamente, arremessando para trás a capa com a salamandra. – Você não sabe de nada, nem precisa saber. Não o chamei aqui para lhe contar a história da minha vida, nem para lhe prestar esclarecimentos. Você só merece receber a garantia de que a moça não sofrerá nenhum dano. Não tenho nenhum tipo de dívidas com você, bruxo, nenhum...

– Tem, sim! – Geralt interrompeu de forma igualmente brusca. – Você rompeu o acordo. Mentiu, apesar da palavra dada. Isso tudo constitui dívidas, Duny. Você rompeu o acordo sendo príncipe, portanto tem dívidas como imperador, com juros imperiais, e por um período de dez anos!

– Só isso?

– Só isso, só isso é o que cabe a mim. Não quero nada a mais, tampouco a menos! Era para eu vir e ficar com a criança quando ela fizesse seis anos. Você não esperou até o prazo combinado. Queria roubá-la antes que ele se encerrasse. Mas o destino do qual você fala debochou de você. Por dez anos você tentou lutar contra ele. Agora você tem Ciri, sua própria filha, que você um dia privou da convivência com os pais de uma maneira vil e abominável, e com quem agora você quer conceber filhos, de forma vil e abominável, frutos de um incesto, sem exigir o amor dela. E com razão, pois você não merece o amor dela. Cá entre nós, Duny, nem sei como você conseguirá olhar nos olhos de Ciri.

– O fim justifica os meios – Emhyr falou surdamente. – Faço tudo isso para a posterioridade, para salvar o mundo.

– Se o mundo precisar ser salvo dessa maneira – o bruxo ergueu a cabeça abruptamente –, então é melhor que seja destruído. Acredite, Duny, é melhor que seja extinto.

– Você está pálido – Emhyr var Emreis falou quase suavemente. – Não fique tão nervoso, pode desmaiar.

Distanciou-se do armário, afastou a cadeira e se sentou. O bruxo estava realmente tonto. O imperador começou a falar calma e silenciosamente:

– O Ouriço de Ferro era uma maneira de forçar meu pai a colaborar com o usurpador. Isso aconteceu depois do golpe, quando meu pai, o imperador destituído, foi preso e torturado. No entanto, não conseguiam subjugá-lo, por isso tentavam de outras maneiras Na presença do meu pai, um feiticeiro a serviço do usurpador transformou-me num monstro. Pela sua própria iniciativa, acrescentou um toque de humor. "Eimyr", na nossa língua, significa "ouriço".

Continuou:

– Meu pai não deixou que o subjugassem, por isso foi assassinado. No que diz respeito a mim, soltaram-me numa floresta e atiçaram os cães para atacar-me. Consegui sobreviver. Não me perseguiram por muito tempo. Não sabiam que o trabalho do feiticeiro havia sido malfeito e que à noite eu recuperaria o meu aspecto humano. Felizmente, conhecia algumas pessoas leais com as quais podia contar. E saiba que na época eu tinha treze anos. Precisei fugir do meu próprio país. Um astrólogo meio excêntrico chamado Xarthisius leu nas estrelas que eu deveria procurar o remédio contra o encanto no Norte, para além das Escadas de Marnadal. Depois de me tornar imperador, eu o presenteei com uma torre e um novo equipamento. Naquela época ele precisava pedir tudo emprestado.

Prosseguiu:

– Quanto a Cintra, você sabe o que aconteceu lá, então não vale a pena gastar tempo entrando em detalhes. No entanto, nego que Vilgefortz tenha tido algo a ver com aqueles acontecimentos. Primeiro, porque na época eu ainda não o conhecia. Segundo, tinha uma aversão muito grande aos magos. Aliás, continuo não gostando deles até hoje. E, só para lembrar, quando recuperei o trono, peguei aquele feiticeiro que servia ao usurpador e me torturava na presença do meu pai, e também acabei usando o meu senso de humor. O mágico chamava-se Braathens, palavra que na nossa língua soa quase como "frito".

Depois, disse:

– Mas chega de digressões. Voltemos ao assunto. Vilgefortz visitou-me secretamente em Cintra pouco após o nascimento de Ciri. Apresentou-se como um confidente das pessoas que continuavam fiéis a mim e que conspiravam contra o usurpador. Ofereceu ajuda, e não demorou a provar que sabia prestá-la. Quando, ainda desconfiado, perguntei os motivos, sem rodeios ele declarou que contava com uma recompensa: a graça, os privilégios e o poder outorgado pelo grande imperador de Nilfgaard. Ou seja, eu, o poderoso soberano que governaria metade do mundo, e que conceberia um filho que governaria o mundo inteiro. E o feiticeiro declarou, sem escrúpulos, que planejava ganhar mais poder ao lado desses poderosos soberanos. Nesse momento, tirou alguns rolos de papel amarrados em pele de serpente e me recomendou que me familiarizasse com o seu conteúdo. Foi assim que conheci a profecia – o destino do mundo e do universo. Soube o que precisava fazer, e cheguei à conclusão de que o fim justificava os meios.

– Claro.

Emhyr ignorou a ironia e continuou:

– Entretanto, em Nilfgaard, os meus negócios estavam cada vez melhores. Os meus guerrilheiros tornavam-se cada vez mais influentes, até que, após receberem o apoio de um grupo de oficiais que serviam na frente, e do corpo de cadetes, decidiram dar um golpe de Estado. Mas, para isso, precisavam de mim, da minha pessoa, do verdadeiro herdeiro do trono e da coroa do império, do legítimo Emreis do sangue dos Emreis. Eu seria uma espécie de estandarte da revolução. Mas, cá entre nós, muitos revolucionários nutriam esperanças de que o meu papel se restringisse apenas a isso. Os que estão vivos até hoje não se conformaram. Porém, como já disse, deixemos as digressões de lado. Precisava voltar para casa. Chegou a hora de Duny, o falso príncipe de Maecht e um fingido duque cintrense, reclamar sua herança. Contudo, eu não havia esquecido a profecia. Precisava voltar junto com Ciri. E Calanthe não tirava os olhos de mim.

– Ela nunca confiou em você.

– Eu sei. Acho que ela sabia alguma coisa sobre a profecia e estava determinada a me atrapalhar. Lá em Cintra, eu estava sob o seu domínio. Por isso precisava voltar para Nilfgaard, mas de um jeito que ninguém suspeitasse de que eu era Duny, e de que Ciri era minha filha. Foi Vilgefortz que me orientou como fazer isso. Duny, Pavetta e sua filha morreriam, desapareceriam sem deixar nenhum vestígio.

– Num naufrágio simulado.

– Isso mesmo. Durante uma travessia das ilhas de Skellige para Cintra, no abismo de Sedna, Vilgefortz puxaria o navio com um aspirador mágico. Eu, Pavetta e Ciri nos fecharíamos e sobreviveríamos numa cabine especialmente protegida, e a tripulação...

– Morreria – o bruxo finalizou. – E foi assim que começou o seu jogo duro.

Emhyr var Emreis permaneceu em silêncio por algum tempo. Por fim, falou, com voz apagada:

– Começou mais cedo, lamentavelmente, no momento em que percebi que Ciri não estava a bordo.

Geralt ergueu as sobrancelhas. O imperador falou, sem demonstrar nenhuma emoção:

– Infelizmente, nos meus planos, não reconheci as habilidades de Pavetta. Essa moça melancólica, com o olhar sempre baixo, percebeu as minhas intenções e me desmascarou. Antes de atracar, mandou que a criança desembarcasse. Fiquei furioso, e ela também. Teve um ataque de histeria. Durante uma violenta discussão, caiu borda afora. Antes que conseguisse pular atrás dela, Vilgefortz puxou o navio com o seu aspirador. Bati a cabeça em alguma coisa e perdi a consciência. Sobrevivi por milagre, enrolado nos cabos. Quando acordei, estava todo envolto em ataduras. Havia quebrado o braço...

– Estou curioso para saber como se sente um homem que matou a própria mulher – o bruxo comentou com frieza.

– Horrível! – Emhyr respondeu sem demora. – Eu me sentia e continuo me sentindo horrível. No entanto, isso não muda o fato de eu nunca ter amado Pavetta. O fim justificava os meios. Mas lamento sinceramente a sua morte. Não queria que morresse, nem planejei a sua morte, que foi acidental.

– Está mentindo, e isso não convém a um imperador – Geralt falou secamente. – Pavetta não podia viver. Caso contrário, ela desmascararia você e nunca permitiria que cumprisse os seus planos com relação a Ciri.

– Estaria viva – Emhyr negou –, morando em algum lugar... distante. Há muitos castelos... Darn Rowan, por exemplo... Não conseguiria matá-la.

– Mesmo em nome de um fim que justifica os meios?

O imperador esfregou o rosto e falou:

– Sempre se pode achar um meio menos drástico. Existe sempre um vasto leque de opções.

– Nem sempre – o bruxo falou, mirando em seus olhos. Emhyr fugiu de seu olhar.

– Era nisso que eu estava pensando – Geralt acenou com a cabeça. – Termine de contar a história. O tempo corre.

– Calanthe não tirava os olhos da menina. Não podia nem pensar na ideia de sequestrá-la... Minhas relações com Vilgefortz arrefeceram bastante. Contudo, ainda tinha aversão a outros mágicos... E os meus militares e a aristocracia pressionavam-me para iniciar a guerra e atacar Cintra. Garantiam que o povo o exigia, que o povo precisava de espaço para viver, que ouvir a *vox populi* significaria sedimentar meu papel como imperador. Decidi matar dois coelhos com uma só cajadada: conquistar Cintra e Ciri de uma só vez. O restante da história você já conhece.

Geralt acenou com a cabeça.

– Conheço. Obrigado por esta conversa, Duny. Agradeço o tempo que dedicou a mim. Mas não posso demorar mais. Estou muito cansado. Assisti à morte dos meus amigos que me acompanharam desde o fim do mundo até aqui. Vieram para socorrer a sua filha, sem nunca tê-la conhecido. Além de Cahir, nenhum deles a conhecia. E vieram para salvá-la, porque havia neles algo bom e nobre. E o que aconteceu? Encontraram a morte. Acho isso injusto. E, se quiser saber, não me conformo com isso. Não vale para nada uma história em que os bons morrem e os vilões continuam vivos, fazendo maldades. Não tenho mais forças, imperador. Chame os seus homens.

– Bruxo...

– O segredo deve morrer com aqueles que o conhecem. Foi o que você mesmo falou. Não existe outra escolha. Não é verdade que são muitas as escolhas. Fugirei de todas as prisões. Tirarei Ciri de você, e estarei disposto a pagar qualquer preço para salvá-la. Você tem plena consciência disso.

– Tenho.

– Você pode deixar Yennefer viva. Ela não conhece o segredo.

Emhyr falou com seriedade:

– Ela pagará qualquer preço para salvar Ciri e vingar a sua morte.

O bruxo acenou com a cabeça e respondeu:

– É verdade. Realmente, esqueci o quanto ela ama Ciri. Você tem razão, Duny. Por isso mesmo, não há como fugir do destino. Mas tenho um pedido a fazer.

– Diga.

– Deixe que eu me despeça de ambas. Depois estarei à sua disposição.

Emhyr ficou à janela observando os cumes das montanhas.

– Não posso negar, mas...

– Não tenha medo. Não direi nada a Ciri. Eu a magoaria revelando-lhe a sua identidade, e eu não seria capaz de magoá-la.

Emhyr permaneceu em silêncio por um longo momento, virado para a janela.

– Talvez eu tenha alguma dívida com você. – Deu meia-volta. – Ouça, então, a minha proposta para pagá-la. Há muito, muito tempo, em épocas muito remotas, quando as pessoas ainda tinham honra, orgulho e dignidade, quando davam valor à sua palavra e temiam apenas a vergonha, um homem honrado que tinha sido condenado à morte, para se livrar da infame mão do carrasco ou de um sicário, mergulhou numa banheira com água quente e cortou as veias. Você pensaria...

– Mande encher a banheira.

– Você pensaria na minha proposta para que Yennefer o acompanhasse nesse banho?

– Estou quase convencido de que sim. Mas precisa perguntar a ela, pois é uma pessoa de uma natureza um pouco rebelde.

– Sei disso.

•

Yennefer concordou sem hesitar.

– O círculo se fechou – acrescentou, olhando para os seus punhos. – A serpente Uroboros abocanhou a própria cauda.

•

– Eu não entendo! – Ciri sibilou como um gato raivoso. – Eu não entendo por que devo ir com ele. Para onde? E para quê?

– Filhinha – Yennefer falou delicadamente. – Esse é o seu destino. Entenda, simplesmente não pode ser de outra forma.

– E vocês?

– Nosso destino – Yennefer olhou para Geralt – também nos espera. Simplesmente tem que ser assim. Venha cá, filhinha. Abrace-me com força.

– Eles querem assassiná-los, não é? Eu não admito isso! Acabei de reencontrá-los! É injusto!

– Quem com ferro fere – Emhyr var Emreis respondeu surdamente –, com ferro será ferido. Lutaram contra mim e perderam. Mas perderam com dignidade.

Ciri aproximou-se dele em três passos, e Geralt inspirou o ar silenciosamente. Ouviu o suspiro de Yennefer. Diabos, todos sabem! Todo o seu exército negro nota aquilo que não pode ser escondido! A mesma postura, os mesmos olhos fulgurantes, o mesmo esgar da boca. Os braços cruzados no peito de forma idêntica. Por sorte, por muita sorte, herdou o cabelo cinzento da mãe. Mesmo assim, com um olhar atento, percebe-se nitidamente de quem é o sangue que corre em suas veias...

– Ora, você – disse Ciri, repreendendo Emhyr com o olhar fulgurante. – Você ganhou. E considera isso uma vitória digna?

Emhyr var Emreis não respondeu. Apenas sorriu, fitando a moça com um olhar que expressava nítida satisfação. Ciri cerrou os dentes.

– Tantos homens morreram. Tantas pessoas morreram por causa de tudo isso. Perderam com dignidade? A morte é digna? Só uma besta pode pensar assim. No entanto, eu, embora tenha visto a morte de perto, não me deixei transformar numa besta, e jamais deixarei.

Emhyr não respondeu. Olhava para ela. Parecia absorvê-la com o olhar. Ciri sibilou:

– Eu sei o que você está tramando, o que você quer fazer comigo. E logo aviso: não deixarei que me toque. E se você... se você... eu o matarei. Mesmo amarrada. Quando você dormir, vou dilacerar a sua garganta a dentadas.

Com um gesto rápido, o imperador silenciou o murmúrio que ressoou entre os oficiais que o rodeavam. Arrastando as sílabas e sem tirar os olhos de Ciri, falou:

– Acontecerá aquilo que está predestinado. Despeça-se dos amigos, Cirilla Fiona Elen Riannon.

Ciri olhou para o bruxo. Geralt meneou a cabeça, num gesto de negação. A moça suspirou.

Ela e Yennefer abraçaram-se, sussurrando por um longo momento. Depois Ciri aproximou-se de Geralt.

– Que pena! Parecia que tudo ia terminar melhor – falou em voz baixa.

– Muito melhor – ele concordou.

Abraçaram-se.

– Seja valente.

– Ele não conseguirá me possuir. Não tenha medo. Fugirei dele. Tenho os meus métodos... – ela sussurrou.

– Não pode matá-lo. Lembre-se disso, Ciri. Não pode.

– Não tenha medo. Nem pensei em matá-lo. Sabe, Geralt, já estou farta de matar. Já houve muita matança.

– Demais. Passe bem, bruxa.

– Passe bem, bruxo.

– Não se atreva a chorar.

– É fácil falar.

•

Emhyr var Emreis, o imperador de Nilfgaard, acompanhou Yennefer e Geralt até o banheiro, quase até a borda de uma enorme piscina de mármore cheia de uma água cheirosa e evaporante, e falou:

– Passem bem. Não precisam ter pressa. Estou partindo, mas deixarei aqui homens que receberão todas as instruções e ordens necessárias. Quando estiverem prontos, é só chamar, e o tenente providenciará a faca para vocês. Todavia, repito: não precisam se apressar.

– Apreciamos a benevolência – Yennefer acenou com a cabeça, com seriedade. – Por obséquio, Vossa Alteza Imperial...

– Pois não?

– Se for possível, não magoe minha filha. Não queria morrer imaginando-a aos prantos.

Emhyr ficou em silêncio por um longo, muito longo momento, encostado ao batente da porta, com a cabeça virada. Por fim respondeu, com uma expressão estranha no rosto:

– Senhora Yennefer, a senhora pode ter certeza de que não magoarei sua filha e o bruxo Geralt. Pisei em cadáveres, dancei sobre os corpos sem vida dos inimigos, e pensei que estivesse determinado a fazer qualquer coisa. Mas não seria capaz de fazer aquilo que a senhora supõe. Agora já sei que não, também graças a vocês dois. Passem bem.

Saiu em silêncio, fechando as portas. Geralt suspirou.

– Vamos nos despir? – Olhou para a piscina evaporante. – Não fico muito animado com a ideia de ser retirado daqui como um cadáver nu...

– Para mim não faz nenhuma diferença como eles vão me retirar daqui. – Yennefer tirou as botas e desabotoou o vestido com movimentos rápidos. – Mesmo que este seja o meu último banho, não vou entrar na água de roupa.

Tirou a blusa pela cabeça e entrou na piscina, chapinhando a água energicamente.

– E aí, Geralt? Por que você está parado como uma estátua?

– Eu tinha esquecido como você é bela.

– Você tem memória curta, então. Ande, entre na água.

Quando se sentou ao seu lado, ela imediatamente pôs os braços em volta do pescoço dele. Ele a beijou, acariciando a sua cintura, acima e abaixo da superfície da água.

– Será que esta é uma boa hora para fazer isso? – perguntou, só para se certificar.

– Para isto qualquer hora é boa – murmurou, colocando uma mão na água e tocando nele. – Emhyr repetiu duas vezes que não precisávamos nos apressar. Você preferiria passar os últimos minutos que nos foram concedidos fazendo o quê? Chorando e lamentando? Seria indigno. Ou fazendo um exame de consciência? Seria estúpido e banal.

– Não estava falando disso.

– Então, qual é o problema?

– Se a água esfriar, os cortes doerão mais – murmurou, acariciando os seios dela.

– Pelo prazer, vale a pena pagar com dor. Você está com medo da dor? – Yennefer perguntou, colocando a outra mão na água.

– Não.

– Nem eu. Sente-se na beira da piscina. Eu amo você, mas, diabos, não vou mergulhar.

•

– Uhmm, ahammm... uhmm... ahammm – murmurou Yennefer, inclinando a cabeça de um jeito que seus cabelos, umedecidos pelo vapor, espalharam-se pela borda da piscina feito pequenas e negras víboras.

•

– Eu te amo, Yen.

– Também te amo, Geralt.

– Já está na hora de chamar.

– Então, vamos fazer isso.

Chamaram. O bruxo foi o primeiro a chamar, depois Yennefer. Como não obtiveram resposta, os dois gritaram juntos:

– Jáááá! Estamos prontos! Deem-nos a faca! Eiiii! Diabos!!! A água está esfriando!

– Então saiam daí – Ciri falou, dando uma espiada no banheiro. – Todos foram embora.

– O quêêê?

– É o que estou falando, foram embora. Além de nós três, não há aqui uma alma viva. Vistam-se. Pelados, parecem muito engraçados.

•

Ao se vestirem, as mãos começaram a tremer. As mãos dos dois. Tiveram dificuldade em lidar com as fivelas, os colchetes e os botões. Ciri não parava de falar.

– Foram embora, pura e simplesmente. Todos eles. Retiraram-se absolutamente todos. Montaram nos seus cavalos e partiram daqui levantando poeira.

– Ninguém ficou?

– Absolutamente ninguém.

– Estranho, muito estranho – Geralt suspirou.

– Aconteceu alguma coisa que pode explicar isso? – Yennefer pigarreou.

– Não, não – Ciri falou rapidamente.

Mas ela estava mentindo.

•

No início, fazia uma cara boa. Ereta, com a cabeça presunçosamente erguida e o rosto impassível, afastou as mãos enluvadas dos soldados negros e lançou um olhar corajoso e desafiador para os ameaçadores anasais e viseiras dos seus elmos. Não tocaram mais nela, também por terem sido repreendidos e advertidos num tom severo por um oficial forte, de ombros largos, que usava ombreiras com bordas de prata e um penacho branco de garça.

Dirigiu-se para a saída, com a cabeça orgulhosamente erguida, escoltada dos dois lados. Retumbavam as botas pesadas, rangiam as cotas de malha, tiniam as armas.

Após percorrer uma dezena de passos, olhou para trás pela primeira vez. Deu mais alguns passos e olhou outra vez. "Nunca mais vou vê-los." – uma reflexão fulgurou em sua mente com uma fria e assustadora lucidez. "Nem Geralt, nem Yennefer. Nunca mais."

Num instante, ao tomar consciência disso, a máscara da disfarçada valentia caiu de vez. O rosto de Ciri contraiu-se e encolheu-se, os olhos encheram-se de lágrimas, o nariz começou a escorrer. A moça lutava com todas as suas forças, mas em vão. A onda de lágrimas rompeu a barragem das aparências.

Os nilfgaardianos com as capas ornadas com salamandras olhavam para ela em silêncio, espantados. Alguns a tinham visto nas escadas ensanguentadas. Todos a haviam visto durante a conversa com o imperador – a bruxa com a sua espada, uma bruxa orgulhosa que encarava o imperador. E estranhavam ao ver agora uma criança aos prantos, soluçando.

Ciri tinha consciência disso. Os olhares deles queimavam feito fogo, picavam feito alfinetes. Ela lutava, mas em vão. Quanto mais tentava prender o choro, com mais força ele vinha.

Diminuiu o passo e por fim parou. A escolta que a acompanhava também parou. Mas só por um momento. O oficial deu uma ordem em tom severo, e mãos de ferro agarraram as suas axilas e os seus pulsos. Soluçando e engolindo as lágrimas, Ciri olhou para trás pela última vez. Depois a arrastaram. Não resistia mais. Mas soluçava cada vez mais alto e num tom cada vez mais desesperador.

O imperador Emhyr var Emreis, aquele homem de cabelos escuros e com um rosto que despertava nela estranhas e confusas lembranças, interrompeu-os. Soltaram-na, obedecendo à sua ordem ríspida. Ciri fungou e enxugou os olhos com a manga da roupa. Ao perceber que ele se aproximava, segurou o soluço e ergueu a cabeça altivamente. Mas agora parecia ridícula – estava ciente disso.

Emhyr fitou-a por um longo momento, em silêncio. Depois aproximou-se e estendeu as mãos. Ciri sempre reagira a esse tipo de gestos afastando-se instintivamente, mas agora, para seu grande espanto, não teve nenhuma reação, e com maior espanto ainda percebeu que o toque dele não lhe era desagradável.

O imperador tocou nos cabelos dela, como se estivesse contando as mechas brancas como neve. Tocou na bochecha deformada pela cicatriz. Depois abraçou-a, acariciou a sua cabeça e as suas costas. E ela, estremecendo em soluços, permitiu que ele a tocasse, mantendo os braços rígidos como um espantalho. Ouviu um sussurro:

– O destino é algo estranho... Adeus, filha.

•

– O que ele disse?

O rosto de Ciri contraiu-se levemente.

– Disse: "*va faill, luned*". Na língua antiga: "adeus, moça".

– Eu sei – Yennefer acenou com a cabeça. – E o que aconteceu depois?

– Depois... depois ele me soltou, virou-se e foi embora. Deu as ordens aos gritos. E todos partiram. Passavam ao meu lado, completamente indiferentes, marcando passo, as armaduras retumbando e estrugindo, ecoando no corredor. Montaram nos seus cavalos e partiram. Ouvi apenas os animais relinchando e a batida dos seus cascos. Nunca entenderei o que aconteceu. Se for pensar...

– Ciri.

– O que foi?

– Não pense nisso.

•

– O castelo de Stygga – Filippa Eilhart repetiu, olhando para Fringilla Vigo por baixo das pálpebras. Fringilla não corou. Nos últimos três meses, conseguiu produzir um creme mágico que fazia os vasos sanguíneos contraírem. Graças ao creme, o rosto não corava, por mais vergonha que sentisse.

– O esconderijo de Vilgefortz encontrava-se no castelo de Stygga – Assire var Anahid confirmou. – Em Ebbing, sobre um lago serrano cujo nome meu informante, um simples soldado, não conseguiu memorizar.

– A senhora disse "encontrava-se"? – observou Francesca Findabair.

– Encontrava-se – Filippa interrompeu-a. – Vilgefortz está morto, minhas caras senhoras Ele e os seus cúmplices, o bando todo já foi para o jardim das tabuletas. Esse favor nos foi concedido por um conhecido nosso, o bruxo Geralt de Rívia, que não recebeu o merecido reconhecimento de nós, de nenhuma de nós. Cometemos um erro, todas. Algumas erraram menos, outras, mais.

Todas as feiticeiras, como por um comando, olharam para Fringilla, no entanto o creme infalivelmente funcionava. Assire var Anahid suspirou. Filippa bateu a palma da mão contra a mesa.

– Embora as atividades relacionadas com a guerra e com os preparativos para as negociações de paz tenham nos sobrecarregado e possam servir de desculpa – disse secamente –, é preciso admitir que fomos sobrepujadas e facilitadas no que diz respeito a Vilgefortz. São fatores que podem ser considerados como constituintes da derrota da Loja. E isso jamais deveria se repetir, estimadas senhoras.

A Loja toda – com exceção de Fringilla Vigo, pálida como um cadáver – acenou com a cabeça.

– Neste momento – Filippa retomou o discurso –, o bruxo Geralt está em algum lugar em Ebbing, junto de Yennefer e Ciri, que foram libertas por ele. Devemos procurá-los...

– E aquele castelo? – Sabrina Glevissig interrompeu. – Você por acaso não se esqueceu de algo, Filippa?

– Não, não me esqueci. A lenda que for criada deverá ter uma única versão incontestável. Queria pedir a você, Sabrina, que, com Keira e Triss, resolva esse assunto, para que não reste nenhuma dúvida.

•

O estrondo da explosão propagou-se até Maecht. Como tudo aconteceu à noite, a claridade foi vista inclusive em Metinna e Geso. A série de abalos sísmicos provocados pela explosão foi percebida em lugares ainda mais distantes, até nos confins mais remotos do mundo.

CAPÍTULO DÉCIMO

Congreve, Estella vel Stella, filha do barão Otto de Congreve, era casada com o velho conde de Liddertal. Após a rápida morte do marido, administrou seus bens com grande prudência e conseguiu juntar uma considerável fortuna. Gozava da mais alta estima do imperador Emhyr var Emreis (v.) e era uma figura prominente na corte. Embora não ocupasse nenhum cargo, era sabido por todos que a sua voz e opinião recebiam a atenção e a consideração do imperador. Graças ao seu profundo afeto pela jovem imperatriz Cirilla Fiona (v.), que amava como sua própria filha, era chamada em tom jocoso de "imperatriz mãe". Sobreviveu tanto ao imperador como à imperatriz † 1331. A enorme fortuna que juntou foi herdada por parentes distantes, de uma linhagem lateral dos Liddertal conhecidos como Brancos e que, frívolos e levianos, puseram fim à fortuna por completo.

Effenberg e Talbot, *Encyclopaedia Maxima Mundi*, vol. II

É preciso admitir que o homem que se aproximava sorrateiramente do acampamento era ágil e astuto como uma raposa. Mudava de posição com rapidez e movia-se com tanta ligeireza e de modo tão imperceptível que qualquer pessoa ficaria surpreendida. Qualquer pessoa, salvo Boreas Mun, que tinha enorme experiência no assunto de tocaiar.

– Saia daí, homem! – gritou, esforçando-se para que em sua voz ressoasse uma arrogância soberba e confiante. – Seus artifícios são inúteis! Consigo vê-lo. Sei onde está.

Um dos megálitos, cujos dorsos eriçados ornavam a encosta do morro, estremeceu contra o fundo de um estrelado céu azul-marinho, mexeu-se e assumiu uma forma humana.

Boreas virou o espeto com a carne assada depois de sentir o cheiro de queimado. Fingindo que se apoiava desleixadamente, pôs a mão na empunhadura do arco.

– Meu patrimônio é miserável – intrometeu um áspero fio metálico de advertência num tom aparentemente calmo. – Tenho poucas coisas, mas sou apegado a elas. Vou defendê-las como se fosse uma questão de vida ou morte.

– Não sou bandido – o homem que se esgueirava, disfarçando-se de menir, falou com voz grave. – Sou um peregrino.

O peregrino era alto e robusto. Media pelo menos sete pés de altura. Boreas Mun apostaria tudo que, para poder pesá-lo, seria preciso usar um contrapeso de ao menos trinta libras. O cajado do peregrino, uma vara grossa como o varal de uma carroça, nas suas mãos parecia uma bengala. Boreas Mun estranhava mesmo como um boi tão corpulento conseguia esgueirar-se com tanta agilidade. Inquietou-se. O seu arco composto de setenta libras, com o qual acertava um alce a uma distância de cinquenta passos, de repente pareceu pequeno e delicado como um brinquedo de criança.

– Sou peregrino, não tenho más... – o homem robusto repetiu.

– Que o outro saia também! – Boreas interrompeu bruscamente.

– Que out... – o peregrino gaguejou e interrompeu-se ao ver surgir da penumbra, do outro lado, uma esbelta silhueta, silenciosa como uma sombra. Desta vez Boreas Mun não ficou surpreso. Para os olhos de um rastreador experiente, a maneira de se movimentar do outro indivíduo indicava que se tratava de um elfo. E deixar se atocaiar por um elfo não era considerado uma desonra.

– Peço perdão – falou com uma voz levemente rouca, que, para o seu espanto, não parecia élfica. – Escondia-me dos senhores não por ter más intenções, mas por medo. Sugeriria que vire esse espeto.

– É verdade! A carne, deste lado, já está bem assada – o peregrino falou, apoiando-se no cajado e fungando alto.

Boreas virou o espeto, suspirou e pigarreou. Depois, suspirou outra vez e disse:

– Sentem-se, por favor, e esperem. Daqui a pouco o bichinho estará pronto. Ora, seria bobagem negar uma refeição aos peregrinos no caminho.

A gordura escorreu, silvando por entre a brasa. O fogo estourou e resplandeceu, iluminando tudo em volta.

O peregrino usava um chapéu de feltro com uma aba larga que escondia bem o rosto. O elfo, em vez de chapéu, usava um lenço amarrado na cabeça, deixando o semblante à mostra. Quando Boreas e o peregrino viram seu rosto iluminado pelas chamas da fogueira, estremeceram, mas não soltaram um pio, nem sequer um silencioso suspiro ao verem a face que antigamente decerto era elficamente bela, mas agora estava deformada por causa de uma cicatriz que atravessava o rosto na transversal, cortando a testa, a sobrancelha, o nariz, a bochecha e o queixo.

Boreas Mun pigarreou e virou o espeto outra vez.

– Foi esse cheirinho que os atraiu para meu acampamento, não foi? – perguntou.

– Foi mesmo. – O peregrino acenou com a aba do chapéu, e a sua voz mudou levemente. – Não quero parecer presunçoso, mas farejei esse assado de longe. Contudo, mantive a cautela. Numa fogueira da qual me aproximei há dois dias assavam uma mulher.

– É verdade – o elfo confirmou. – Cheguei lá na manhã seguinte, vi os ossos humanos em meio às cinzas.

– Na manhã seguinte – o peregrino repetiu, arrastando as palavras. Boreas poderia apostar que no seu rosto escondido pela aba do chapéu aparecera um sorriso feio. – O senhor elfo segue-me sorrateiramente faz muito tempo?

– Muito.

– E por que demorou a se revelar?

– Juízo.

Boreas Mun virou o espeto e interrompeu o silêncio incômodo:

– O Passo Elskerdeg é um lugar que tem má fama. Também vi ossos nas fogueiras, esqueletos nas estacas, enforcados nas árvores. Aparentemente, está cheio de seguidores de cultos cruéis e de criaturas que apenas procuram uma maneira de devorar aqueles que estão de passagem.

– Não é apenas aparência – o elfo corrigiu. – Este lugar é assim mesmo. E quanto mais se adentram as montanhas, em direção ao leste, piores ficam as coisas.

– Os senhores também se dirigem para o leste? Além de Elskerdeg? Para Zerricânia? Ou talvez para terras ainda mais distantes, para Hakland?

Não responderam, nem o peregrino nem o elfo. Boreas não esperava uma resposta. Primeiro, porque a pergunta era indiscreta. Segundo, porque era estúpida. Do local onde estavam só se podia ir para o leste, por Elskerdeg, que era para onde ele se dirigia.

– O assado está pronto. – Boreas abriu o canivete borboleta com um movimento que revelava destreza e era uma demonstração de advertência. – Por favor, senhores. Fiquem à vontade.

O peregrino tinha um alfanje, e o elfo carregava um estilete que tampouco parecia ser de uso culinário. No entanto, os três gumes afiados para fins mais perniciosos nesse dia serviram para cortar a carne. Durante algum tempo, só se ouviu o trincar e o triturar das mandíbulas, e o chiado dos ossos roídos, jogados na brasa.

O peregrino arrotou com elegância.

– Uma estranha criatura – disse, inspecionando a escápula que roeu e chupou de tal jeito que parecia ter permanecido num formigueiro por três dias. – A carne tinha gosto de cervo, e estava tenra como a de um coelho... Não me lembro de ter comido nada igual.

– Era um skrekk – disse o elfo, triturando e trincando uma cartilagem com os dentes. – Tampouco me lembro de ter comido um.

Boreas pigarreou baixo. O tom de alegre sarcasmo, quase imperceptível na voz do elfo, mostrava que conhecia a origem da carne assada: era de uma monstruosa ratazana de olhos sangrentos e dentes enormes, cuja cauda media três varas. Contudo, o rastreador não havia caçado o monstruoso roedor. Matou-o, atirando em defesa própria, depois decidiu assá-lo. Era um homem sensato e pragmático. Não comeria uma ratazana que se alimentasse de lixo ou despejos. Mas a distância que separava a garganta do Passo Elskerdeg da comunidade mais próxima, capaz de produzir detritos, era de mais de trezentas milhas. A ratazana, ou, segundo o elfo, skrekk, devia ser limpa e saudável. Não havia entrado em contato com a civilização, portanto era improvável que estivesse contaminada ou contagiada com o que quer que fosse.

Em pouco tempo, o último e menor osso, roído e chupado até o fim, foi jogado na brasa. A lua surgiu sobre a cadeia denteada dos Montes Flamejantes. As faíscas que se soltavam do fogo incitado pelo vento morriam e se apagavam por entre as miríades de estrelas cintilantes.

Boreas Mun arriscou-se a fazer mais uma pergunta pouco discreta: – Os senhores caminham há muito tempo aqui, pelos ermos? Desculpem a curiosidade, mas faz muito tempo que passaram pelo Portão Solveiga?

– Nem muito, nem pouco – o peregrino respondeu. – O tempo é algo relativo. Atravessei o Portão Solveiga no segundo dia após a lua cheia de setembro.

– E eu, no sexto dia – o elfo afirmou.

– Hã?! É estranho que não tenhamos nos encontrado antes, pois eu também andei por lá. Na verdade, montei, já que naquela altura ainda viajava a cavalo – Boreas continuou, animado pela reação. Depois calou-se, afastando os pensamentos ruins e as lembranças ligadas ao cavalo e à sua perda. Tinha certeza de que os seus companheiros tinham vivido aventuras semelhantes. Andando a pé o tempo todo, nunca conseguiriam alcançá-lo lá, nas redondezas de Elskerdeg. Retomou:

– Suponho então que os senhores iniciaram a sua caminhada depois do fim da guerra, depois de a paz de Cintra ser firmada. Não é de meu interesse, obviamente, mas arrisco-me a supor que os senhores não estão satisfeitos com a ordem e a imagem do mundo criada e traçada em Cintra.

Ao redor da fogueira, o silêncio pairou no ar por um longo tempo. Foi interrompido por um uivo distante, certamente de um lobo. Contudo, nas redondezas do Passo Elskerdeg, nunca se podia ter certeza absoluta de nada.

– Se você quer que eu seja sincero, após a paz de Cintra, não havia motivos para gostar do mundo ou da sua imagem sem mencionar a questão da ordem – o elfo falou inesperadamente.

– No meu caso foi parecido, embora eu somente tenha me dado conta disso, como diria um conhecido, *post factum* – o peregrino falou, cruzando os enormes antebraços no peito.

Todos permaneceram em silêncio por um longo tempo. Até a criatura que uivava no passo silenciara. O peregrino retomou o discurso, embora Boreas e o elfo estivessem prestes a apostar que não o faria:

– De início, tudo indicava que a paz cintrense traria mudanças favoráveis, criaria uma ordem do mundo relativamente aceitável. Se não fosse para todos, então pelo menos para mim...

– Os reis, se me lembro bem, chegaram a Cintra em abril, não é? – Boreas pigarreou.

– Exatamente no dia dois de abril – o peregrino o corrigiu. – Lembro bem, foi na época da lua nova.

•

Ao longo das paredes, debaixo das vigas escuras que sustentavam as galerias, estavam penduradas fileiras de escudos com desenhos coloridos de emblemas heráldicos da nobreza cintrense. À primeira vista, notava-se a diferença: as cores dos brasões das famílias antigas já estavam desbotadas, mas os da nobreza benemérita das épocas mais modernas dos reinados de Dagorad e Calanthe exibiam cores vivas, sem ranhuras, e não tinham as marcas de uma miríade de pequenos pontos, vestígios da atividade das brocas de madeira. Os escudos mais recentes, que mostraram os brasões da nobreza nilfgaardiana, eminente durante a conquista da cidade e os cinco anos da administração imperial, tinham as cores ainda mais vivas.

"Quando recuperarmos Cintra", o rei Foltest pensou, "não poderemos deixar que os cintrenses, tomados pelo sagrado fervor de renovação, destruam esses escudos. A política e a decoração do salão constituem duas coisas completamente distintas. O vandalismo não pode ser justificado pelas mudanças de regime político."

"Então foi aqui onde tudo começou", Dijkstra pensou, passando os olhos pelo enorme salão. "O famoso banquete de noivado no qual apareceu o Ouriço de Ferro e pediu a mão da princesa Pavetta... e o bruxo contratado pela rainha Calanthe... Como o destino do ser humano pode se entrelaçar de uma maneira tão estranha?...", o espião refletia, espantando-se com a trivialidade dos seus próprios pensamentos.

"Há cinco anos", a rainha Meve pensou, "há cinco anos o cérebro de Calanthe, a Leoa do sangue dos Cerbin, estourou nas lajes do pátio, exatamente desse pátio que se vê pela janela. Calanthe, cujo majestoso retrato vemos no corredor, era a penúltima representante do sangue real. Após o afogamento da sua filha, Pavetta, sobrou apenas a sua neta Cirilla. No entanto, pode ser que a informação sobre a sua suposta morte se prove verdadeira."

Cyrus Engelkind Hemmelfart, o hierarca de Novigrad, *per acclamationem* escolhido para presidir a assembleia em virtude da sua idade, do seu cargo e do respeito de que gozava, apontou com a mão trêmula e falou: – Por favor! Sentem-se, por favor.

Todos se sentaram, após acharem os seus respectivos assentos em volta da mesa redonda, marcados com placas de mogno. Meve, a rainha de Rívia e Lyria. Foltest, o rei de Temeria, e o seu vassalo, o rei Venzlav de Brugge. Demawend, o rei de Aedirn. Henselt, o rei de Kaedwen. O rei Ethain de Cidaris. O jovem rei Kistrin de Verden. O duque Natert, o presidente do Conselho de Regência da Redânia. E o conde Dijkstra.

"É preciso eliminar esse espião, afastá-lo da mesa do concílio", o hierarca pensou. "O rei Henselt e o rei Foltest, e até o jovem Kistrin, já se permitiram fazer observações críticas. Nessas circunstâncias, é só esperar uma *démarche* da parte dos representantes de Nilfgaard. Esse Sigismund Dijkstra é um homem que representa uma classe incongruente, além de ter um passado indecente e fama duvidosa. É uma *persona turpis*. Não se pode permitir que a presença de uma *persona turpis* atrapalhe as negociações."

O líder da delegação nilfgaardiana, o barão Shilard Fitz-Oesterlen, a quem foi designado um lugar à mesa redonda exatamente na frente de Dijkstra, cumprimentou o espião com uma cortês reverência diplomática.

Depois de se certificar de que todos estavam sentados, o hierarca de Novigrad também ocupou seu lugar, com a ajuda dos pajens que o amparavam, segurando seus braços trêmulos. Sentou-se numa antiga cadeira feita especialmente para a rainha Calanthe. Esse assento possuía um encosto alto, imponente, belamente ornado, e por isso essa cadeira se destacava das demais.

Por mais redonda que a mesa fosse, a pessoa mais importante devia ter um destaque especial.

•

"Então foi aqui", Triss Merigold pensou, passando os olhos em volta da câmara, olhando para a tapeçaria, as pinturas, os numerosos troféus de caça, a galhada de um animal que ela desconhecia. "Foi aqui que, depois da famosa destruição da sala do trono, teve lugar a célebre conversa a sós entre Calanthe, o bruxo, Pavetta e o Ouriço Encantado. Foi quando Calanthe consentiu esse estranho casamento. Pavetta já estava grávida. Ciri nasceu depois de oito meses incompletos... Ciri, a herdeira do trono... A Leoazinha do sangue da Leoa... Ciri, minha irmãzinha, que agora está em algum lugar distante no Sul. Por sorte, já não está sozinha. Está com Geralt e Yennefer. Está segura. A não ser que elas tenham me enganado outra vez."

– Sentem-se, estimadas senhoras – Filippa Eilhart apressou-as, observando Triss com atenção havia algum tempo. – Daqui a pouco os soberanos do mundo começarão a proferir, um após o outro, os discursos de abertura, e eu não quero perder nem uma palavra do que for dito.

As feiticeiras interromperam as conversas nos bastidores e ocuparam rapidamente seus assentos. Sheala de Tancarville usava uma echarpe de pele de raposa prateada que dava um toque feminino à sua sóbria vestimenta masculina. Assire var Anahid trajava um vestido de seda roxo que unia de maneira graciosa uma modesta simplicidade com elegância. Francesca Findabair estava majestosa como sempre. Ida Emean aep Sivney, misteriosa como sempre. Margarita Laux-Antille, séria e imponente. Sabrina Glevissig usava uma vestimenta em tons de azul-turquesa. Keira Metz trajava uma roupa verde e amarela-junquilho. E Fringilla Vigo estava deprimida, triste e desvanecida, tomada por uma palidez mortiça, enferma, até espectral.

Triss Merigold estava sentada junto de Keira e na frente de Fringilla. Sobre a cabeça da feiticeira nilfgaardiana pendia um quadro no qual havia um ginete em galope desenfreado em uma estrada ladeada por duas fileiras de amieiros que estendiam os monstruosos braços dos ramos na direção do cavaleiro e riam ludibriosamente com as horripilantes bocarras dos ocos. Triss, de maneira instintiva, estremeceu.

O telecomunicador tridimensional posto no meio da mesa estava ativado. Filippa Eilhart aguçou a imagem e o som por meio de um feitiço e disse com certa ironia:

– Como as senhoras podem ver e ouvir, na sala do trono de Cintra, exatamente um andar abaixo de nós, os soberanos do mundo estão começando a decidir sobre o destino do mundo. E nós aqui, um andar acima, os vigiaremos para que não se empolguem demais.

•

Outros uivadores juntaram-se ao uivador de Elskerdeg. Boreas não tinha dúvidas: não eram lobos. Para reiniciar a conversa, que terminara, disse:

– Tampouco eu nutria grandes esperanças em relação a essas negociações em Cintra. Ninguém que eu conhecesse acreditava em soluções positivas.

– O mais importante foi elas terem começado – o peregrino protestou com calma. – Um homem simples como eu, pois considero-me um homem modesto, pensa de maneira simples. Um homem simples sabe que os reis e imperadores que travam disputas entre eles mesmos são tão obstinados que, se pudessem e tivessem forças suficientes, matariam uns aos outros. E o fato de que pararam de se matar e decidiram participar de uma mesa-redonda demonstra apenas uma verdade: que eles já não têm mais forças. Estão simplesmente exaustos. E esse esgotamento indica que nenhuma tropa armada invadirá um povoado de gente simples, que não matará, nem ferirá, nem queimará as edificações, não assassinará as crianças, nem estuprará as esposas, não escravizará ninguém. Em vez disso, estão todos reunidos em Cintra e negociam. Alegremo-nos!

O elfo ajeitou com um cajado um pedaço de lenha que soltava faíscas na fogueira e olhou para o peregrino de soslaio.

– Até um homem simples, inclusive cheio de alegria, até eufórico, deveria entender que a política também é uma espécie de guerra, embora travada de uma maneira um pouco diferente – disse, sem esconder o sarcasmo. – Deveria entender também que as negociações são como o comércio: possuem um mecanismo de autopropulsão. O sucesso é negociado à base de concessões. Ganha-se aqui, perde-se ali. Em outras palavras, para que uns possam ser comprados, outros precisam ser vendidos.

– Realmente, isso é tão simples e óbvio que qualquer pessoa entende, até uma pessoa muito simples – o peregrino falou após um momento.

•

– Não, não! De jeito nenhum! – o rei Henselt bradou, batendo com tanta força com os dois punhos contra o tampo da mesa que a taça virou e os tinteiros saltaram. – Não vamos discutir sobre esse assunto! Não admitirei nenhum tipo de negociação em relação a isso! Ponto final, assunto encerrado, *deireadh*!

– Henselt, não dificulte as coisas, e não nos desacredite com seus gritos diante de sua excelência – Foltest falou com calma, sobriedade e em tom conciliador.

Shilard Fitz-Oesterlen, o negociador que representava o império de Nilfgaard, curvou-se e lançou um falso sorriso, dando a entender que as extravagâncias do rei de Kaedwen não o indignavam, nem o preocupavam.

– Como é possível conseguirmos nos entender com o império – Foltest continuou o discurso – e de repente começarmos a atacar uns aos outros como cães raivosos? Que vergonha, Henselt!

– Conseguimos nos entender com Nilfgaard a respeito de assuntos tão difíceis como Dol Angra e Trásrios – comentou Dijkstra com uma aparente indiferença. – Seria insensato...

– Não aceito esse tipo de comentários! – Henselt rugiu, mas desta vez de tal forma que poucos ousariam confrontá-lo. – Não admito esse tipo de comentários, sobretudo proferidos por qualquer espécie de espiões! Sou um rei, caralho!

– Isso é até visível – Meve bufou. Demawend, virado, olhava para os escudos de armas nas paredes do salão, sorrindo com desdém, como se o seu reinado não participasse dessa disputa.

– Chega, chega, chega, pelos deuses, senão vou ficar puto – Henselt bufou, passando os olhos raivosos ao seu redor. – Já disse:

nem um palmo de terra. Não quero ouvir falar de nenhum tipo de reivindicação! Não aceitarei as tentativas de diminuir meu reinado nem por um palmo, sequer por meio palmo de terra! Os deuses me encarregaram da missão de defender a honra de Kaedwen, portanto, só confiarei meu reinado aos deuses! A Marca do Sul faz parte do nosso território... et... etni... etnicamente. A Marca do Sul pertence a Kaedwen há séculos...

– O Aedirn Superior pertence a Kaedwen desde o verão passado. Para ser mais exato, desde o dia vinte e dois de julho do ano passado, desde o momento em que as forças de ocupação de Kaedwen entraram lá – Dijkstra falou novamente.

– Peço que seja registrado no protocolo *ad futuram rei memoriam* que o império de Nilfgaard não teve nenhum envolvimento nessa anexação – Shilard Fitz-Oesterlen falou, sem ser perguntado.

– Além do fato de ter pilhado Vengerberg naquela mesma hora.

– *Nihil ad rem!*

– É mesmo?

– Senhores! – Foltest admoestou-os.

– O exército de Kaedwen entrou na Marca do Sul como um libertador! Minha tropa foi recebida lá com flores! Meus soldados... – Henselt pigarreou.

– Os seus bandidos! – a voz do rei Demawend estava calma, mas seu rosto revelava o esforço que fazia para manter-se tranquilo. – Os seus bandidos que entraram no meu reinado, acompanhados pela tropa de bandoleiros voluntários, assassinavam, estupravam e roubavam. Meus estimados senhores! Reunimo-nos aqui e debatemos por uma semana sobre como estará o mundo no futuro. Pelos deuses, será que o mundo no futuro deverá ser governado pelo crime e pelo roubo? Deve-se manter o *status quo* do banditismo? Os bens saqueados devem permanecer nas mãos dos salteadores e sicários?

Henselt pegou o mapa que estava sobre a mesa, rasgou-o bruscamente e jogou na direção de Demawend. O rei de Aedirn nem se mexeu.

– Minha tropa conquistou a Marca arrancando-a dos nilfgaardianos – Henselt estertorou, e seu rosto adquiriu a cor de um bom vinho antigo. – O seu reinado digno de pena já não existia,

Demawend. Aliás, acrescento: se não fosse pelo meu exército, hoje você não teria nenhum reinado. Queria vê-lo expulsando os negros além do Jaruga e do Dol Angra sem a minha ajuda. Portanto, não seria exagero dizer que você é um rei pela graça concedida por mim. Mas aqui se esgota a minha benevolência! Já disse que não devolverei nem um palmo da minha terra, não permitirei que o território do meu reinado seja diminuído.

– Nem eu o meu! – Demawend levantou-se. – Então não nos entenderemos!

– Senhores, certamente existirá a possibilidade de algum tipo de consenso – disse de repente, em tom conciliador, Cyrus Hemmelfart, o hierarca de Novigrad, que até aquele momento estava cochilando.

– O império de Nilfgaard não aceitará nenhum acordo que possa prejudicar o domínio élfico em Dol Blathanna. Se necessário, lerei novamente para os senhores o conteúdo do memorando... – repetiu Fitz-Oesterlen, que gostava de intrometer-se inesperadamente.

Henselt, Foltest e Dijkstra bufaram, mas Demawend olhou para o embaixador imperial com calma, quase com simpatia, e declarou:

– Para o bem comum e para manter a paz, reconhecerei a autonomia de Dol Blathanna, mas não como um reinado, apenas como um ducado, com a condição de que a duquesa Enid an Gleanna preste-me homenagem de vassala e comprometa-se a igualar os direitos e privilégios dos humanos e dos elfos. Estou disposto a fazê-lo, como já havia dito, *pro publico bono*.

– Essas são palavras de um verdadeiro rei – disse Meve.

– *Salus publica lex suprema est* – o hierarca Hemmelfart afirmou, procurando, já fazia um bom tempo, uma oportunidade para gabar-se do seu conhecimento do jargão diplomático.

– Só queria acrescentar que a concessão para Dol Blathanna não é um precedente – Demawend continuou, olhando para o zangado Henselt. – É a única violação da integridade do meu território que admitirei. Não reconhecerei nenhuma outra repartição ou anexação. O exército de Kaedwen que penetrou o meu território na qualidade de agressor e invasor deve, no período de uma semana, desocupar as fortalezas e os castelos do Aedirn Superior, tomados ilegalmente. Esta é a condição para eu continuar participando do concílio. E já que *verba volant*, o meu secretário apresentará a oficial *démarche* a propósito do assunto para ser acrescentado ao protocolo.

– Henselt? – Foltest lançou um olhar interrogativo para o rei barbudo.

– Jamais! – o rei de Kaedwen rugiu, derrubando a cadeira e saltando como um chimpanzé picado por vespas. – Jamais entregarei a Marca! Terão que passar por cima do meu cadáver! Não entregarei! Ninguém me forçará a fazê-lo! Ninguém! Ninguém, caralho!

E, só para comprovar o fato de não ser qualquer um e de também ter recebido instrução, vociferou:

– *Non possumus!*

•

– Vou mostrar a esse traste velho o que é *non possumus!* – Sabrina Glevissig bufou na câmara um andar acima. – As senhoras podem ficar despreocupadas, vou fazer esse idiota aceitar as reivindicações relativas ao Aedirn Superior. Obviamente, o exército de Kaedwen sairá de lá daqui a dez dias. Ponto final. Se alguma das senhoras duvidar disso, realmente tenho o direito de me sentir ofendida.

Filippa Eilhart e Sheala de Tancarville expressaram seu apreço curvando-se. Assire var Anahid agradeceu com um sorriso. Sabrina falou:

– Hoje é preciso resolver a questão de Dol Blathanna. Conhecemos o conteúdo do memorando do imperador Emhyr. Os reis reunidos no andar inferior ainda não tiveram tempo de discutir essa questão, mas já sinalizaram suas posições. Aliás, a posição já foi adotada pela pessoa, digamos, mais interessada: o rei Demawend.

– A posição de Demawend é consenso entre todos – Sheala de Tancarville constatou, envolvendo o pescoço com a echarpe de pele de raposa prateada. – É uma atitude positiva, pensada, equilibrada. Shilard Fitz-Oesterlen terá um grande problema se quiser argumentar a favor de maiores concessões. Não sei se fará isso.

– Fará, sim – Assire var Anahid afirmou com calma. – Ele foi instruído em Nilfgaard a fazê-lo. Vai apelar *ad referendum* e entregará notas diplomáticas. Pleiteará no mínimo por uma jornada. Passado esse tempo, começará a fazer concessões.

– É normal – Sabrina Glevissig interrompeu. – É normal que cheguem a algum termo para fecharem um acordo. Contudo, não vamos esperar por isso. Vamos delimitar, definitivamente, o seu campo de atuação. Fale, Francesca! Afinal de contas, é o seu país que está em questão.

– Por isso mesmo – a Margarida dos Vales lançou um belo sorriso –, por isso mesmo fico calada, Sabrina.

– Deixe o orgulho de lado – Margarita Laux-Antille falou em tom sério. – Precisamos saber quais iniciativas dos reis poderemos consentir.

Francesca Findabair lançou um sorriso ainda mais belo e disse:

– Pela paz e *pro bono publico*, aceito a proposta do rei Demawend. Caras meninas, a partir deste momento, vocês podem deixar de se referir a mim como "Sua Alteza Sereníssima". Apenas "Sua Graça" será suficiente.

– Para mim, as piadas élficas não têm graça, talvez porque não as entendo – Sabrina franziu o cenho. – E as outras exigências de Demawend?

Francesca pestanejou e disse com seriedade:

– Aceito a reemigração dos povoadores humanos e a restituição dos seus bens. Garanto a igualdade de direitos a todas as raças...

– Pelo amor dos deuses, Enid! Não aceite tudo! Apresente algumas exigências! – Filippa Eilhart riu.

– Apresentarei. – De repente, a elfa ficou soturna. – Não aceito prestar homenagem. Quero que Dol Blathanna seja um alódio sem nenhum tipo de vínculo de vassalagem, salvo a promessa de lealdade e de não prejudicar o soberano.

– Demawend não aceitará a proposta, não renunciará aos lucros e às tributações que o Vale das Flores lhe propiciava – Filippa avaliou brevemente.

– Estou pronta a negociar bilateralmente essa questão – falou Francesca, erguendo as sobrancelhas. – Tenho certeza de que podemos chegar a um consenso. O alódio não obriga a pagar, tampouco proíbe ou exclui a possibilidade de pagá-lo.

– E o fideicomisso? E a primogenitura? Aceitando o alódio, Foltest vai querer garantias acerca da indivisibilidade do ducado – Filippa Eilhart não desistia.

– Foltest realmente poderia ter sido enganado pela minha tez e pela minha figura, mas fico surpresa com você, Filippa – disse Francesca, sorrindo de novo. – Já passei da idade de engravidar há muito tempo. Demawend não deveria ter dúvidas quanto à primogenitura ou ao fideicomisso. Eu é que serei o *ultimus familiae* da linhagem dos soberanos de Dol Blathanna. Apesar da diferença de idade, aparentemente favorável para Demawend, não trataremos a questão da herança com ele, mas com seus netos. Garanto às senhoras que nesse quesito não haverá conflitos.

– Nesse, não – Assire var Anahid concordou, olhando direto para a feiticeira élfica. – E no que diz respeito aos comandos de combate dos Esquilos? E o que acontecerá com os elfos que lutaram do lado imperial? Se não estou enganada, estimada senhora Francesca, na grande maioria trata-se dos seus súditos, não?

A Margarida dos Vales deixou de sorrir. Olhou para Ida Emean, mas a taciturna elfa dos Montes Roxos desviou o seu olhar.

– *Pro publico bono*... – começou a falar e parou. Assire, também muito séria, acenou com a cabeça, confirmando que entendera.

– Não há o que fazer. Tudo tem o seu preço. A guerra exige vítimas. A paz, pelo visto, também – disse devagar.

•

– Sim, é uma verdade incontestável – o peregrino repetiu, pensativo, olhando para o elfo sentado com a cabeça abaixada. – As negociações de paz são uma pechincha, um barganhar de feira. Para que alguns possam ser comprados, outros precisam ser vendidos. É assim que as coisas acontecem neste mundo. A questão é não comprar por um preço demasiado alto...

– E não vender por um preço demasiado baixo – o elfo terminou, sem levantar a cabeça.

•

– Traidores! Canalhas!

– Filhos da puta!

– *An'badraigh aen cuach!*

– Cães nilfgaardianos!

– Silêncio! – Hamilcar Danza vociferou, batendo o punho encouraçado contra o balaústre do claustro. Os artilheiros almejaram as bestas contra os elfos amontoados no *cul de sac*.

– Calma! – Danza rugiu ainda mais alto. – Chega! – Silêncio, senhores oficiais! Tenham mais dignidade, por favor!

– Você tem a pouca-vergonha de falar em dignidade, seu canalha? – Coinneach Dá Reo gritou. – Derramamos nosso sangue por vocês, malditos Dh'oine! Por vocês e pelo seu imperador, a quem juramos lealdade! E é assim que vocês nos agradecem? Entregando-nos a esses carrascos do Norte, como se fôssemos criminosos ou assassinos?!

– Eu já disse: chega! – Danza bateu o punho outra vez com estrondo contra o balaústre. – Entendam o que foi combinado no passado, senhores elfos! Os acordos feitos em Cintra, que determinam as condições para estabelecer a paz, obrigam o império a entregar os criminosos de guerra nas mãos dos nortelungos...

– Criminosos? Criminosos, seu Dh'oine abominável! – Riordain gritou.

– Criminosos de guerra – Danza repetiu, sem prestar a mínima atenção ao tumulto lá embaixo. – Oficiais sobre os quais pesam comprovadas acusações de terrorismo, assassinatos cometidos contra a população civil, assassinatos e torturas de prisioneiros de guerra, massacres contra os feridos em hospitais de campo...

– Seus filhos da puta! Matávamos porque estávamos em guerra! – Angus Bri Cri bradou.

– Matávamos obedecendo às suas ordens!

– *Cuach'te aep arse, bloede Dh'oine!*

– Já está decidido! – Danza repetiu. – Os seus gritos e insultos não mudarão nada. Aproximem-se, um por um, do corpo de guardas e não se oponham na hora de serem algemados.

– Deveria ter ficado quando eles fugiam para além do Jaruga – Riordain rangeu os dentes. – Deveria ter ficado e continuado a lutar nos comandos. E nós, tolos, burros, idiotas, cumprimos o juramento de soldado! Bem-feito para nós!

Isengrim Faoiltiarna, o Lobo de Ferro, o mais famoso, quase lendário comandante dos Esquilos, agora um coronel imperial. Com um rosto impassível, arrancou da manga e das ombreiras os raios prateados da brigada "Vrihedd" e arremessou-os nas lajes do pátio. Outros oficiais fizeram o mesmo. Hamilcar Danza, que olhava o que acontecia da galeria, franziu as sobrancelhas e disse:

– A atitude dos senhores é pouco séria. Além disso, se eu fosse os senhores, não me desfaria de uma maneira tão imprudente das insígnias imperiais. Sinto-me obrigado a informá-los que, durante as negociações das condições de paz, foram-lhes garantidos, na qualidade de oficiais imperiais, julgamentos justos, sentenças suaves e uma rápida anistia...

Os elfos amontoados no *cul de sac* soltaram todos juntos uma poderosa gargalhada que troou por entre os muros.

– Queria também chamar a atenção para o fato de que entregamos aos nortelungos apenas os senhores. Trinta e dois oficiais. No entanto, não entregaremos nenhum dos seus soldados, nenhum – Hamilcar Danza acrescentou com calma.

O riso no *cul de sac* silenciou, como se tivesse sido cortado com uma faca.

•

O vento assoprou na fogueira, levantando uma saraivada de faíscas e enchendo os olhos com fumaça. Ressoou mais uma vez o uivar, vindo do passo. O elfo interrompeu o silêncio:

– Negociavam tudo. Tudo estava à venda: a honra, a lealdade, a palavra nobre, o juramento, a simples decência... Eram meras mercadorias, que possuíam valor só enquanto havia demanda por elas e enquanto se mantinha a conjuntura. Mas, quando se esvaía, perdiam todo o seu valor e eram desprezadas, jogadas no lixo.

– No lixo da história – o peregrino acenou com a cabeça. – O senhor elfo tem razão. Foi exatamente o que aconteceu lá em Cintra. Tudo tinha seu valor, que dependia do valor daquilo que se podia receber em troca. Todas as manhãs abria-se a bolsa de valores. E, como acontece numa verdadeira bolsa, eram constantes os altos e baixos inesperados. E, como numa verdadeira bolsa, era difícil não ter a impressão de que alguém puxava as cordas.

•

– Estou ouvindo bem? Será que estou ouvindo bem? – Shilard Fitz-Oesterlen perguntou, arrastando as palavras, num tom de voz e com uma expressão no rosto que denotavam incredulidade.

Berengar Leuvaarden, o enviado especial do imperador, não se deu o trabalho de responder. Acomodado na poltrona, continuava a agitar a taça e a contemplar a ondulação do vinho.

Shilard endureceu, mas logo em seguida vestiu a máscara de desprezo e soberba que transmitia a seguinte mensagem: "Ou você está mentindo, seu filho de uma cadela, ou está tentando me testar. Nos dois casos, vou desmascará-lo." Arrebitando o nariz, disse:

– Devo então entender que, depois de tão abrangentes concessões na questão das fronteiras, dos prisioneiros de guerra e da repatriação do butim de guerra, assim como dos oficiais da brigada "Vrihedd" e dos comandos dos Scoia'tael, o imperador ordena que eu faça um acordo e aceite as impossíveis reivindicações dos nortelungos com relação à repatriação dos povoadores?

– Barão, o senhor entendeu muito bem. Estou muito admirado com a sua perspicácia – Berengar Leuvaarden respondeu, arrastando as sílabas de uma maneira peculiar.

– Pelo Sol Grandioso, senhor Leuvaarden, será que vocês, lá na capital, pensam, de vez em quando, nas consequências das suas decisões? Os nortelungos já andam sussurrando, dizendo que o nosso império é um colosso com pés de barro! Já anunciam que nos venceram, nos derrotaram e nos expulsaram! Será que o imperador consegue entender que fazer mais concessões significa aceitar seu ultimato arrogante e exagerado e que eles perceberão isso como um sinal de fraqueza, o que no futuro poderá causar consequências lamentáveis? Será que o imperador sabe, enfim, o que acontecerá com alguns milhares dos nossos povoadores em Brugge e Lyria?

Berengar Leuvaarden parou de agitar a taça, cravou em Shilard os olhos negros como carvão e afirmou, arrastando as palavras:

– Transmiti ao senhor a ordem imperial. Quando o senhor a cumprir e voltar para Nilfgaard, terá a oportunidade de perguntar ao próprio imperador por que é tão insensato. Também poderá repreendê-lo, exprobá-lo, dar uma bronca nele. Por que não? Mas faça isso o senhor mesmo, pessoalmente, sem recorrer a mim.

"Hã". Shilard pensou. "Já sei. Tenho diante de mim o novo Stefan Skellen, e é preciso lidar com ele do mesmo jeito que com Skellen. Contudo, é óbvio que não veio aqui sem motivo. A ordem poderia ter sido entregue por um simples estafeta." Num tom aparentemente desinibido, até confidencioso, começou:

– Bem, coitados dos vencidos! Porém, a ordem imperial está clara, portanto será cumprida. Além disso, vou me esforçar para deixar transparecer que tudo isso foi resultado de negociações, e não uma completa capitulação. Tenho experiência nisso. Sou diplomata há trinta anos. Venho de uma família de quatro gerações de diplomatas, que é uma das mais poderosas, das mais abastadas... das mais influentes famílias...

– Eu sei, tenho consciência disso, por esse motivo estou aqui – Leuvaarden interrompeu-o com um leve sorriso.

Shilard curvou-se ligeiramente. Esperava pacientemente. O enviado começou, agitando a taça:

– Os mal-entendidos surgiram porque o senhor, estimado barão, presume que a vitória e a conquista baseiam-se num genocídio insensato, em cravar em algum lugar da terra ensanguentada a haste de um estandarte e bradar: "Até aqui, tudo está sob o meu domínio!" Essa ideia, infelizmente, está amplamente difundida. No entanto, para mim, senhor barão, assim como para as pessoas que me atribuíram plenos poderes, a vitória e a conquista baseiam-se em fatores totalmente diferentes. A vitória consiste no seguinte: os vencidos são forçados a comprar os bens produzidos pelos vencedores, e fazem-no com vontade, pois os bens dos vencedores são melhores e mais baratos; a moeda dos vencedores é mais forte do que a moeda dos vencidos, e estes depositam mais confiança nela do que na sua própria moeda. O senhor me entende, barão Fitz-Oesterlen? O senhor já está começando a distinguir, aos poucos, os vencedores dos vencidos? O senhor entende quem realmente é o coitado nessa história?

O embaixador, com um aceno da cabeça, confirmou que compreendia. Leuvaarden retomou após um momento, arrastando as sílabas:

– Mas, para fortalecer a vitória e dar-lhe legitimidade, a paz tem que ser firmada, rapidamente e a qualquer custo. Não se trata de um cessar-fogo ou de um armistício. Trata-se da paz, de um compromisso criativo cujo objetivo é construir. Um compromisso que não envolve bloqueios econômicos, retenções alfandegárias ou protecionismo no âmbito do comércio.

Desta vez Shilard também confirmou com um aceno da cabeça que sabia do que se tratava. Leuvaarden continuou o seu discurso, arrastando as palavras num tom indiferente:

– Não foi por acaso que destruímos a agricultura e arruinamos a indústria deles. Fizemos isso para obrigá-los a comprar as nossas mercadorias, já que as deles estavam em falta. No entanto, os nossos comerciantes e as nossas mercadorias não conseguirão passar pelas fronteiras hostis e fechadas. E o que acontecerá, então? Vou lhe dizer o que acontecerá, estimado barão. Haverá uma crise de superprodução, já que nossas manufaturas estão trabalhando incessantemente, contando com a possibilidade de exportar. As companhias de comércio marítimo criadas em cooperação com Novigrad e Kovir também sofrerão grandes prejuízos. A sua influente família, estimado barão, é um considerável acionista nessas companhias. E, como o senhor certamente sabe, a família é a célula-base da sociedade. O senhor sabe, não é?

– Sei. – Shilard Fitz-Oesterlen abaixou a voz, embora a câmara estivesse hermeticamente protegida contra a escuta. – Entendo, já percebi. Queria, contudo, ter a certeza de que a ordem foi dada pelo imperador... e não por uma... corporação...

– Os imperadores passam – Leuvaarden falou, arrastando as palavras. – Mas as corporações permanecem, e permanecerão sempre. Isso é tão evidente que chega a ser algo banal. Compreendo os seus anseios. O senhor pode ter certeza de que está cumprindo a ordem do imperador, que tem como fim assegurar o bem-estar e os interesses do império. Contudo, não nego que a ordem foi dada por causa dos conselhos oferecidos ao imperador por uma corporação.

O enviado abriu o colarinho e a camisa, deixando à mostra um medalhão no qual havia o símbolo de uma estrela inscrita em um triângulo e rodeada por labaredas.

– Um belo adorno. – Com um sorriso e uma leve reverência, Shilard confirmou que havia entendido. – Deve ser muito caro... e exclusivo... É possível comprá-lo em algum lugar?

– Não, só se pode ganhá-lo por mérito – Berengar Leuvaarden respondeu com ênfase.

•

– Se os senhores e as senhoras permitirem... – a voz de Shilard Fitz-Oesterlen tinha um tom peculiar, já conhecido dos participantes da assembleia, indicando que o teor da mensagem proferida pelo embaixador seria de grande importância. – Se os senhores e as senhoras permitirem, lerei o conteúdo do *aide-mémoire* da Sua Majestade Imperial Emhyr var Emreis, o imperador de Nilfgaard pela graça do Sol Grandioso...

– Não, outra vez a mesma coisa... – Demawend rangeu os dentes e Dijkstra apenas gemeu, o que não escapou à atenção de Shilard. Simplesmente não havia como escapar.

– A nota é longa – admitiu. – Eu a resumirei, então, em vez de ler. Sua Majestade Imperial queria expressar sua grande satisfação com o desenrolar das negociações. Sendo um homem propenso à paz, é com alegria que aceita os acordos e a reconciliação alcançados. Sua Majestade Imperial deseja subsequentes avanços nas negociações para que possam ser concluídas com proveito mútuo...

– Então, mãos à obra – Foltest interrompeu-o. – Com ânimo! Vamos concluir tudo de modo que haja proveito mútuo e voltar para casa

– Tem razão – falou Henselt, que precisava percorrer a maior distância para chegar em casa. – Vamos concluir, então. Se demorarmos muito, é possível que o inverno nos apanhe aqui!

– Temos mais um problema para resolver – Meve lembrou. – Trata-se de um assunto sobre o qual pouco falamos, talvez pelo medo de provocar divergências. Está na hora de enfrentar esse medo. O problema não desaparecerá só porque estamos com medo dele.

– É verdade – Foltest confirmou. – Mãos à obra, então. Precisamos decidir acerca do *status* de Cintra, da herança ao trono e da sucessão de Calanthe. É um problema sério, mas não tenho dúvidas de que conseguiremos resolvê-lo. Não é verdade, Vossa Excelência?

Shilard Fitz-Oesterlen sorriu diplomática e misteriosamente e falou:

– Ora, no que diz respeito à sucessão ao trono de Cintra, estou convencido de que isso poderá ser resolvido com facilidade. É muito mais fácil do que a senhora e os senhores imaginam.

•

– Submeto à discussão o seguinte projeto: transformemos Cintra num protetorado. Outorguemos o mandato a Foltest de Temeria – Filippa Eilhart anunciou, num tom irrefutável.

– Esse Foltest está assumindo cada vez mais poder – Sabrina Glevissig franziu o cenho. – Possui um apetite demasiado grande. Brugge, Sodden, Angren...

– Precisamos de um país forte na foz do Jaruga e nas Escadas de Marnadal – Filippa interrompeu.

– Não nego – Sheala de Tancarville acenou com a cabeça. – Sim, precisamos disso. No entanto, Emhyr não precisa. E o nosso objetivo é alcançar um consenso, e não criar um conflito.

– Há alguns dias Shilard fez uma proposta de traçar uma linha de demarcação, dividir Cintra em zonas de influência: Zona Norte e Zona Sul... – Francesca Findabair lembrou.

– Bobagem, infantilidade – disse, irritada, Margarita Laux-Antille. – Essas divisões não têm nenhum sentido, constituem apenas fonte de novos conflitos.

– Acho que Cintra deveria ser transformada num condomínio. O governo seria exercido pelos representantes dos reinos do Norte e do Império de Nilfgaard, em forma de um comissariado.

A cidade e o porto de Cintra ganhariam o *status* de cidade livre... Estimada senhora Assire, gostaria de dizer algo? Faça o favor. Admito que costumo dar preferência aos discursos compostos de enunciados completos e acabados, mas fique à vontade, estamos aqui para ouvi-la – Sheala afirmou.

Todas as feiticeiras, inclusive Fringilla Vigo, pálida como um fantasma, fixaram os olhos em Assire var Anahid. A feiticeira nilfgaardiana não ficou constrangida. Com a sua voz agradável e meiga, afirmou:

– Proponho que nos concentremos em outros assuntos. Deixemos Cintra em paz. Ainda não tive tempo de falar com vocês a respeito de certos assuntos sobre os quais fui noticiada. A questão de Cintra, estimadas confreiras, já está resolvida e encerrada.

– Como? Por obséquio, o que quer dizer com isso? – Filippa perguntou, com os olhos semicerrados.

Triss Merigold suspirou em voz alta. Ela já imaginava o que isso significava.

•

Vattier de Rideaux estava triste e abatido. A sua encantadora e maravilhosa amante de cabelos dourados, Cantarella, abandonou-o repentina e inesperadamente, sem dar motivos ou explicações. Para Vattier, isso foi um golpe, um golpe terrível, que fez que se sentisse mal, perdido, nervoso e avoado. Precisava ter muito cuidado, prestar muita atenção para não cair em desgraça com o imperador, não soltar nenhum disparate durante a conversa com ele. Os tempos de grandes mudanças não favoreciam os nervosos e os incompetentes.

– Já retribuímos a inestimável ajuda da Guilda dos Mercadores – disse Emhyr var Emreis, franzindo o cenho. – Já lhes demos privilégios suficientes, mais do que haviam recebido dos três imperadores anteriores juntos. Quanto a Berengar Leuvaarden, também estamos em dívida com ele, por ter ajudado a descobrir a conjuração. Foi agraciado com um cargo alto e lucrativo. Contudo, caso se mostre incompetente, será despedido e sairá de lá voando. Seria bom que ele tivesse consciência disso.

– Eu me encarregarei disso, Majestade. E o que será de Dijkstra? E desse seu misterioso informante?

– Dijkstra morrerá antes que me revele a identidade do seu informante. No entanto, valeria a pena retribuir o favor que nos caiu do céu na forma dessa informação... Mas como? Dijkstra não aceitará nada de mim.

– Por obséquio, Majestade...

– Diga.

– Dijkstra aceitará uma informação. Algo que não sabe, mas que gostaria de saber. Vossa Majestade pode agradecer oferecendo-lhe uma informação.

– Parabéns, Vattier.

Vattier de Rideaux respirou com alívio. E, ao fazê-lo, virou a cabeça. Por isso, foi o primeiro a avistar as duas damas: Stella Congreve, a condessa de Liddertal, e a moça de cabelos claros que estava ao seu serviço.

– Aproximem-se – disse, movimentando as sobrancelhas. – Vossa Majestade Imperial, permita-me lembrar... a razão do estado... o interesse do império...

– Pare – Emhyr var Emreis interrompeu-o. – Já lhe disse que vou pensar nisso. Vou repensar o assunto e tomarei a decisão. E, depois de tomá-la, eu lhe informarei o que decidi.

– Sim, Majestade.

– Algo mais? – a Chama Branca de Nilfgaard espanejou a luva nervosamente contra os quadris da nereida de mármore que ornava o pedestal do chafariz. – Por que você não se retira, Vattier?

– O assunto de Stefan Skellen...

– Não lhe concederei clemência. Morte ao traidor, mas só depois de um julgamento justo e minucioso.

– Sim, Majestade.

Emhyr nem olhou para Vattier de Rideaux, que prestou reverência e se afastou. Olhava para Stella Congreve e para a moça de cabelos claros.

"Eis o que interessa ao império", pensou. "A falsa princesa, a falsa rainha de Cintra. A falsa soberana da foz do rio Yarra, tão importante para o império. Eis que se aproxima, com os olhos abaixados, apavorada, trajando um vestido branco de seda com mangas verdes e um colar de peridotos num pequeno decote. Lá em Darn Rowan, elogiei o vestido e a escolha das joias. Stella conhece o meu gosto. Foi por isso que engalanou a bonequinha de acordo com ele. Mas o que devo fazer com ela? Tratá-la como um adorno para, digamos, servir como um enfeite de lareira?"

– Nobres senhoras – curvou-se. Fora da sala do trono, o próprio imperador também devia demonstrar respeito cortês e gentileza para com as mulheres.

As duas responderam com uma grande genuflexão e um aceno de cabeça. Afinal de contas, estavam diante de um imperador, por mais gentil que fosse.

Emhyr estava farto de seguir o protocolo. Ordenou secamente:

– Fique aqui, Stella. E você, moça, me acompanhará durante o passeio. Segure no meu braço. Com a cabeça erguida. Já chega dessas genuflexões. É apenas um passeio.

Foram andando pela aleia, por entre os arbustos e as cercas vivas verdejantes. Os guardas imperiais, soldados da brigada de guarda de elite "Impera", os famosos salamandras, permaneciam afastados, mas em permanente alerta. Sabiam quando não deviam incomodar o imperador.

Passaram o estanco, abandonado e triste. A vetusta carpa, introduzida pelo imperador Torres, morrera havia dois dias. "Introduzirei uma carpa nova, jovem, forte, brilhosa", Emhyr var Emreis pensou. "Mandarei adorná-la com um medalhão com o meu retrato e a data gravada. *Vaesse deireadh aep eigean.* Algo terminou, algo está começando. É uma nova era. Novos tempos. Que haja, diabos, uma nova carpa!"

Imerso nos seus pensamentos, quase se esqueceu da moça que segurava o seu braço. Lembrou-se dela por causa do calor que emanava, do cheiro de lírios do vale que exalava, e do interesse do império. Nessa exata sequência.

Estavam parados junto do estanco, no meio do qual havia uma ilha artificial e, nela, um jardim de rochas, um chafariz e uma estátua de mármore.

– Você sabe o que representa essa estátua?

– Sim, Vossa Majestade Imperial – ela demorou a responder. – É um pelicano que abre o próprio peito para alimentar os seus filhos. É a alegoria do nobre sacrifício. Assim como...

– Pode falar, sou todo ouvidos.

– Assim como a de um grande amor.

– Você acha que essa é a razão pela qual o peito rasgado dói menos? – falou, cerrando os lábios e fazendo que ela se virasse para ele.

– Não sei... Majestade... Eu... – ela gaguejou.

Pegou a mão dela. Sentiu-a estremecer. O tremor percorreu a mão, o braço e o ombro da moça. Ele falou:

– O meu pai era um grande soberano, mas nunca se ateve aos mitos e às lendas, nunca teve tempo para estudá-los e sempre os confundia. Lembro até hoje que, todas as vezes que vinha aqui comigo, dizia que a estátua representava um pelicano ressurgindo das cinzas. Poxa, moça, pelo menos sorria quando o imperador conta uma piada. Obrigado. Já está melhor. Ficaria triste se achasse que você não está contente passeando aqui comigo. Olhe nos meus olhos.

– Estou contente... por poder estar aqui... com Vossa Majestade. Sei que é uma honra para mim... e uma grande alegria. Alegro-me...

– É mesmo? Ou será que é apenas uma louvação cortês, ou a etiqueta, a boa escola de Stella Congreve? Ou talvez uma frase que Stella mandou você decorar? Confesse, moça.

Ela permanecia calada e com os olhos abaixados.

– Seu imperador lhe fez uma pergunta – Emhyr var Emreis repetiu. – E, quando o imperador pergunta, ninguém deve se atrever a permanecer calado. Obviamente, tampouco a mentir.

– Estou realmente... estou realmente contente, Majestade – ela disse em tom melodioso.

– Acredito! Acredito, embora ache estranho – Emhyr falou após um momento.

– Eu também... eu também acho estranho – ela sussurrou.

– Como? Não tenha medo, por favor.

– Gostaria de poder... passear com mais frequência... e conversar. Mas entendo... entendo que é impossível.

– Você entende bem – ele mordeu os lábios. – Os imperadores governam um império, mas existem duas coisas que não podem governar: o seu coração e o seu tempo. Ambos pertencem ao império.

– Sei disso, sei muito bem – ela sussurrou.

– Não ficarei muito tempo aqui – ele disse após um momento de um silêncio carregado. – Preciso ir para Cintra, honrar pessoalmente a cerimônia de firmação da paz. Você, no entanto, voltará a Darn Rowan... Erga a cabeça, moça. Ah, não. Já é a segunda vez que você funga na minha presença. E o que é isso nos seus olhos? Lágrimas? São graves infrações da etiqueta. Precisarei demonstrar à condessa de Liddertal o meu profundo descontentamento. Pedi para você levantar a cabeça.

– Por favor, Majestade... perdoe a senhora Stella... A culpa é minha, só minha. A senhora Stella ensinou-me... e preparou-me bem.

– Percebi, e reconheço isso. Não se preocupe, Stella Congreve não cairá em desgraça. Jamais correu o risco de cair em desgraça. Apenas brinquei com você. Mas eu me excedi um pouco.

– Percebi – a moça sussurrou, pálida, apavorada com a sua audácia. Mas Emhyr apenas soltou uma risada, um tanto falsa, e falou:

– Prefiro você assim. Acredite em mim. Ousada como...

Cortou. "Como a minha filha", pensou. O sentimento de culpa sacudiu-o como a mordida de um cão.

A moça não abaixava o olhar. "Isto não é apenas obra de Stella", Emhyr pensou. "Ela realmente é assim. Apesar das aparências, é um diamante difícil de ser arranhado. Não, não permitirei que Vattier mate esta criança. Cintra e o interesse do Império são um assunto, e este é outro que parece ter uma única, sensata e honrosa solução."

– Me dê a sua mão.

Foi uma ordem proferida em tom grave e severo. No entanto, não podia resistir à sensação de que tinha sido cumprida de boa vontade, sem ser forçada.

A mão dela era pequena e fria, mas já não tremia.

– Qual é o seu nome? Só não me diga que é Cirilla Fiona.

– Cirilla Fiona.

– Tenho vontade de castigá-la, moça, severamente.

– Eu sei, Majestade. Mereço ser castigada. Mas eu... preciso ser Cirilla Fiona.

– Eu poderia pensar que você se arrepende por não ser – disse sem soltar a mão dela.

– Arrependo-me, sim, arrependo-me por não ser – sussurrou.

– É realmente verdade?

– Se eu fosse... a verdadeira Cirilla... o imperador seria mais benevolente comigo. No entanto, eu sou apenas uma falsificação, uma imitação, uma sósia que não é digna de nada, nada...

Virou-se bruscamente, agarrou os braços dele, e imediatamente os soltou. Recuou, dando um passo para trás.

– Você deseja a coroa? O poder? As honras? O esplendor? O luxo? – ele falava baixo e rápido, fingindo que não notava que a moça meneava a cabeça, num brusco gesto de negação.

Parou e respirou fundo. Fingiu não notar que a moça continuava a menear a cabeça abaixada, negando as acusações injustas, talvez até mais injustas por não terem nenhuma base.

Respirou fundo e profusamente.

– Você sabe, pequena mariposa, que aquilo que você está vendo à sua frente é uma chama?

– Sei, Majestade.

Ficaram em silêncio por um longo momento. De repente, o cheiro da primavera fez que ambos ficassem aturdidos. Por fim, Emhyr falou surdamente:

– Ser imperatriz, apesar das aparências, não é tarefa fácil. Não sei se serei capaz de amá-la.

Ela acenou com a cabeça, confirmando que tinha consciência disso também. Ele viu uma lágrima escorrer pelo seu rosto. Como naquele dia, no castelo de Stygga, sentiu o frio caco de vidro preso no seu coração estremecer. Abraçou-a com força, pressionando-a contra o seu peito, e alisou os seus cabelos, que cheiravam a lírios do vale. Falou com uma voz que não parecia a sua:

– Coitadinha... Minha pequena, minha razão do Estado.

•

Em toda Cintra, os sinos dobravam solene, profunda e imponentemente. Mas também de uma forma estranhamente fúnebre.

"Uma beleza incomum", o hierarca Hemmelfart pensou, olhando, junto aos demais, o retrato pendurado na parede, do mesmo tamanho dos outros, que mediam no mínimo meia braça por uma braça. "Uma estranha beleza. Aposto a minha cabeça que é uma mestiça e que em suas veias corre o maldito sangue élfico."

"Bonita", Foltest pensou. "Mais bonita do que na miniatura que os agentes do serviço secreto me mostraram. Mas todos sabem que os retratos normalmente fazem a pessoa parecer mais bonita do que realmente é."

"Não parece nem um pouco com Calanthe", Meve pensou. "Tampouco com Roegner, ou com Pavetta... Hummm... corria um boato... Mas, não, seria impossível. Deve ter o sangue real, é a legítima soberana de Cintra. Deve ter. A razão do Estado exige isso, assim como a história."

"Não é a mesma moça que eu via nos meus sonhos", pensou Esterad Thyssen, rei de Kovir, recém-chegado a Cintra. "Com certeza não é ela. Mas não comentarei isso com ninguém. Guardarei isso para mim e para a minha Zuleyka. Junto com a minha Zuleyka, decidiremos como usar as informações que os nossos sonhos nos providenciaram."

"Faltou pouco para essa Ciri se tornar minha esposa", pensou Kistrin de Verden. "Eu me tornaria, então, o príncipe de Cintra e, de acordo com o costume, herdaria o trono... Mas provavelmente morreria como Calanthe. Foi bom, foi muito bom ela ter fugido de mim."

"Nem por um segundo acreditei na história do grande amor à primeira vista", pensou Shilard Fitz-Oesterlen. "Sequer por um instante. Mesmo assim, Emhyr casa-se com essa moça. Recusa a possibilidade de fazer as pazes com os duques e, em vez de esposar uma das duquesas nilfgaardianas, casa-se com Cirilla de Cintra. Por quê? Para dominar esse pequeno e miserável paisinho do qual metade, ou até mais do que isso, teria conseguido para o império durante as negociações? Para dominar a foz do Jaruga, que já está tomada pelas companhias de comércio marítimo de

Nilfgaard, Novigrad e Kovir? Não entendo nada dessa razão de Estado, absolutamente nada. Suspeito que não me disseram tudo."

"As feiticeiras", Dijkstra pensou. "É obra das feiticeiras. Mas deixe estar. Aparentemente, estava escrito que Ciri se tornaria a rainha de Cintra, esposa de Emhyr e imperatriz de Nilfgaard. Assim determinou o destino, o fado."

"Que assim seja", Triss Merigold pensou. "Que fique assim. Está bem assim. Ciri estará segura agora. Eles se esquecerão dela. Finalmente a deixarão em paz."

Afinal, o retrato foi pendurado no devido lugar e os serviçais que o fixaram lá se retiraram, levando as escadas.

Numa longa fileira de escurecidos e empoeirados retratos dos soberanos de Cintra, atrás da coleção dos Cerbin e Coram, atrás de Corbett, Dagorad e Roegner, da orgulhosa Calanthe, da melancólica Pavetta, estava o último retrato da atual monarca. Nele aparecia a imagem da soberana que reinava com benevolência, sucessora ao trono e portadora do sangue real.

Era o retrato de uma moça esbelta, de cabelos claros e olhar triste, trajando um branco vestido com mangas verdes.

Cirilla Fiona Elen Riannon.

A rainha de Cintra e a imperatriz de Nilfgaard.

"É o destino", Filippa Eilhart pensou, sentindo o olhar de Dijkstra fixado nela.

"Pobre criança", Dijkstra pensou, olhando para o retrato. "Provavelmente imagina que as suas preocupações e os seus infortúnios já estão chegando ao fim. Pobre criança."

Os sinos de Cintra dobraram, espantando as gaivotas.

•

– Pouco depois de encerrar as negociações e firmar a paz de Cintra – o peregrino retomou a sua história –, organizou-se uma animada celebração em Novigrad, uma festa que durou alguns dias e que culminou com um enorme e solene desfile dos exércitos. Esse dia, o primeiro de uma nova era, foi verdadeiramente excepcional...

– Devemos entender que o senhor esteve presente nesse desfile? – o elfo perguntou com sarcasmo.

– Na verdade, eu me atrasei um pouco. – O peregrino, evidentemente, não era uma pessoa que ficasse incomodada com o sarcasmo. – O dia, como disse, estava lindo. Desde o alvorecer, parecia que seria assim.

•

Vascoigne, o comandante do forte Drakenborg, até pouco tempo antes o vice-comandante para assuntos políticos, fustigou nervosamente o cano da bota com um chicote.

– Mais rápido – apressou. – Há mais pessoas esperando! Depois dessa paz firmada em Cintra, estamos cheios de trabalho aqui!

Os algozes se afastaram depois de colocar o nó de forca. Vascoigne fustigou o cano da bota com o chicote e disse secamente:

– Se algum de vocês tiver algo para dizer, esta é a última oportunidade.

– Viva a liberdade! – falou Cairbre aep Diared.

– O processo foi tendencioso – afirmou Orestes Kopps, saqueador, ladrão e assassino.

– Que se danem! – resmungou Robert Pilch, desertor.

– Digam ao senhor Dijkstra que me arrependo – declarou Jan Lennep, um agente condenado por corrupção e ladroagem.

– Eu não queria... realmente não queria – soluçou Istvan Igalffy, ex-comandante de um forte, destituído do cargo e julgado pelos excessos cometidos com as prisioneiras, vacilando sobre um toco de bétula.

O sol, que cegava como o ouro derretido, explodiu sobre a paliçada do forte. Os postes das forcas projetavam no chão suas longas sombras. Um novo dia ensolarado nascia em Drakenborg. Era o primeiro dia de uma nova era.

Vascoigne fustigou o cano da bota com o chicote, ergueu e abaixou a mão.

Os tocos foram retirados, com um pontapé, de debaixo das pernas dos condenados.

•

Todos os sinos de Novigrad dobraram. Os profundos gemidos dos enforcados ecoaram rebatidos pelos telhados, pelas mansardas dos sobrados dos comerciantes, e se desvaneceram pelas ruelas. Os rojões e os fogos de artifício explodiram no alto. A multidão vozeirava, aclamava, lançava flores, gorros, acenava com lenços, véus, flâmulas, inclusive com calças.

– Viva a Companhia Livre!

– Viiivaaa!

– Viva os condotieros!

Lorenzo Molla prestou continência à multidão e mandou um beijo para as belas burguesas.

– Se pagarem com o mesmo entusiasmo com que nos aclamam, ficaremos ricos! – gritou acima da multidão.

– Que pena... que pena que Frontino não chegou para ver... – Julia Abatemarco falou com a garganta apertada.

Pela rua principal da cidade, andavam a passo calmo Julia, Adam "Adieu" Pangratt e Lorenzo Molla, à frente da companhia vestida de gala, em perfeita formação de quatro, alinhados com tanta exatidão que nenhum dos cavalos reluzentes, de tão limpos e escovados que estavam, avançava nem uma polegada. Os cavalos dos condotieros eram iguais aos seus cavaleiros: calmos e orgulhosos, não se assustavam com as aclamações e os gritos da multidão. Reagiam às guirlandas e flores jogadas na sua direção apenas meneando as suas cabeças ligeiramente, de maneira quase imperceptível.

– Viva os condotieros!

– Viva "Adieu" Pangratt! Viva "Doce Pateta"!

Julia enxugou uma lágrima furtivamente, apanhando no voo um cravo lançado pela multidão, e disse:

– Nem sequer sonhei... com tamanho triunfo... Que pena que Frontino...

– Você é romântica, você se emociona, Julia – Lorenzo Molla sorriu.

– Claro que me emociono. Atenção! Olhem para a esquerda! Olhem!

Entesaram-se nas selas e viraram as cabeças para as tribunas e os tronos e sólios nelas expostos. "Foltest está aí", Julia pensou.

"Aquele homem barbudo deve ser Henselt de Kaedwen, e aquele bonitão é Demawend de Aedirn... Aquela matrona deve ser a rainha Hedwig... e o moleque sentado a seu lado é o príncipe Radowid, o filho daquele rei assassinado... Coitado do garoto..."

– Viva os condotieros! Viva Julia Abatemarco! Viva "Adieu" Pangratt! Viva Lorenzo Molla!

– Viva o condestável Natalis!

– Viva os reis Foltest, Demawend, Henselt, viva!

– Viva o senhor Dijkstra! – rugiu algum puxa-saco.

– Viva Sua Santidade! – clamaram por entre a multidão alguns aclamadores de aluguel.

Cyrus Engelkind Hemmelfart, o hierarca de Novigrad, levantou-se, ergueu as mãos e saudou a multidão e o exército que desfilava, virado de costas, de uma maneira pouco elegante, para a rainha Hedwig e o jovem Radowid, escondendo-os com as abas da sua larga vestimenta.

"Ninguém gritará: 'Viva Radowid'", pensou o príncipe tapado com o copioso traseiro do hierarca. "Ninguém olha para mim. Ninguém clama à honra da minha mãe, nem se lembra do meu pai e aclama a sua fama hoje, no dia do triunfo, no dia da concórdia e da aliança, para a qual meu pai tanto contribuiu. Foi por isso que o assassinaram."

Sentiu um delicado olhar na nuca, algo que parecia desconhecer, ou conhecia, mas apenas em sonhos. Algo que parecia um roçar de lábios macios e quentes de uma mulher. Virou a cabeça e viu os escuros olhos abismais de Filippa Eilhart.

"Esperem", o príncipe pensou, virando o olhar. "Esperem para ver."

Ninguém naquele momento podia prever que esse rapaz de treze anos, um indivíduo sem nenhuma importância num país governado pelo Conselho de Regência e por Dijkstra, seria rei. Um rei que, depois de vingar todas as ofensas que ele próprio e a sua mãe sofreram, passaria para a história como Radowid V, o Cruel.

A multidão aclamava, lançando flores que formavam um tapete sobre o qual os cavalos pisavam.

•

– Julia?

– O que houve, Adam?

– Case-se comigo. Quero que você seja a minha esposa.

A Doce Pateta demorou a responder, recuperando-se do espanto. A multidão aclamava. O hierarca de Novigrad, suado, arfando como um enorme e gordo siluro, abençoava da tribuna os burgueses que participavam do desfile, a cidade e o mundo.

– Mas você está casado, Adam Pangratt!

– Estou separado. Vou me divorciar.

Julia Abatemarco não respondeu. Virou a cabeça. Sentia-se surpreendida e constrangida, e também muito feliz, sem saber por quê.

A multidão aclamava e lançava flores. Os rojões e os fogos de artifício rebentavam com estrondo, soltando fumaça. Os sinos de Novigrad ressoavam, gemendo.

•

"É uma mulher", Nenneke pensou. "Quando a mandei para essa guerra, era apenas uma moça. Voltou uma mulher segura e consciente de si mesma, calma e disciplinada. Exala feminilidade. Ganhou essa guerra. Não deixou que a guerra a abalasse."

– Debora morreu de tifo no acampamento em Mayena. Prune afogou-se no Jaruga quando o barco virou com os feridos. Myrrha foi morta pelos elfos, Esquilos, durante um assalto no hospital de campo em Armeria... Katje... – Eurneid continuava a enumerar em voz baixa, mas confiante.

– Fale, minha filha – Nenneke apressou-a delicadamente.

– Katje conheceu no hospital um nilfgaardiano ferido – Eurneid pigarreou. – Depois da firmação da paz e da troca dos prisioneiros, seguiu com ele para Nilfgaard.

– Sempre falei que o amor não conhece limites ou barreiras – a corpulenta sacerdotisa suspirou. – E o que aconteceu com Iola Segunda?

– Está viva. Está em Maribor – Eurneid apressou-se a dar explicações.

– E por que não volta?

A noviça abaixou a cabeça e falou em voz baixa:

– Ela não voltará para o templo, mãe. Está no hospital do senhor Milo Vanderbeck, aquele cirurgião metadílio. Disse que queria tratar as pessoas e que se dedicaria somente a isso. Perdoe-a, mãe Nenneke.

– Eu perdoar? Tenho é muito orgulho dela – a sacerdotisa bufou.

•

– Você se atrasou – Filippa Eilhart sibilou. – Você se atrasou para a cerimônia da qual participam os reis. Por todos os diabos, Sigismund, a sua arrogância no que diz respeito ao protocolo já é tão conhecida que você não precisa ostentá-la desse modo, sobretudo num dia como o de hoje...

– Tive os meus motivos. – Dijkstra reagiu com uma reverência ao olhar da rainha Hedwig e ao erguer das sobrancelhas do hierarca de Novigrad. Notou o franzir do cenho do sacerdote Willemer e uma expressão de desdém no seu semblante, digno de ser cunhado em moedas do rei Foltest.

– Preciso falar com você, Fil.

Filippa contraiu as sobrancelhas.

– A sós, decerto?

– Seria preferível. – Dijkstra sorriu levemente. – No entanto, se você achar conveniente, aceitarei fazê-lo na presença de outras pessoas. Por exemplo, das belas senhoras de Montecalvo.

– Fale mais baixo – a feiticeira sibilou com um sorriso nos lábios.

– Quando estará disposta a me conceder audiência?

– Vou pensar e o informarei. Agora me deixe em paz. É uma celebração solene, uma grande festa. Entenda isto como um lembrete, caso tenha esquecido.

– Uma grande festa?

– Estamos no limiar de uma nova era, Dijkstra.

O espião deu de ombros.

A multidão aclamava. Os fogos de artifício estouravam no céu. Os sinos de Novigrad dobravam em triunfo, anunciando a glória. No entanto, ressoavam de uma maneira estranhamente fúnebre.

•

– Segure as rédeas, Jarre – pediu Lucienne. – Estou com fome, vou comer alguma coisinha. Passe-me a correia, vou amarrá-la na sua mão. Eu sei, é difícil você segurá-la com uma mão só.

Jarre sentiu o seu rosto corar de vergonha e humilhação. Ainda não havia se acostumado. Ainda tinha a impressão de que o mundo inteiro só fitava o seu cotoco e a manga dobrada e costurada, que pensava apenas em ver a mutilação para compadecer-se hipocritamente do aleijado e sentir uma falsa pena dele, embora no fundo da alma o desprezasse, visse como algo que perturbava a agradável harmonia de uma maneira desagradável só pelo fato de existir desagradável e impertinentemente, só pelo fato de se atrever a existir.

Lucienne, era preciso admitir, nessa questão destacava-se do restante das pessoas. Não fingia que não via, nem tinha a manha de prestar ajuda de uma maneira humilhante ou de sentir uma pena ainda mais humilhante. Jarre estava quase achando que a carroceira de cabelos claros o tratava de maneira natural. Mas afastava essa ideia, não a aceitava, já que ele não conseguia tratar a si próprio de um modo normal.

A carroça que levava os mutilados de guerra rangia e chiava. Após uma curta temporada de chuvas, veio o calor. Os buracos que se formaram sob o peso dos comboios dos carros do exército secaram e endureceram, transformando-se em cristas, arestas e corcundas de formas fantásticas pelas quais precisava passar o veículo puxado por quatro cavalos. Nos buracos maiores, o veículo saltava, trincava, a carroça balançava feito um navio durante uma tempestade no mar. Nessas horas, os soldados mutilados, a maioria com as pernas amputadas, xingavam, proferiam rebuscados e obscenos palavrões. Lucienne, para não cair, encostava-se a Jarre e abraçava-o, compartilhando com generosidade o seu calor mágico, uma estranha maciez e excitante mistura de cheiro de cavalos, correias, feno, aveia e do intenso suor de uma adolescente.

A carroça passou por mais um obstáculo. Jarre apertou as rédeas enroladas no punho. Lucienne, mordiscando alternadamente o pão e a linguiça, encostou-se ao seu lado. Viu o seu medalhão de latão e aproveitou-se traiçoeiramente do fato de que uma das suas mãos estava ocupada com as rédeas:

– Opa! Você também foi enganado? É um amuleto relicário? Foi um espertalhão que inventou essas quinquilharias. Nesta guerra ele era muito procurado, só perdia para a vodca. Vamos ver o nome da moça que aparece gravado dentro...

– Lucienne... – Jarre ficou rubro como um caruru-de-cacho. Pareceu que as suas bagas estavam prestes a arrebentar e soltar sangue. – Preciso lhe pedir... que não abra... Perdoe-me, mas é um objeto pessoal. Não queria magoá-la, mas...

A carroça saltou, Lucienne encostou-se a ele e Jarre ficou calado.

– Ci. . ril... la – a carroceira articulou o nome com dificuldade, surpreendendo Jarre, que não suspeitava que uma moça do campo possuísse tais habilidades.

– Ela não se esquecerá de você. – Fechou o medalhão, soltou a corrente e olhou para o rapaz. – Essa Cirilla, obviamente, amou de verdade. Os feitiços e os amuletos são uma bobagem. Se ela amou de verdade, então não se esqueceu de você, manteve-se fiel, esperou.

– Esperou por isto? – Jarre levantou o cotoco.

A moça semicerrou os olhos, azuis como centáureas, e repetiu com firmeza:

– Se ela amou de verdade, espera por você, e o resto não tem importância. Eu sei dessas coisas.

– Você é tão experiente nessa matéria?

– Não é da sua conta – foi a vez de Lucienne rubejar levemente – que experiência tenho e como a ganhei. E não pense que eu sou uma daquelas moças que, com um simples aceno, estão prontas para algum tipo de experiência por entre o feno. Mas não sou burra, não. Quando se ama um homem, se ama por completo, e não por partes, mesmo quando lhe falta uma.

A carroça saltou.

– Você está simplificando muito – Jarre falou com os dentes cerrados, inspirando com avidez o cheiro da moça. – Você está simplificando e idealizando muito, Lucienne. Você se esquece de um pequeno detalhe: o fato de um homem estar inteiro influi na sua capacidade de sustentar a sua mulher e a sua família. Um aleijado não possui essa capacidade...

– Hã! – interrompeu-o grosseiramente. – Não venha choramingar no meu colo. Os negros não arrancaram a sua cabeça, e você é um cabeção. Você trabalha com a cabeça. O que está olhando? Posso ser da roça, mas tenho olhos e ouvidos aguçados o suficiente para notar um pequeno detalhe como a maneira de alguém se expressar de modo verdadeiramente culto e senhoril. Além disso...

Abaixou a cabeça, tossiu. Jarre também tossiu. A carroça saltou. A moça terminou:

– Além disso, ouvi aquilo que os outros falavam, que você é escritor e sacerdote de um templo. Por isso mesmo, você próprio percebe que essa mão... pft... é uma besteira, nada mais.

A carroça já não saltava havia algum tempo, mas parecia que Jarre e Lucienne não tinham percebido, e nem sequer estavam preocupados com isso. A moça falou após um longo momento:

– Parece que eu tenho sorte com os estudiosos. Havia um rapaz... muito tempo atrás... que corria atrás de mim... Sabia muito, havia estudado em academias, dava para perceber só pelo nome dele.

– E qual era o nome dele?

– Semester.

– Ei, moça! – o soldado Derkacz, malicioso e ranzinza, ferido na batalha de Mayena, falou atrás deles. – Fustigue, moça, a garupa desses capões. Essa sua carroça está se arrastando que nem uma lesma!

– Pois é... – outro aleijado acrescentou, coçando o cotoco que aparecia debaixo da barra da calça dobrada, coberto com o tecido brilhoso da cicatriz. – Já estou farto deste ermo, e com saudade de uma taberna. Confesso que estou com uma enorme vontade de tomar uma cerveja. Não se pode apressar o passo?

– Sim, pode-se, sim. – Lucienne virou-se no banco. – Mas, se a carroça ou a roda quebrarem por causa de um torrão, vocês vão ter que beber a água da chuva ou a seiva de bétula por uma ou duas semanas, à espera de resgate. Vocês não vão conseguir andar sem ajuda, e eu não vou poder carregá-los.

– Que pena! – Derkacz abriu a boca num largo sorriso, deixando os dentes à mostra. – Pois eu passo as noites sonhando que você me carrega nas costas, isto é, por trás. Eu gosto assim. E você, moça?

– Seu pé-rapado capenga! Seu cretino fedorento! Seu... – Lucienne gritou.

Ao ver os rostos de todos os aleijados sentados na carroça cobrirem-se de uma palidez mortiça, cadavérica, parou.

– Mamãe... Estávamos tão perto de casa... – um deles soluçou.

– Estamos lascados – Derkacz falou em voz baixa e desprovida de emoções. Simplesmente constatou um fato.

"E diziam", Jarre pensou, "que já não havia os Esquilos, que todos já tinham sido mortos e que, segundo diziam, a questão élfica estava solucionada."

Eram seis cavaleiros. No entanto, depois de uma olhada mais atenta, perceberam que havia seis cavalos e oito cavaleiros, já que dois dos corcéis carregavam um par de ginetes. O passo deles era rígido e sem ritmo. Andavam com as cabeças muito inclinadas e pareciam muito fracos.

Lucienne suspirou em voz alta.

Os elfos aproximaram-se. Pareciam ainda mais fracos do que os cavalos.

Nada sobrou do seu orgulho, da sua soberba, da sua carismática e elaborada singularidade. A vestimenta deles, normalmente bela e elegante, até no caso dos guerrilheiros dos comandos, estava suja, rasgada, manchada. Os cabelos deles, o seu orgulho e a sua característica, estavam arrepiados, emaranhados, cobertos por uma sujeira pegajosa e sangue coagulado. Os seus enormes olhos, na maioria das vezes presunçosamente desprovidos de alguma expressividade, pareciam um abismo de pânico e desespero.

Nada sobrou da sua singularidade. A morte, o pavor, a fome e os maus-tratos fizeram que se tornassem comuns, muito comuns. Deixaram inclusive de despertar medo.

Por um momento, Jarre pensou que passariam por eles e desapareceriam na floresta do outro lado sem lançar nem um olhar para a carroça ou para os seus passageiros, que deixariam atrás de si apenas esse horrível, repugnante odor que nada tinha a ver com o cheiro dos elfos, um odor que Jarre conhecia muito bem dos hospitais de campo. Era o odor de pobreza, urina, sujeira, feridas abertas.

Os elfos passaram por eles sem olhar. Mas nem todos. Uma elfa de longos cabelos grudados com sangue coagulado parou seu cavalo junto da carroça. Montava inclinada desajeitadamente na sela, protegendo a mão com a tipoia ensanguentada em volta da qual zuniam e revoavam moscas. Um dos elfos virou-se para ela e disse:

– Toruviel! *En'ca digne, luned.*

Num instante Lucienne percebeu do que se tratava, percebeu o que a elfa olhava. Era uma moça do campo, desde criança acostumada com a visão de um roxo e inchado espectro, a imagem da fome que se escondia atrás da quina do casebre, por isso reagiu instintiva e infalivelmente. Estendeu um pão na direção da elfa.

– *En'ca digne,* Toruviel – o elfo repetiu. De todo o comando, era o único que trazia na manga rasgada do casaco empoeirado o distintivo de raios prateados da brigada "Vrihedd".

Os aleijados na carroça, até então paralisados, imóveis, de repente estremeceram, como se tivessem sido reavivados por um feitiço mágico. Nas suas mãos, que estenderam na direção dos elfos, apareceram, como se por um efeito mágico, pedaços de pão, barras de queijo, nacos de salo e linguiça.

E os elfos, pela primeira vez em um milênio, estenderam as mãos na direção dos humanos.

Lucienne e Jarre foram as primeiras pessoas que viram uma elfa chorar, engasgar soluçando. Ela não tentou enxugar as lágrimas que escorriam pelo seu rosto sujo, desmentindo a afirmação de que os elfos não tinham glândulas lacrimais.

– *En'ca... digne* – o elfo com os raios na manga repetiu com voz trêmula. Depois estendeu a mão para receber o pão de Derkacz.

– Obrigado! Agradeço, humano! – disse com uma voz rouca, esforçando-se para ajustar a língua e os lábios a uma língua estrangeira.

Passado algum tempo, ao perceber que já podiam seguir, Lucienne incitou os cavalos estalando a língua e sacudindo as rédeas. A carroça rangia e trincava. Todos permaneciam em silêncio.

Caía a tarde quando a estrada se encheu de cavaleiros armados, comandados por uma mulher de cabelos muito brancos e curtos, com um rosto zangado e feroz afeado por cicatrizes. Uma delas atravessava a bochecha a partir da têmpora e ia até o canto da boca; outra contornava a cavidade ocular, delineando-a com um semicírculo. A mulher não tinha boa parte da aurícula direita, e o seu braço esquerdo, abaixo do cotovelo, terminava com um invólucro de couro e um gancho de latão no qual estavam enganchadas as rédeas.

A mulher fitava-os com um olhar raivoso, que expressava um ardente desejo de vingança. Perguntou pelos elfos, os Scoia'tael, terroristas, fugitivos, restos de um comando derrotado havia dois dias.

Jarre, Lucienne e os aleijados desviaram o olhar da mulher manca de cabelos brancos e disseram, num balbucio, que não haviam encontrado nem visto ninguém.

"Mentem", pensou Rayla Branca, aquela que já havia sido Rayla Negra. "Mentem, sei disso. Mentem porque sentem pena. Mas isso não tem importância. Eu, Rayla Branca, desconheço esse sentimento."

•

– Hurra! Viva os anões! Viva Barclay Els!

– Vivaaaa!

O calçamento de paralelepípedos ressoava com o estrondo produzido pelas botas ferradas dos veteranos da Unidade Voluntária. Os anões marchavam na sua formação habitual, em filas de cinco, e o seu estandarte com martelos esvoaçava sobre a coluna.

– Viva Mahakam! *Vivant* os anões!

– Glória e fama para eles!

De repente, alguém riu no meio da multidão. Algumas outras pessoas o acompanharam. E num instante todos caíram numa gargalhada.

– É uma ofensa... é um escândalo... é imperdoável... – o hierarca de Novigrad Hemmelfart arfou.

– Abomináveis desumanos – o sacerdote Willemer sibilou.

– Finjam que não estão vendo – Foltest aconselhou tranquilamente.

– Não deveriam tê-los privado da subsistência, nem ter-lhes recusado provisões – Meve falou em tom ácido.

Os oficiais anões mantiveram a seriedade e a postura, empertigaram-se diante da tribuna e prestaram continência. Os suboficiais e soldados da Unidade Voluntária, no entanto, expressaram o seu descontentamento com os cortes no orçamento ordenados pelos reis e pelo hierarca. Alguns deles, ao passar pela tribuna, mostravam aos reis o braço dobrado, outros faziam o segundo dos seus gestos preferidos: colocavam o punho com o dedo médio teso e apontado para cima, o que, nos círculos acadêmicos, era conhecido como *digitus infamis*, mas entre a plebe recebia outro nome, mais vulgar. Os rostos corados dos reis e do hierarca comprovavam o fato de que conheciam as duas denominações.

– Não deveríamos ter sido tão muquiranas com eles para não ofendê-los. É uma naçãozinha arrojada – Meve respetiu.

•

O uivador de Elskerdeg ululou, e a ululação se transformou em um canto macabro. Ninguém, entre aqueles que estavam sentados junto à fogueira, virou a cabeça.

Boreas Mun foi o primeiro a falar, após um longo silêncio:

– O mundo mudou. A justiça foi feita.

– Bom, talvez esteja exagerando na questão da justiça – o peregrino esboçou um leve sorriso. – Contudo, eu concordaria com o fato de que o mundo se adequou à lei básica da física.

– Interessante... Será que estamos falando da mesma lei? – o elfo disse, arrastando as sílabas.

– A toda ação corresponde uma reação – o peregrino afirmou.

O elfo bufou, mas de uma maneira bastante gentil.

– Ponto para você, homem.

•

– Stefan Skellen, filho de Bertram Skellen, você que foi o legista imperial, faça o favor de se levantar. O Supremo Tribunal do

Eterno Império, pela graça do Sol Grandioso, declara-o culpado dos crimes e atos ilícitos cometidos dos quais foi acusado. Foram eles: alta traição e participação em uma conjuração que visava atentar criminalmente contra a ordem legal do império, assim como contra a própria pessoa da Sua Majestade Imperial. A sua culpa, Stefan Skellen, foi confirmada e comprovada, e o Tribunal não encontrou circunstâncias atenuantes. Sua Majestade Imperial não fez uso da faculdade de clemência.

Stefan Skellen, filho de Bertram Skellen! Da sala de audiências, você será levado para a Citadela, de onde será retirado no devido tempo. Sendo um traidor, não é digno de pisar a terra do império, portanto será colocado sobre uma grade de madeira e arrastado por cavalos para a Praça do Milênio. Sendo um traidor, não é digno respirar o ar do Império, portanto será enforcado na Praça do Milênio, pela mão do algoz, e suspenso pelo pescoço entre o céu e a terra, e assim permanecerá até morrer. O seu corpo será queimado, e as cinzas serão espalhadas pelos quatro cantos.

Stefan Skellen, filho de Bertram, traidor. Eu, o presidente do Supremo Tribunal do Império, ao condená-lo, profiro pela última vez o seu nome. Que a partir deste momento ele seja esquecido!

•

– Consegui! Consegui! – o professor Oppenhauser gritou ao entrar com ímpeto no decanato. – Consegui, senhores! Até que enfim! Finalmente consegui! Isso funciona mesmo! Gira! Funciona! Isso funciona!

– É mesmo? – Jean La Voisier, professor de química, chamado pelos alunos de Carbodorento, perguntou grosseira e ceticamente. – Não pode ser! E o que será que funciona?

– O perpétuo arado de aiveca cilíndrica! Uma espécie de moto-contínuo!

– Um coito contínuo? – interessou-se Edmund Bumbler, um vetusto professor de zoologia. – É mesmo? Não está exagerando, estimado colega?

– Nem um pouco! – Oppenhauser vozeirou e deu um salto de bode. – Nem um pouquinho! Funciona! Ele funciona! Eu o pus em movimento e funcionou! Funciona sem parar! Continuamente! Eternamente! Para sempre! Não há palavras para descrevê-lo, caros colegas, é preciso vê-lo com os próprios olhos! Venham até o meu laboratório! Andem!

– Estou tomando café – Carbodorento protestou, mas a sua contestação foi abafada pela algazarra e por um excitado alvoroço que tomou conta de todos. Os professores, magistrados e bacharelados vestiram, às pressas, as capas e delias sobre as togas e correram para a saída, guiados por Oppenhauser, que gritava e gesticulava sem parar. No entanto, Carbodorento despediu-se deles com um *digitus infamis* e voltou a ocupar-se do seu pão com patê.

O grupo de estudiosos, ao qual durante a marcha se incorporaram novos indivíduos, ansiosos para ver o fruto de um esforço que consumiu trinta anos da vida de Oppenhauser, percorreu vigorosamente a distância que os separava do laboratório do famoso físico. Já estavam prestes a abrir as portas quando a terra tremeu, perceptivelmente, fortemente, até poderosamente.

Foi um abalo sísmico, um de uma série de abalos provocados pela destruição do castelo de Stygga, o esconderijo de Vilgefortz, pelas feiticeiras. A onda sísmica percorreu entre o distante Ebbing e Oxenfurt.

Uma dezena de vidraças do vitral no frontão da Catedral das Belas-Artes caiu tinindo. Riscado com palavras obscenas, o busto do primeiro reitor da universidade, Nicodemus de Boot, caiu do pedestal. Uma caneca com uma infusão de ervas que Carbodorento ingeria, junto com o pão com patê, caiu da mesa. No parque, Albert Solpietra, estudante do primeiro ano de Física, caiu de um plátano em que havia subido para impressionar as estudantes de medicina.

E a máquina de movimento perpétuo do professor Oppenhauser, seu lendário arado infindável, remexeu-se mais uma vez e parou. Para sempre. E nunca mais voltou a se mexer.

•

– Viva os anões! Viva Mahakam!

"Que alvoroço é esse, que bandos são esses?", pensou o hierarca Hemmelfart, abençoando o desfile com a mão trêmula.

"Quem está sendo aclamado? Os condotieros corruptos, os anões obscenos? Que autoridades esquisitas são essas? Quem, afinal de contas, ganhou essa guerra, nós ou eles? Pelos deuses, é preciso chamar a atenção dos reis para essas coisas. Quando os historiadores e escritores começarem a trabalhar, será preciso censurar suas escritas. Os mercenários, bruxos, sicários, desumanos e quaisquer outros elementos suspeitos devem desaparecer das crônicas da história da humanidade. O nome deles deve ser riscado, borrado. Não se pode escrever nada sobre eles, sequer uma palavra.

"E nem uma palavra sobre ele", pensou, cerrando os lábios e olhando para Dijkstra, que observava o desfile com uma cara nitidamente entediada.

"Será preciso", o hierarca pensou, "dar ordens aos reis em relação a esse Dijkstra. A sua presença é um insulto para pessoas decentes. É um ímpio safardana. Que desapareça sem deixar nenhum vestígio! E que seja esquecido!"

•

"Está muito enganado, seu suíno tartufo purpúreo", Filippa Eilhart pensou, lendo facilmente os buliçosos pensamentos do hierarca. "Queria governar, ditar, ter influência? Queria decidir? Está muito enganado. Você pode decidir apenas sobre as suas próprias hemorroidas, mesmo assim, até no seu próprio cu essas decisões não terão muita importância. E Dijkstra ficará pelo tempo que eu precisar dele."

•

"Um dia você cometerá um erro", o sacerdote Willemer pensou, olhando para os brilhosos lábios carmesim de Filippa. "Um dia uma de vocês cometerá um erro. O que fará vocês se perderem será a presunção, a arrogância, o orgulho. E as tramoias que vocês armam. A imoralidade, a atrocidade e a perversão às quais vocês se entregam e que reinam nas suas vidas. Tudo será revelado. O fedor dos seus pecados se espalhará quando cometerem um erro. Esse momento há de chegar.

E mesmo que vocês cometam um erro, surgirá uma oportunidade para culpá-las por algo. Uma desgraça cairá sobre o ser humano, alguma calamidade, praga, talvez uma peste ou epidemia... e então serão culpadas, serão culpadas pelo fato de não prevenirem a praga e não suprimirem as suas consequências. Vocês serão culpadas por tudo. E então acenderemos as fogueiras."

•

Amarelão, o velho gato rajado que tinha esse nome por causa da pelagem, estava morrendo, e de uma maneira horrível. Esfregava-se no chão, estirava-se, arranhava a terra, vomitava sangue e muco, tomado por convulsões. Para piorar, estava com uma diarreia sanguinolenta. Miava, embora considerasse esse tipo de comportamento vergonhoso. Miava baixo e tristemente. Perdia as forças com rapidez.

Amarelão sabia por que estava morrendo, ou, pelo menos, suspeitava o que o estava matando.

Alguns dias antes, um estranho navio cargueiro atracou no porto de Cintra. Era uma urca velha e muito suja, deteriorada, quase uma ruína. "Catriona", anunciavam as quase imperceptíveis letras na proa da urca. Obviamente, Amarelão não sabia ler essas letras. Uma ratazana desceu do estranho navio pelo cabo de atracação para o cais. Só uma. Ela estava despelada, sarnenta e torpe, e não tinha uma orelha.

Amarelão matou-a. Estava com fome, porém o instinto o impediu de comer o bicho repugnante. Mas algumas pulgas que tinham se espalhado no pelo do roedor passaram para Amarelão e acomodaram-se na sua pelugem.

– O que esse maldito gato tem?

– Alguém deve tê-lo envenenado, ou enfeitiçado!

– Arg, nojento! Que bicho fedorento! Afaste-o das escadas, mulher!

Amarelão estirou-se e abriu o focinho ensanguentado, mas não emitiu um único som. Já não sentia mais os golpes e as cutucadas da vassoura com os quais a dona da casa lhe agradecia pelos onze anos de caça aos ratos. Expulso do quintal, agonizava na sarjeta cheia de espuma de sabão e urina. Na agonia, desejava aos humanos ingratos que também contraíssem a doença e sofressem do mesmo jeito que ele sofria.

Seu desejo não demoraria a se realizar, e em grande escala. Aliás, em enorme escala.

A mulher que chutou e varreu Amarelão do quintal parou, levantou o vestido e coçou a batata da perna, abaixo do joelho. Sentia comichão. Tinha sido picada por uma pulga.

•

As estrelas acima de Elskerdeg piscavam intensamente. As faíscas da fogueira apagavam-se no fundo.

– Nem a paz de Cintra, nem aquele desfile pomposo de Novigrad podem ser considerados marcos ou pedras miliares – disse o elfo. – Que tipo de conceitos representariam? O poder político não pode criar a história por meio de atos ou decretos. O poder político tampouco pode julgar a história, avaliá-la ou esquematizá-la. No entanto, nenhum poder, por causa da sua soberba, aceitará essa verdade. Uma das manifestações mais gritantes da arrogância dos humanos é a chamada historiografia, que é simplesmente uma tentativa de proferir opiniões ou vereditos sobre aquilo que vocês denominam "os tempos passados". É algo característico dos humanos e deriva do fato de que a natureza lhes concedeu uma vida efêmera, própria dos insetos ou das formigas, com expectativa média de vida abaixo de cem anos. No entanto, vocês procuram adequar o mundo a essa sua existência de insetos. E a história é um processo ininterrupto, não termina nunca. Não há como dividir a história em segmentos, daqui até ali, de uma data a outra. Não há como definir a história, nem mudá-la com um discurso proferido por um rei, mesmo depois de ganhar uma guerra.

– Não entrarei nessa disputa filosófica – falou o peregrino. – Como já havia dito, sou um homem simples e pouco eloquente. Contudo, arrisco-me a fazer duas observações. Primeiro, a vida curta como a dos insetos protege-nos, humanos, da decadência e faz que a respeitemos e ao mesmo tempo vivamos intensa e criativamente, para aproveitar todos os momentos de nossa existência, para desfrutá-la e, se necessário, sacrificar a vida sem lastimar em nome de uma causa. Digo e penso como um humano, mas os longevos elfos também pensavam da mesma maneira quando lutavam e morriam nos comandos dos Scoia'tael. Se eu estiver errado, corrijam-me, por favor.

O peregrino esperou o tempo que convinha, mas ninguém o corrigiu. Ele retomou o seu discurso:

– Segundo, parece-me que o poder político, embora incapaz de mudar a história, por meio da sua atuação pode criar uma ilusão, uma imagem enganadora dessa capacidade. O poder usa esse tipo de métodos e instrumentos.

– Usa, sim – o elfo confirmou, virando o rosto. – Eis o xis da questão, senhor peregrino. O poder possui os métodos e instrumentos com os quais não há como discutir.

•

A galé se chocou com as estacas cobertas de algas e conchas de moluscos. Amarraram a embarcação. Ressoaram gritos, xingamentos, ordens.

As gaivotas que caçavam restos boiando sobre a água verde e suja do porto gritavam. No cais havia um amontoado de pessoas, a maioria delas fardadas.

– É o fim do trajeto, senhores elfos – falou o comandante do comboio nilfgaardiano. – Estamos em Dillingen. Desembarquem! Já estão à espera dos senhores.

Era verdade. Realmente já os aguardavam.

Nenhum dos elfos – e certamente também Faoiltiarna – havia acreditado nas promessas de um julgamento justo e de anistia. Os Scoia'tael e os oficiais da brigada "Vrihedd" não alimentavam nenhuma ilusória esperança a respeito do destino que os aguardava além do Jaruga. A grande maioria conformou-se com isso e assumiu uma postura estoica que chegava a beirar resignação. Achavam que nada poderia surpreendê-los. Mas estavam equivocados.

Foram empurrados, ao tinir e estrugir das algemas, para desembarcarem da galé, instigados até o molhe e depois até o cais, por entre duas fileiras de soldados armados. Havia também civis, cujos olhos corriam apressadamente, saltando de um rosto ao outro, de uma silhueta à outra.

"Os selecionadores", Faoiltiarna pensou. E não estava equivocado. Não podia contar com a sorte do seu rosto deformado passar despercebido. E não contava.

– Senhor Isengrim Faoiltiarna? O Lobo de Ferro? Que bela surpresa! Venha até aqui, por favor!

Os soldados retiraram-no das fileiras.

– *Va faill!* – Coinneach Dá Reo gritou para ele, reconhecido e retirado por outros que usavam uma gorjeira com a águia redânia. – *Se'ved, se caerme dea!*

– Vocês se encontrarão, mas só se for no inferno – sibilou o civil que selecionara Faoiltiarna. – Já estão à espera dele lá, em Drakenborg. Ei, você, pare! Por acaso não é o senhor Riordain? Peguem-no!

Foram retirados apenas eles três. Só três. Faoiltiarna entendeu, e de repente, para o seu espanto, começou a temer.

– *Va faill! Va faill, fraeren!* – gritou para seus companheiros, tinindo as cadeias, Angus Bri Cri, retirado da fila. – O soldado empurrou-o com brutalidade.

Não foram levados para muito longe. Chegaram a uma das barracas perto do cais, junto da bacia portuária sobre a qual balançava um bosque de mastros

O civil deu um sinal. Faoiltiarna foi empurrado contra um poste, contra uma estaca sobre a qual arremessaram uma corda e à qual amarraram um gancho de ferro. Riordain e Angus foram ordenados a se sentar sobre dois bancos colocados no chão de terra batida.

– Senhor Riordain, senhor Bri Cri, foram beneficiados pela anistia. O tribunal decidiu conceder-lhes clemência – o civil falou com frieza.

– No entanto, a justiça tem que ser feita – acrescentou, sem esperar pela reação. – E as famílias daqueles que vocês assassinaram pagaram para que isso se concretizasse. A sentença foi proferida.

Riordain e Angus nem conseguiram gritar. Foram estrangulados com os laços das cordas arremessadas de trás, apertados nos seus pescoços, depois derrubados junto dos bancos e arrastados pelo chão de terra batida. Ao tentarem, inutilmente, arrancar com as mãos algemadas os nós de forca que cortavam os seus pescoços, os carrascos ajoelharam-se sobre os seus peitos. Reluziram e caíram facas, o sangue jorrou. Nem os nós conseguiam abafar os seus gritos, guinchos que faziam os cabelos arrepiar.

O procedimento foi longo, como sempre. Virando a cabeça devagar, o civil afirmou:

– A sua sentença, senhor Faoiltiarna, recebeu uma cláusula adicional, um suplemento...

Faoiltiarna não tinha a menor intenção de esperar nenhum suplemento. A trava das algemas, que o elfo tentava abrir havia dois dias e duas noites, caiu do seu pulso como por um toque de uma varinha mágica. Um terrível golpe da pesada corrente derrubou os dois soldados que o vigiavam. Faoiltiarna saltou e chutou outro no rosto, golpeou o civil com as algemas, caiu sobre a pequena janela da barraca, envolta numa teia de aranha, e passou voando por ela, arrancando o caixilho e o batente, deixando um rastro de sangue e farrapos da vestimenta nos pregos. Tombou com estrondo sobre as tábuas do molhe. Cabriolou, viravolteou e mergulhou na água, por entre os botes de pescadores e barcaças. A pesada corrente, ainda presa ao seu punho direito, puxava-o para o fundo. Faoiltiarna lutava. Com todas as suas forças, lutava pela vida com a qual, até pouco tempo atrás, parecia não se importar nem um pouco.

– Peguem-no! Peguem-no e matem-no! – gritavam os soldados que saíam correndo da barraca. – Ali! Emergiu da água bem ali! – berravam os outros que corriam pelo molhe.

– Para os barcos!

– Atirem! Matem-no! – o civil rugiu, tentando estancar o sangue que jorrava intensamente da cavidade ocular.

As cordas das bestas estalaram. As gaivotas levantaram voo aos gritos. Por entre as barcaças, a suja água esverdeada ferveu com as setas.

•

– *Vivant! Vivant!* Vivam! – O desfile continuava e a multidão, constituída pelos habitantes de Novigrad, apresentava os sintomas de tédio e rouquidão.

– Hurra!

– Fama aos reis! Fama!

Filippa Eilhart olhou em volta, certificou-se de que ninguém estava ouvindo e inclinou-se para conversar com Dijkstra.

– Sobre o que você quer falar comigo?

O espião também olhou em volta.

– Sobre o atentado contra o rei Vizimir organizado em julho do ano passado.

– Como?

– Fil, o meio-elfo que cometeu o assassinato – Dijkstra abaixou ainda mais a voz –, não era nem um pouco louco. E não atuou sozinho.

– O que você está querendo dizer com isso?

– Mais baixo, mais baixo, Fil – Dijkstra sorriu.

– Não me chame de Fil. Você tem provas? De que tipo? Como você as conseguiu?

– Você ficaria espantada, Fil, se eu lhe revelasse a fonte. Quando poderá me conceder uma audiência, ilustríssima senhora?

Os olhos de Filippa Eilhart pareciam dois insondáveis lagos negros.

– Em breve, Dijkstra.

Os sinos dobravam. A multidão aclamava roucamente. O exército desfilava. As pétalas das flores cobriam os paralelepípedos de Novigrad feito neve.

•

– Você ainda está escrevendo?

Ori Reuven estremeceu e fez um borrão. Servia a Dijkstra havia dezenove anos, mas ainda não tinha conseguido se acostumar com os passos silenciosos do seu chefe e com a maneira de aparecer inesperadamente e de forma imperceptível.

– Boa noite, uhum, uhum, excelen...

– *Os homens da sombra* – Dijkstra leu a primeira página do manuscrito, que ergueu sem-cerimônia da mesa. – *A história dos serviços secretos reais, escrita por Oribasius Gianfranco Paolo Reuven, bacharel...* Nossa, Ori! Você é um homem velho e escreve esse tipo de besteiras...

– Hum, hum...

– Vim me despedir, Ori.

Reuven olhou surpreso para ele. O espião continuou, sem esperar que o secretário pigarreasse:

– Você vê, fiel companheiro, eu também estou velho e, além disso, parece que também tolo. Eu disse uma palavra a uma pessoa, só uma, apenas uma palavra. Mas foi uma palavra a mais, e para uma pessoa a mais. Escute bem, Ori! Está escutando?

Ori Reuven arregalou os olhos rapidamente e meneou a cabeça, num gesto de negação. Dijkstra ficou calado por um momento. Após um instante, afirmou:

– Não está ouvindo, mas eu os ouço, em todos os corredores. As ratazanas correm pelo castelo de Tretogor, Ori. Estão vindo para cá. Aproximam-se nas pontas dos seus macios pés de ratazanas.

•

Surgiram da sombra, da escuridão, negros, mascarados, ágeis como ratazanas. Os vigias e os guardas das antecâmaras sucumbiram sem um único gemido sob os golpes rápidos dos estiletes de lâminas estreitas e angulosas. O sangue escorria pelo chão do castelo de Tretogor, espalhava-se pelos pisos, manchava o soalho, encharcava os caros tapetes de Vengerberg. Aproximavam-se por todos os corredores, deixando cadáveres atrás de si.

– Está sozinho – disse um, apontando. A voz foi abafada por um xale que cobria o seu rosto até a altura dos olhos. – Entrou ali, pela chancelaria, onde trabalha Reuven, aquele velho pigarrento.

– Dali não há saída. – Os olhos do outro, que era o comandante, ardiam nas aberturas da máscara negra de veludo. – A câmara atrás da chancelaria não tem saída, sequer possui janelas. Todos os outros corredores estão protegidos, assim como todas as portas e janelas. Não pode nos escapar. Está cercado.

– Adiante!

As portas cederam com os chutes. Os estiletes brilharam.

– Morte!!! Morte ao carrasco sanguinário!

– Hum, hum? – Ori Reuven, debruçado sobre os papéis, ergueu os seus lacrimosos olhos míopes. – Pois não? Como posso, hum, hum, ajudá-los?

Os assassinos derrubaram impetuosamente as portas das câmaras privadas de Dijkstra. Percorreram-nas feito ratazanas, penetrando todos os cantos. Os gobelins arrancados, os quadros e os painéis caíram no chão. Os estiletes rasgavam as cortinas e as tapeçarias.

– Não está aqui! Não está! – um deles gritou, entrando na chancelaria.

– Onde? Onde está esse cão sanguinário? – o líder pigarreou, debruçando-se sobre Ori, fitando-o com um olhar penetrante por entre a abertura da máscara negra.

– Não está aqui. Vocês mesmos podem conferir – Ori Reuven respondeu com calma.

– Onde está? Fale! Onde está Dijkstra?

– Eu sou, por acaso, o guardião do meu irmão? – Ori tossiu.

– Você morrerá, seu traste!

– Estou velho, doente e muito cansado. Hum, hum. Não tenho medo nem de vocês, nem das suas facas.

Os assassinos saíram correndo, desocupando as câmaras. Desapareceram tão rápido como surgiram. Não mataram Ori Reuven. Eram sicários. E nas ordens que tinham recebido não havia nenhuma menção a Ori Reuven.

Oribasius Gianfranco Paolo Reuven, bacharel em direito, passou seis anos em diversas prisões, incessantemente interrogado por sucessivos investigadores, sobre coisas e assuntos variados que com frequência pareciam não ter sentido.

Foi solto após seis anos. Naquela altura, já estava muito doente. Todos os seus dentes haviam sido danificados pelo escorbuto; os cabelos, pela anemia; a visão, pelo glaucoma; e a respiração, pela asma. Os dedos de ambas as mãos foram quebrados nos interrogatórios.

Chegou a viver em liberdade por menos de um ano. Morreu no asilo de um templo, pobre e esquecido.

O manuscrito do livro *Os homens da sombra, a história dos serviços secretos reais* desapareceu sem deixar rastro.

•

O céu no leste clareou. Uma pálida auréola, o anúncio da alvorada, surgiu sobre os montes.

Todos os que estavam sentados em volta da fogueira permaneciam imersos em silêncio havia um longo momento. O peregrino, o elfo e o rastreador olhavam calados para o fogo que se apagava.

O silêncio pairava sobre Elskerdeg. O espectro que uivava ficou entediado com a ululação inútil e foi embora. Deve ter entendido, por fim, que nos últimos tempos os três homens sentados à fogueira haviam visto atrocidades demais para se inquietarem com um espectro qualquer. Boreas Mun, olhando para a brasa cor de rubi na fogueira, de repente falou:

– Se for para caminharmos juntos, então precisaremos superar a desconfiança. Deixemos para trás o passado. O mundo mudou. Diante de nós há uma nova vida. Algo terminou, algo começa. Diante de nós...

Parou, tossiu. Não tinha o costume de proferir discursos desse tipo, não queria passar por ridículo. Mas os seus companheiros não riam. Boreas sentia que exalavam generosidade. Com uma voz mais confiante, terminou:

– Diante de nós está o Passo Elskerdeg, e, depois dele, Zerricânia e Hakland. Temos um longo e perigoso caminho à nossa frente. Se é para o percorrermos juntos... superemos a desconfiança. Sou Boreas Mun.

O peregrino que usava um chapéu de aba larga levantou-se, aprumando sua poderosa figura, e apertou a mão que lhe foi estendida. O elfo também se levantou. O seu rosto horrivelmente deformado contraiu-se de uma forma estranha.

Depois de apertar a mão do rastreador, o peregrino e o elfo estenderam a mão na direção dele. O peregrino falou:

– O mundo mudou, algo terminou. Sou... Sigi Reuven.

O elfo contorceu o seu rosto cheio de cicatrizes em forma de algo que, de acordo com todos os indícios, era um sorriso, e disse:

– Algo começa. Sou... Wolf Isengrim.

Apertaram-se as mãos, de modo rápido, forte, até violento. Por um momento, pareceu que essa atitude era o prelúdio de um combate, e não um gesto de concórdia. Mas só por um momento.

A lenha na fogueira soltou chispas, comemorando o acontecido com um alegre fogo de artifício. Boreas Mun abriu um largo sorriso e declarou:

– Que os diabos me carreguem se isto não for o início de uma bela amizade!

CAPÍTULO DÉCIMO PRIMEIRO

... assim como as outras fiéis, a Santa Filippa foi igualmente difamada. Dizia-se que também traíra o reinado, que incitava os tumultos e as revoltas, que subvertia o povo e armava um golpe. Willemer, herege e membro de uma seita, autoproclamado arquissacerdote, mandou prender a santa, encarcerando-a numa masmorra escura e triste, e lá a afligia com o frio e o fedor, clamando para que ela admitisse os pecados e confessasse aquilo que havia cometido. E mostrou a Santa Filippa diversas ferramentas de tortura e ameaçou-a severamente. No entanto, a santa apenas cuspiu em seu rosto, acusando-o de sodomia.

O herege mandou despi-la e açoitá-la sem piedade com um vergalho e enfiar farpas debaixo das suas unhas. E a invocava e a chamava para que renegasse a sua fé e a sua deusa. Mas a santa apenas ria e aconselhava-o a se afastar.

Ordenou, então, que levassem a santa à masmorra, arranhassem todo o seu corpo com croques e ganchos afiados, queimassem os seus flancos com velas. Mas a santa, apesar da tortura desumana, demonstrou que o seu corpo mortal era dotado de uma paciência imortal. Foi então que os carrascos perderam as forças e retiraram-se, muito assustados. No entanto, Willemer admoestou-os severamente e mandou que continuassem a torturá-la, fazendo uso da força, queimando-a com placas incandescentes, deslocando os seus membros e arrancando os seus seios com o estripador. E assim ela morreu atormentada, mas sem nada confessar.

Contudo, Willemer, herege e devasso, sobre quem se pode ler nos livros dos Santos Padres, foi posteriormente castigado de tal forma que as pulgas e os vermes se disseminaram sobre o seu corpo e atormentaram-no até ele apodrecer e morrer. Exalava um insuportável odor de cão, e foi necessário jogá-lo no rio sem lhe dar sepultura.

Glória e a coroa de mártir a Santa Filippa, a alabança eterna à Grande Deusa Mãe e a sabedoria e a advertência a nós, amém.

A vida de Santa Filippa, *mártir de Mons Calvus,*
contada em tempos remotos por escritores mártires, compilada no Breviário Tretogoriano, retirada dos livros dos Santos Padres que a louvam em suas escrituras

Lançaram-se numa corrida desenfreada, desvairada, num galope estonteante. Corriam por dias que palpitavam com a primavera, montados nos cavalos num galope esvoaçante. Os homens, debruçados sobre a lavoura, levantavam as cabeças e os troncos, olhavam atrás deles, sem saber exatamente o que estavam vendo: eram cavaleiros ou espectros?

Cavalgavam em noites escuras e úmidas, pela chuva cálida. Os homens despertados que se erguiam em suas camas olhavam em volta, apavorados, lutando contra uma dor asfixiante que crescia nas suas gargantas e nos seus peitos. As pessoas levantavam-se ao escutar o estrondo das venezianas, o choro das crianças despertadas, o uivo dos cães. Encostavam os rostos nas membranas nas janelas, sem saber exatamente o que estavam vendo: eram cavaleiros ou espectros?

Relatos sobre três demônios começaram a correr por Ebbing.

•

Três cavaleiros apareceram, não se sabe como nem de onde, como um milagre, assustando Coxo e não lhe dando a chance de fugir. Tampouco podia clamar por ajuda, pois a distância entre ele e as edificações mais próximas da vila era de mais de quinhentos passos. E, mesmo que fosse menor, havia poucas chances de alguém de Ciúme se preocupar e prestar socorro. Era a hora da sesta, que em Ciúme durava desde as primeiras horas da tarde até o anoitecer. Aristóteles Bobeck, alcunhado de Coxo, mendigo e filósofo local, sabia muito bem que nessa hora os habitantes de Ciúme não reagiam a nada.

Os cavaleiros eram três: duas mulheres e um homem de cabelos brancos que carregava uma espada pendurada transversalmente nas suas costas. Uma das mulheres, a mais velha, vestida de branco e preto, tinha os cabelos cacheados e negros como as asas da graúna. A mais nova, de cabelos lisos e acinzentados, exibia uma repugnante cicatriz na bochecha. Montava uma belíssima égua negra. Coxo teve a impressão de já conhecer esse cavalo.

Foi justamente a mais nova que começou a falar.

– Você é daqui?

– Eu não tenho culpa! Estou apenas catando as giromitras! Poupem-me, não machuquem um aleijado... – Coxo falou, e os seus dentes tiritaram.

– Você é daqui? – repetiu a pergunta, e os seus olhos verdes reluziram de modo ameaçador. Coxo encolheu-se e balbuciou:

– Sou, excelentíssima senhora. Sou daqui, juro. Nasci aqui, em Birka, isto é, em Ciúme. E devo morrer aqui também...

– Esteve aqui no verão e no outono do ano passado?

– E em que outro lugar eu poderia ter estado?

– Responda quando pergunto.

– Estive, excelentíssima senhora.

A égua negra sacudia a cabeça, agitava as orelhas. Coxo percebeu que os outros dois – a mulher de cabelos negros e o homem de cabelos brancos, que dos três era o que o amedrontava mais – fitavam-no com um olhar perfurante como os espinhos de um ouriço.

– Há um ano, no mês de setembro, exatamente no dia nove de setembro, no primeiro quarto da lua, foram assassinados aqui seis jovens. Quatro rapazes... e duas moças. Você se lembra disso? – a moça com a cicatriz perguntou.

Coxo engoliu a saliva. Era o que suspeitava havia algum tempo, mas agora já tinha certeza.

A moça mudou, e não era só por causa da cicatriz na bochecha. Estava completamente diferente de quando uivava presa ao poste, olhando Bonhart degolar as cabeças dos ratos mortos. Completamente diferente daquela vez em que, na taberna A Cabeça da Quimera, ele a despiu e espancou. Só os olhos... só os olhos eram os mesmos.

– Responda à pergunta – a outra mulher, a de cabelos negros, admoestou-o.

– Lembro-me, excelentíssimos senhores. Como poderia esquecer? Seis jovens foram mortos. Foi mesmo em setembro do ano passado – Coxo confirmou.

A moça permaneceu em silêncio por um longo tempo, olhando não para ele, mas para algum lugar distante, acima do seu ombro. Por fim, falou com esforço:

– Você deve saber mais... Você deve saber onde esses rapazes e essas moças foram enterrados. Ao pé de qual cerca... em qual lixão ou estrumeira... ou se os seus corpos foram queimados... se foram levados para a floresta, se os seus corpos foram jogados para as raposas ou os lobos devorarem... Você me mostrará esse lugar, me levará até lá. Entendeu?

– Entendi, excelentíssima senhora. Sigam-me. O local não fica muito longe daqui.

Manquejou, sentindo uma respiração quente na sua nuca. Não olhou para trás. Algo lhe dizia que não deveria olhar. Por fim, apontou e disse:

– É esse o lugar. É o nosso cemitério. Fica aqui neste bosque. E as pessoas pelas quais a excelentíssima senhora Falka perguntou jazem ali.

A moça suspirou alto. Coxo olhou furtivamente e viu que a expressão no rosto dela havia mudado. O homem de cabelos brancos e a mulher de cabelos negros permaneciam calados, com os semblantes impassíveis.

A moça ficou olhando para a pequena mamoa, bela, plana, bem cuidada, contornada com blocos de arenito e lajes de espato e ardósia. Os galhos de abeto com os quais o túmulo havia sido enfeitado perderam a cor, e as flores que alguém havia deixado lá secaram e amarelaram.

A moça saltou da sela.

– Quem? – perguntou surdamente, e continuou a olhar, sem virar a cabeça.

– Ora, muitos moradores de Ciúme ajudaram – Coxo pigarreou. – Mas principalmente a viúva Goulue e o jovem Nycklar. A viúva sempre foi uma boa mulher, cordial... e Nycklar... vivia atormentado por pesadelos terríveis que não o deixavam em paz, até ele assegurar uma sepultura digna para esses jovens assassinados...

– Onde posso achá-los, a viúva e esse Nycklar?

Coxo permaneceu em silêncio por um longo tempo.

– A viúva jaz ali, atrás da bétula torta – falou, por fim, mirando sem medo nos verdes olhos da moça. – Morreu de pneumonia no inverno. E Nycklar se alistou e foi para terras alheias... Dizem que foi morto na guerra.

– Eu esqueci, esqueci que o destino havia me ligado a ambos – sussurrou.

Aproximou-se da mamoa e ajoelhou-se, ou melhor, caiu de joelhos. Curvou-se baixo, muito baixo. Sua testa quase tocava as pedras da base do túmulo. Coxo viu o homem de cabelos brancos fazer um movimento, como se quisesse descer do cavalo, mas com um gesto e um olhar a mulher de cabelos negros segurou a mão dele e o impediu de fazer isso.

Os cavalos roncavam, sacudiam as cabeças, agitavam as argolas do bridão.

A moça permaneceu ajoelhada, debruçada ao pé da mamoa, por um tempo muito longo, movimentando os lábios numa súplica silenciosa.

Vacilou ao levantar. Coxo escorou-a instintivamente, mas ela estremeceu com violência, arrancou o cotovelo e lançou-lhe um olhar hostil através das lágrimas, sem proferir uma única palavra. No entanto agradeceu com um aceno de cabeça quando Coxo segurou o seu estribo.

– Sim, excelentíssima senhora Falka, os caminhos do destino são inexplicáveis – ele atreveu-se a falar. – Naquela época, a senhora estava oprimida, passava por sérias adversidades... Poucas pessoas aqui em Ciúme esperavam que a senhora conseguisse sobreviver... E hoje está sã, e Goulue e Nycklar foram-se para o outro mundo... Não há nem uma pessoa a quem poderia agradecer pelo túmulo...

– Não me chamo Falka, o meu nome é Ciri – disse bruscamente. – E quanto ao agradecimento...

– Sintam-se honrados por ela – a mulher de cabelos negros intrometeu-se, e em sua voz havia algo que fez Coxo estremecer. – Toda a povoação foi compensada por essa mamoa, pela sua humanidade, dignidade e decência, com graça, reconhecimento, e recebeu uma retribuição tão grande que é até difícil de imaginar – completou a mulher de cabelos negros, pronunciando as palavras devagar.

•

No dia nove de abril, pouco depois da meia-noite, os primeiros moradores de Claremont foram despertados por uma claridade tremeluzente, um brilho vermelho que bateu nas suas janelas e penetrou suas casas. Os outros moradores da cidade foram arrancados das camas por gritos, pelo alvoroço, pelos violentos sons do sino que dobrava em alerta.

Apenas um edifício estava em chamas. Era a enorme edificação de um antigo templo, consagrado em tempos remotos a uma divindade cujo nome havia sido esquecido por todos, salvo pelas anciãs. O templo havia sido transformado num anfiteatro no qual de vez em quando se organizavam espetáculos circenses, lutas e outras diversões que tiravam a vila Claremont do tédio, da melancolia e da apatia.

Era exatamente esse teatro que estremecia, atingido por explosões e tomado por um mar de fogo estrugidor. De todas as janelas saíam pontudas línguas de fogo de várias braças de comprimento.

– Apaguem o fooogo! – rugia o mercador Houvenaghel, o proprietário do anfiteatro, correndo e agitando as mãos, sacudindo o enorme barrigão. Usava uma touca de dormir e um pesado sobretudo de peles de cordeiro que trajava por cima de uma camisola. Os seus pés descalços pisavam no esterco e na lama da ruela.

– Apagueeeem! Genteeee! Águuuuaaaa!

– É um castigo divino, um castigo pelas pelejas que se organizavam nesse templo... – uma anciã declarou de forma autoritária.

– Sim, sim, minha senhora! Com certeza!

As chamas rugiam, e o teatro exalava um calor intenso. A urina dos cavalos evaporava e fedia nas poças. As faíscas sibilavam. Inesperadamente, não se sabe vindo de onde, soprou um vento forte.

– Apagueeeem! Genteeee! Peguem os baldes! Os baldeeeees! – Houvenaghel uivou de forma selvagem ao ver o fogo espalhar-se pela cervejaria e pelo silo.

Não faltaram voluntários. Ora, Claremont tinha até um corpo de bombeiros próprio, equipado e mantido por Houvenaghel, que apagava o incêndio com perseverança e sacrifício, mas em vão.

– Não conseguiremos... Não é um fogo qualquer... É um fogo diabólico! – gemeu o comandante do corpo de bombeiros, enxugando o rosto que se cobria de bolhas.

– Magia negra... – outro bombeiro engasgou-se com a fumaça.

De dentro do anfiteatro ressoou um terrível estouro de caibros, cumeeiras e pilastras que desabavam. Retumbou um estrondo, um estampido, um estrugir, e subiu ao céu uma enorme coluna de fogo e faíscas. O telhado desabou e caiu para dentro, cobrindo a arena. E todo o edifício inclinou-se. Parecia que se curvava diante do público ao qual propiciara diversão e entretenimento pela última vez, alegrando-o com uma espetacular, verdadeiramente fogosa, gala de beneficência. Logo depois desabaram as paredes.

Os esforços dos bombeiros e dos socorristas permitiram salvar a metade do silo e um quarto da cervejaria.

Nasceu um dia fedegoso.

Houvenaghel permanecia sentado na lama e nas cinzas, usando uma touca esfumaçada de dormir, trajando o sobretudo de peles de cordeiro. Permanecia sentado, lamuriando, soluçando como uma criança.

Naturalmente, o teatro, o silo e a cervejaria possuíam seguro. No entanto, a companhia de seguros também pertencia a Houvenaghel. Nada, nem uma fraude fiscal, poderia recompensar, sequer minimamente, os prejuízos.

•

– Para onde agora? A quem mais você quer agradecer, Ciri? – Geralt perguntou, olhando para a coluna de fumaça que com sua faixa borrada sujava o rosado céu matutino.

Ela olhou para ele, e Geralt momentaneamente se arrependeu de ter feito a pergunta. Sentiu uma repentina vontade de abraçá-la, imaginou envolvendo-a nos seus braços, apertando, acariciando os seus cabelos. Queria protegê-la. Nunca, jamais permitirá que fique sozinha ou sofra algum mal. Não deixará acontecer nada que desperte a sua vingança.

Yennefer permanecia calada. Nos últimos tempos, ela andava muito calada.

– Agora iremos a uma vila chamada Unicorne – Ciri disse com muita calma. – Esse nome deriva de um unicórnio de palha, um boneco engraçado, embora pobre e miserável. Como lembrança daquilo que aconteceu lá, queria que os moradores da vila... tivessem um totem mais valioso ou, pelo menos, mais nobre. Conto com a sua ajuda, Yennefer. Sem a magia...

– Sei, Ciri. E depois?

– Os pântanos de Pereplut. Espero que consiga achar o caminho... para o casebre no meio do pantanal. No casebre encontraremos os restos mortais de um homem. Quero que ele seja sepultado num túmulo decente.

Geralt permanecia calado, sem tirar os olhos dela.

– Depois passaremos pela vila Dun Dâre – Ciri continuou, resistindo ao olhar sem o menor esforço. – A taberna local deve ter sido queimada, talvez o taberneiro tenha sido morto. Tudo por minha culpa. Fui cegada pelo ódio e pela vingança. Tentarei ressarcir a sua família pelos estragos feitos.

– Não há nada que possa recompensar esse tipo de estragos – Geralt falou, continuando a fitá-la.

– Eu sei – ela respondeu com dureza no mesmo instante, quase enraivecida. – Mas vou encará-los com humildade. Lembrarei a expressão nos seus olhos. Espero que a lembrança desses olhos possa servir de advertência antes de cometer um erro parecido. Você entende isso, Geralt?

– Ele entende, Ciri. Acredite, nós dois a entendemos muito bem, filhinha. Vamos – Yennefer respondeu.

•

Os cavalos galopavam feito vento, como uma ventania mágica. Erguia a cabeça o viajante, alarmado pela passagem dos três cavaleiros no caminho. Erguia a cabeça o mercador na carroça cheia de mercadorias, um malfeitor que fugia da lei, um povoador andarilho expulso pelos políticos das terras que povoara, confiando em outros políticos. Erguiam a cabeça o vagante, o desertor e o peregrino com um cajado. Erguiam a cabeça espantados, assustados, inseguros diante daquilo que viam.

Em Ebbing e Geso começaram a circular histórias sobre a caçada selvagem e os três cavaleiros espectrais.

As histórias inventadas eram contadas à noite em cômodos que cheiravam a banha derretida e cebola frita, em salas de reuniões, tabernas esfumaçadas, bodegas, fazendas distantes e isoladas, forjas, povoados no meio das florestas e nos postos fronteiriços.

Contava-se, inventava-se, fabulava-se. Sobre a guerra, o heroísmo e o cavalheirismo. Sobre a amizade e a integridade. Sobre a mesquinhez e a traição. Sobre o amor verdadeiro e fiel, que sempre triunfava. Sobre o crime e o castigo, que era sempre executado. Sobre a justiça, sempre justa. Sobre a verdade, que sempre emergia para a superfície, à semelhança do azeite.

Fabulava-se, alegrando-se com as fábulas, regozijando-se com a ficção fabular. Pois ao redor, na vida real, tudo acontecia ao contrário daquilo que se ouvia nas histórias.

A lenda crescia. Os ouvintes absorviam, num verdadeiro transe, as palavras cheias de ênfase do contador de histórias que relatava as aventuras do bruxo e da feiticeira. Sobre a Torre da Andorinha. Sobre Ciri, a bruxa com uma cicatriz no rosto. Sobre Kelpie, a negra égua encantada. Sobre a Senhora do Lago.

Isso veio depois, após muitos anos, após longuíssimos anos. Mas já naquele momento a lenda surgia e crescia dentro das pessoas, à semelhança de uma semente intumescida depois de uma chuva cálida.

•

O mês de maio chegou despercebidamente. Primeiro, com as noites que resplandeciam e cintilavam com os distantes fogos de Belleteyn. Quando Ciri, estranhamente excitada, montou Kelpie e galopou até as fogueiras, Geralt e Yennefer aproveitaram o momento de intimidade. Tiraram apenas aquelas peças de roupa absolutamente desnecessárias e amaram-se sobre uma samarra estendida no chão. Amaram-se apressada e apaixonadamente, em silêncio, calados. Amaram-se rápida e descuidadamente, insaciados, com vontade de se entregar a um amor cada vez mais intenso.

E, quando veio a calma, ambos, tremendo e beijando as lágrimas que escorriam pelo rosto do outro, espantavam-se com a felicidade que o amor descuidado lhes havia propiciado.

•

– Geralt?

– Sim, Yen.

– Quando eu... quando não estávamos juntos, você se relacionou com outras mulheres?

– Não.

– Nem uma vez?

– Nem uma.

– Sua voz nem tremeu. Não sei por que, então, não acredito em você.

– Sempre pensei só em você, Yen.

– Agora, sim, acredito.

•

O mês de maio chegou repentinamente, no meio do dia. Os dentes-de-leão salpicaram e sarapintaram os prados com tons vivos. As árvores nos pomares ficaram macias e carregadas de flores. Os bosques de carvalhos, demasiado elegantes para sucumbir à pressa, ainda permaneciam escuros e nus, mas já verdejavam com a neblina esverdeada, e suas pontas cintilavam com as manchas das bétulas.

•

Uma noite, quando estavam acampados num vale coberto de salgueiros, o bruxo foi acordado por um pesadelo, em que ele estava paralisado e indefeso e uma enorme coruja cinzenta arranhava o seu rosto com as garras, procurava os seus olhos com o afiado bico torto. Acordou, e não lembrou se não passara de um pesadelo para outro.

Uma claridade pairava redemoinhando sobre o acampamento, irritando os cavalos que resfolegavam. Nela via-se algo que parecia o interior da sala de um castelo, sustentada por uma colunata negra. Geralt viu uma enorme mesa ao redor da qual havia as silhuetas de dez mulheres. Ouviu palavras, frases, fragmentos de frases.

... trazê-la até nós, Yennefer. É uma ordem.

Vocês não podem mandar em mim, nem podem mandar nela. Vocês não têm nenhum poder sobre ela!

Eu não tenho medo delas, mãe. Não podem fazer nada comigo. Se quiserem, eu me apresentarei diante delas.

... reúne-se no dia primeiro de junho, na lua nova. Ordenamos que ambas se apresentem. Advertimos que a desobediência será castigada.

Eu já vou até aí, Filippa. Deixe que ela permaneça mais um pouco com ele, para que não fique sozinho. Apenas por mais alguns dias. Eu me apresentarei imediatamente como uma refém voluntária.

Por favor, Filippa. Faça o que estou pedindo.

A claridade pulsou. Os cavalos roncaram de uma maneira selvagem e bateram os cascos.

O bruxo acordou. Desta vez acordou de verdade.

•

No dia seguinte, Yennefer confirmou os seus receios após uma longa conversa a sós com Ciri.

– Vou-me embora – disse secamente e sem rodeios. – Preciso me afastar. Ciri ficará com você. Depois eu a chamarei, e ela também se afastará. Em seguida, nos encontraremos outra vez.

Acenou com a cabeça, mas contra a sua vontade. Ele estava farto de assentir em silêncio, concordar com tudo o que ela lhe comunicava, com tudo o que decidia. Mas aceitou. Amava-a, apesar de tudo.

– É um imperativo – falou com mais delicadeza – ao qual não há como se opor. Tampouco é algo que pode ser adiado. Isso simplesmente precisa ser resolvido. Faço-o também por você, para o seu bem, mas sobretudo para o bem de Ciri.

Acenou com a cabeça.

– Quando nos reencontrarmos – falou com ainda mais delicadeza –, recompensarei você por tudo, inclusive pelo silêncio. Houve demasiado silêncio, demasiadas reticências entre nós dois. E agora, em vez de acenar com a cabeça, me abrace e me dê um beijo.

Ele obedeceu. Afinal de contas, amava-a.

•

– Aonde vamos agora? – Ciri perguntou secamente, logo após Yennefer ter desaparecido no resplandecer do teleportal oval.

– O rio... – Geralt pigarreou, superando a dor atrás do esterno, que dificultava a respiração. – O rio que seguimos a montante chama-se Sansretour e leva a um país que quero muito mostrar a você, pois é um país dos contos de fadas.

Ciri ficou soturna. Geralt notou que havia cerrado os punhos.

– Todos os contos de fadas – falou arrastando as palavras – terminam mal. E os países dos contos de fadas nem sequer existem.

– Existem, sim. Você verá.

•

Era o primeiro dia após a lua cheia quando viram Toussaint, verdejante e banhado pelo sol. Avistaram os morros, as encostas e as vinícolas. E os telhados das torres dos castelos, que brilhavam após a chuva matutina.

A vista não decepcionou. Impressionou muito. Essa vista sempre impressionava.

– Que lindo! – exclamou Ciri, encantada. – Poxa! Esses castelos parecem brinquedos... ou enfeites de glacê de bolo... Dá até vontade de lamber!

– É obra do próprio Faramond – Geralt disse a ela, sabiamente. – Aguarde até ver de perto o palácio e os jardins de Beauclair.

– Palácio? Vamos a um palácio? Você conhece o rei destas terras?

– A duquesa.

– Essa duquesa por acaso tem olhos verdes? E cabelos curtos e negros? – perguntou em tom ácido, observando-o atentamente por debaixo da franja.

– Não – ele cortou, desviando o olhar. – Sua aparência é completamente diferente. Não sei de onde você tirou isso...

– Deixe estar, Geralt. Então, como andam as coisas com essa duquesa?

– Como já havia falado, eu a conheço. Um pouco, não muito bem... e não sou próximo dela, se é isso o que você quer saber. No entanto, conheço muito bem o seu consorte ou candidato a consorte dela. Você também o conhece, Ciri.

Ciri instigou Kelpie com as esporas e forçou-a a dançar sobre a estrada de terra batida.

– Não me deixe na dúvida!

– É Jaskier.

– Jaskier? Com a duquesa de Toussaint? Como isso aconteceu?

– É uma longa história. Nós o deixamos aqui, junto da sua amada. Prometemos que o visitaríamos no caminho de volta quando…

Calou-se e ficou soturno.

– Não há o que fazer – Ciri disse baixinho. – Não sofra, Geralt. Você não teve culpa.

"Tive", pensou. "Tive, sim. Jaskier vai perguntar. E eu vou ter que responder.

Milva. Cahir. Regis. Angoulême.

A espada é uma arma de dois gumes.

Chega, pelos deuses. Chega. É preciso acabar com isto!"

– Vamos, Ciri.

– Com estas roupas? Para o palácio? – pigarreou.

– Não vejo nada de errado com nossa vestimenta. Não vamos lá para apresentar as nossas credenciais, nem para participar de um baile. Podemos nos encontrar com Jaskier até nas cavalariças. De qualquer maneira, primeiro vou passar na cidade, preciso ir ao banco – acrescentou ao ver que ela tinha ficado zangada. – Vou pegar um pouco de dinheiro. E na praça do mercado, na casa dos tecidos, há um monte de alfaiates, costureiras e chapeleiros. Você poderá comprar o que quiser e a roupa que lhe convier.

– Você tem tanto dinheiro assim? – inclinou a cabeça jocosamente.

– Você poderá comprar o que quiser, inclusive pele de arminho e botas de pele de basilisco – ele repetiu. – Conheço um sapateiro que ainda deve ter um par delas.

– E como você ganhou esse dinheiro?

– Matando. Vamos, Ciri, para não perder tempo.

•

Na filial do banco dos Cianfanelli, Geralt solicitou uma transferência e uma carta de crédito, descontou um cheque e sacou um pouco de dinheiro em espécie. Escreveu as cartas que seriam enviadas pelo correio expresso, pelo estafeta, ao outro lado do Jaruga. Recusou gentilmente o convite para almoçar com o prestativo e hospitaleiro banqueiro.

Ciri ficou esperando na rua, tomando conta dos cavalos. A rua, que fazia pouco tempo encontrava-se vazia, agora estava cheia de transeuntes.

– Acho que chegamos na época de alguma festa, ou talvez de uma feira... – Ciri disse, apontando com um movimento da cabeça para a multidão que rumava para a praça do mercado.

Geralt olhou atentamente.

– Não é uma feira.

– Ah... será que é... – ela também olhou, erguendo-se nos estribos.

– Uma execução – Geralt confirmou. – A mais popular das diversões após a guerra. Por acaso existe algo que ainda não tenhamos visto, Ciri?

– Já testemunhamos deserção, traição, ato de covardia perante o inimigo, e assuntos econômicos – ela enumerou às pressas.

– O exército abastecido de torradas bolorentas – o bruxo acenou com a cabeça. – Difícil é a sorte de um comerciante empreendedor nos tempos de guerra.

– Mas quem será executado aqui não é um comerciante. – Ciri recolheu as rédeas de Kelpie, cercada pela multidão, que parecia um campo de trigo ondulante. – Veja só, o andaime está coberto com tecido, e o algoz tem um capuz novo e limpinho. Executarão alguém importante, no mínimo um barão. Deve se tratar, então, de um ato de covardia diante do inimigo.

– Toussaint não tinha tropas para enfrentar nenhum inimigo – Geralt meneou a cabeça. – Não, Ciri, acho que mais uma vez se trata de assuntos ligados à economia. Vão executar alguém por fraudes cometidas no comércio do seu famoso vinho, a base da economia local. Vamos, Ciri. Não ficaremos aqui para assistir.

– E como você quer sair daqui?

Realmente, era impossível sair do lugar. Antes que se dessem conta, estavam presos no meio da multidão nele reunida. Estavam atolados no meio do povaréu, e não havia como passar para o outro lado da praça. Geralt xingou usando palavras obscenas e virou-se para trás. Infelizmente, tampouco havia a possibilidade de recuar, pois a onda humana que tinha invadido a praça lotou completamente a pequena rua atrás deles. Por um momento, a multidão os arrastou, como um rio, mas o movimento parou quando o povaréu topou contra o firme muro dos alabardeiros que cercavam o cadafalso.

– Estão chegando! Estão chegando! – alguém gritou, e a multidão chiou, ondulou, repetiu o grito.

A batida dos cascos dos cavalos e o ranger da carroça silenciaram, dissiparam-se em meio ao zunido da turba. De repente, viram sair de um beco uma carroça arreada carregada por dois cavalos sobre a qual se equilibrava com dificuldade...

– Jaskier... – Ciri gemeu.

Subitamente, Geralt sentiu-se mal, muito mal.

– É Jaskier! Com certeza é ele. – Ciri repetiu com uma voz estranha.

"É injusto", o bruxo pensou. "É uma grande, uma maldita injustiça. Não pode ser assim. Não deveria ser assim. Sei que foi estúpido e ingênuo acreditar que algo algum dia dependeu de mim e que eu teria influência sobre o destino deste mundo, e que este mundo me devia algo. Eu sei, foi ingenuidade minha pensar dessa maneira, até arrogância... Tenho consciência de tudo isso! Não preciso me convencer disso! Nada precisa ser provado para mim! Especialmente dessa maneira... É injusto!"

– Não pode ser Jaskier – disse surdamente, olhando para a crina de Plotka.

– É Jaskier – Ciri repetiu. – Geralt, precisamos fazer alguma coisa.

– O que se pode fazer? Diga-me, o quê? – perguntou com amargura.

Os lansquenês tiraram Jaskier da carroça, tratando-o surpreendentemente bem e sem brutalidade, demonstrando, aliás, a mais elevada consideração por ele. Antes de ele subir as escadas que levavam para o cadafalso, desataram as suas mãos. O poeta coçou as nádegas despreocupadamente e subiu os degraus sem pressa.

De repente, um dos degraus rangeu e o corrimão feito com uma vara de madeira descascada arqueou. Jaskier manteve o equilíbrio com dificuldade.

– Droga! – gritou. – É preciso consertar isto! Olhem lá, hein! Alguém vai se matar nestas escadas! Ainda vai acontecer uma desgraça aqui!

No andaime, Jaskier passou às mãos dos dois ajudantes do algoz, vestidos de casacos de pele sem mangas. O carrasco, um homem de ombros largos como uma torre da cerca, olhava para o condenado pelas aberturas no capuz. Junto dele havia um indivíduo com uma rica vestimenta, embora funebremente preta. A expressão no rosto dele também era fúnebre.

– Excelentíssimos senhores e burgueses de Beauclair e redondezas! – leu o conteúdo do rolo de pergaminho numa voz poderosa, num tom fúnebre. – Informa-se que Julian Alfred Pankratz, o vice-conde de Lettenhove, conhecido como Jaskier...

– Pancrácio o quê? – Ciri perguntou num murmúrio.

– ... de acordo com a sentença do Superior Tribunal Ducal foi declarado culpado por todos os crimes, delitos e contravenções, isto é: ultraje à majestade, alta traição, desonra ao estamento nobre por meio de perjúrio, libelo, difamação, calúnia, assim como baderna, indecência e deboche, ou seja, galinhagem. O tribunal decidiu, portanto, que o vice-conde Julian etc. etc. será sujeito às seguintes punições: *primo*: quebra do brasão, com uma faixa transversal negra no escudo; *secundo*: confiscação dos bens, das terras, das propriedades, dos bosques, das florestas e dos castelos...

– Castelos! Que castelos?! – o bruxo gemeu.

Jaskier bufou desavergonhadamente. A expressão no seu rosto comprovava de modo explícito que a confiscação declarada pelo tribunal o divertia muito.

– *Tertio*, a pena principal: a punição pelos crimes citados prevê o arrastamento por cavalos, a roda da tortura e o esquartejamento. No entanto, nossa benigna soberana, duquesa de Toussaint e senhora em Beauclair, Sua Alteza Sereníssima Anna Henrietta, amenizou a pena, substituindo-a pela degolação com um machado. Que a justiça seja feita!

A multidão soltou alguns gritos. As anciãs que estavam na primeira fileira começaram a lamuriar com falsidade. Os adultos seguraram as crianças no colo ou nos ombros para não perderem nada do espetáculo. Os ajudantes do carrasco rolaram um toco até o centro do cadafalso e cobriram-no com um lenço. Houve um pequeno tumulto, pois descobriu-se que alguém havia roubado a cesta de vime usada para recolher a cabeça cortada, mas logo acharam outra.

Ao pé do cadafalso, quatro mendigos esfarrapados estenderam um xale para recolher o sangue. Era grande a procura por esse tipo de suvenires e se podia lucrar bem com isso.

– Geralt! Precisamos fazer alguma coisa! – Ciri disse, sem erguer a cabeça abaixada.

Ele não respondeu.

– Quero dirigir algumas palavras ao povo – Jaskier declarou orgulhosamente.

– Mas seja breve, vice-conde.

O poeta pôs-se na beira do andaime e ergueu as mãos. A multidão sussurrou e silenciou.

– Povo! E aí? Como vocês estão? – Jaskier gritou.

– Estamos indo – balbuciou alguém das últimas fileiras, após um longo silêncio.

– Está ótimo, então – o poeta acenou com a cabeça. – Fico feliz em saber. Tudo bem, então, podemos começar.

– Mestre algoz, cumpra o seu dever! – o fúnebre disse com uma ênfase artificial.

O carrasco aproximou-se. Ajoelhou-se diante do condenado, de acordo com o costume antigo, e abaixou a cabeça encapuzada.

– Perdoe-me, bom homem – pediu em tom funéreo.

– Eu? Quer que eu o perdoe? – Jaskier estranhou.

– Hã, hã.

– Nunca.

– Hein?

– Jamais o perdoarei. Por que eu deveria fazer isso? Que brincalhão, hein! Daqui a pouco vai cortar a minha cabeça, e quer o meu perdão. Está brincando comigo ou o quê? Num momento como este?

– Como assim, senhor? – o algoz disse tristemente. – Essa é a lei... esse é o costume... O condenado deve primeiro perdoar o carrasco. Bom senhor, livre-me da culpa, perdoe o pecado...

– Não.

– Como não?

– Não!

– Não vou executá-lo, então! Se o filho da mãe não me perdoar, não haverá execução – o algoz declarou em voz soturna e ergueu-se.

– Vice-conde, não dificulte as coisas... – O funcionário fúnebre disse, segurando o cotovelo de Jaskier. – As pessoas estão reunidas, à espera... Perdoe-o, ele está pedindo gentilmente...

– Não perdoarei, e ponto-final!

– Mestre algoz, execute-o sem ser perdoado, por favor. Eu o compensarei por isso... – disse o fúnebre, aproximando-se do carrasco.

O algoz estendeu a sua mão, do tamanho de uma frigideira. O fúnebre suspirou, enfiou a mão no saquitel e encheu o punhado do carrasco com moedas. O verdugo fitou-as por um momento e em seguida fechou o punho. Os olhos nas aberturas do capuz brilharam de forma agourenta.

– Tudo bem – disse depois de guardar o dinheiro, virando-se para o poeta. – Ajoelhe-se, senhor teimoso. Ponha a sua cabeça no toco, seu maldoso. Eu também, quando quero, consigo ser malicioso. Vou executá-lo em duas vezes e, se conseguir, até em três vezes.

– Livro-o da culpa! Eu o perdoo! – Jaskier uivou.

– Obrigado!

– Já que o livrou, devolva o dinheiro – o fúnebre falou soturnamente.

O carrasco virou-se e ergueu o machado.

– Afaste-se, excelentíssimo senhor – ordenou em tom agourento e com voz surda. – Não atrapalhe, e não fique andando por aí, para não entrar no caminho da ferramenta. O senhor sabe, decerto, que onde se cortam cabeças, caem orelhas.

O funcionário recuou bruscamente, quase caindo do cadafalso.

– Assim está bem, mestre? Hein, mestre? – Jaskier perguntou, ajoelhando-se e esticando o pescoço no toco.

– O que houve?

– O senhor estava brincando? Cortará de uma só vez, não é? De uma só machadada, hein?

Os olhos do carrasco brilharam.

– Surpresa! – rosnou de forma agourenta.

De repente, a multidão ondeou, cedendo o passo a um cavaleiro montado num ginete ofegante que se esforçava para adentrar a praça.

– Parem! – o cavaleiro gritou, agitando um enorme rolo de pergaminho cheio de selos vermelhos. – Parem a execução! É uma ordem ducal! Saiam do caminho! Parem a execução! Trago o indulto para o réu!

– De novo? Clemência outra vez? Isso já está ficando chato – o carrasco rosnou, abaixando o machado.

– Clemência! Clemência! – a multidão berrou. As anciãs da primeira fileira começaram a lamuriar ainda mais alto. Muitas pessoas, principalmente jovens, sibilaram e vaiaram com desaprovação.

– Acalmem-se, excelentes senhores e cidadãos! – o fúnebre gritou, abrindo o pergaminho. – Eis a vontade de Sua Graça Anna Henrietta! Em sua imensurável bondade, para homenagear a firmação da paz, que, de acordo com as notícias que correm, foi alcançada na cidade de Cintra, Sua Graça outorga o perdão ao vice-conde Julian Alfred Pankratz de Lettenhove, chamado Jaskier, pelos delitos cometidos e concede-lhe indulgência...

– Querida Fuinha – afirmou Jaskier, lançando um largo sorriso.

– ... ordenando, ao mesmo tempo, que o mencionado vice-conde Julian Pankratz etc. abandone a capital e as fronteiras do ducado de Toussaint e nunca mais pise os pés aqui, pois caiu na desgraça da Sua Graça, que já não consegue mais aturá-lo! Está livre, vice-conde.

– E os meus bens, hein? – Jaskier vozeirou. – Podem ficar com as minhas propriedades, os meus bosques, as minhas florestas e os meus castelos, mas devolvam, pelos diabos, o alaúde, o cavalo Pégaso, cento e quarenta táleres e oitenta hellers, o sobretudo forrado com pele de guaxinim, o anel...

– Cale-se! Cale-se, desça daí e venha para cá, seu idiota! Ciri, abra o caminho! Jaskier, você está ouvindo o que estou dizendo? – Geralt gritou, empurrando a multidão, que clamava e cedia o passo com relutância.

– Geralt? É você mesmo?

– Não pergunte! Desça e venha até mim! Salte em cima do cavalo!

Conseguiram passar pela multidão e galoparam por uma ruela estreita, Ciri à frente, Geralt e Jaskier atrás dela, montados na Plotka.

– Por que estão com tanta pressa? Ninguém está nos perseguindo – o trovador falou atrás do bruxo.

– Por enquanto. A duquesa gosta de mudar de opinião e repentinamente revogar aquilo que havia decidido. Confesse, você sabia desse indulto?

– Não, não sabia – Jaskier murmurou. – Mas, confesso, contava com ele. Fuinha é muito querida e tem um bom coração.

– Pare de chamá-la de Fuinha, diabos. Você acabou de escapar das acusações de desacato à majestade. Quer cair na reincidência?

O trovador ficou em silêncio. Ciri parou Kelpie e esperou por eles. Quando a alcançaram, ela olhou para Jaskier e enxugou as lágrimas.

– Você, hein... seu... Pancrácio – disse.

– Vamos – o bruxo os apressou. – Precisamos deixar esta cidade e atravessar a fronteira deste país encantador enquanto ainda podemos fazer isso.

•

Ao se aproximarem da fronteira de Toussaint e do local de onde já se avistava o monte Górgona, foram alcançados por um estafeta da duquesa. Levava consigo o Pégaso selado, o alaúde, o sobretudo e o anel de Jaskier. Ignorou a pergunta sobre os cento e quarenta tálares e oitenta hellers. Escutou com o rosto impassível o pedido de Jaskier de mandar beijinhos para a duquesa.

Seguiram a montante do rio Sansretour, que àquela altura já havia se transformado em um riachinho torrente. Contornaram Belhaven.

Acamparam no vale do rio Newi, no lugar do qual o bruxo e o trovador se lembraram.

Jaskier aguentou muito tempo sem perguntar.

Mas era preciso finalmente contar-lhe tudo o que havia acontecido.

E acompanhá-lo no seu silêncio, num horrível silêncio pesado e purulento como uma úlcera, que pairou sobre tudo depois de ouvir a história.

•

Às doze horas do dia seguinte, estavam nas encostas, nas redondezas de Riedbrune, onde tudo estava calmo, arrumado e em ordem. As pessoas eram confiantes e prestativas. Sentia-se segurança. Por toda parte havia cadafalsos cheios de enforcados.

Contornaram a cidade, dirigindo-se para Dol Angra.

– Jaskier! – Geralt notou aquilo que deveria ter notado há muito tempo. – O seu inestimável tubo! Os seus séculos de poesia! Eles não estavam com o estafeta! Ficaram em Toussaint!

– Ficaram no vestiário de Fuinha, debaixo de uma pilha de vestidos, calcinhas e espartilhos, e podem ficar lá para sempre – o trovador confirmou com indiferença.

– Você pode fazer o favor de se explicar?

– Não há nada para explicar. Em Toussaint tive tempo suficiente para ler atentamente o que havia escrito.

– E?

– Escreverei tudo outra vez.

– Entendi – Geralt acenou com a cabeça. – Em breves palavras: você percebeu que é um escritor favorito medíocre. E, para ser mais franco, tudo que você toca, vira merda. Mas, se você ainda não conseguir corrigir e reescrever o seu *Meio século*, então se ferrará com a duquesa Anarietta. Poxa, um amante infame expulso. Pois é, não adianta fazer essa cara, Jaskier! Você não estava predestinado a ser o duque consorte em Toussaint.

– Ainda veremos.

– Não conte comigo. Não tenho a menor intenção de ver isso.

– E ninguém lhe pede para ver. Digo-lhe apenas que Fuinha tem um bom e compreensível coração. É verdade que se exaltou um pouco quando me apanhou com a jovem baronesa Nique... mas com certeza já deve ter se acalmado! Entendeu que os homens são incapazes de viver em monogamia. Perdoou-me e provavelmente está à minha espera...

– Você é um completo idiota – Geralt afirmou. Ciri, com um enérgico aceno da cabeça, confirmou que compartilhava da opinião dele.

– Não vou discutir com vocês – Jaskier zangou-se. – Além do mais, é um assunto pessoal. Repito: Fuinha vai me perdoar. Escreverei uma balada ou um soneto, mandarei para ela, e ela...

– Poupe-me, Jaskier.

– Ah, realmente, não sei por que continuo falando com vocês. Vamos! Corra, Pégaso! Corra, pipa de pernas brancas!

Correram.

Era maio.

•

– Por sua culpa – o bruxo falou em tom de repreensão –, por sua culpa, desterrado amante, eu também tive que fugir de Toussaint como se fosse um bandido ou foragido. Nem tive tempo de me encontrar com...

– Fringilla Vigo? Você nem conseguiria se encontrar com ela. Foi embora logo depois de vocês partirem de Toussaint, ainda em janeiro. Simplesmente desapareceu.

– Não pensei nela. – Geralt pigarreou ao ver Ciri curiosa, prestando atenção. – Queria me encontrar com Reynart, apresentá-lo a Ciri...

Jaskier fixou os olhos na crina de Pégaso.

– Reynart de Bois-Fresnes – balbuciou – foi morto mais ou menos no fim de fevereiro, numa disputa com os grassantes, no passo de Cervantes, nas redondezas da guarita Vedette. Anarietta condecorou-o *post mortem* com a ordem...

– Cale-se, Jaskier.

Jaskier calou-se, de maneira surpreendentemente obediente.

•

O mês de maio avançava e eclodia. Os tons fúlvidos dos dentes-de-leão desapareceram dos prados, substituídos pelas macias, efêmeras e alvas bolas de sementes.

Fazia calor e tudo estava verde. O ar, salvo depois de refrescado por uma curta tempestade, estava abafado, quente e pegajoso como uma sopa espessa.

•

No dia vinte e seis de maio, atravessaram o Jaruga por uma ponte novinha e branquinha que cheirava a resina. Na água e na margem viam-se os restos da antiga ponte, as pretas, esfumaçadas e carbonizadas toras de madeira.

Ciri ficou inquieta.

Geralt sabia. Conhecia as suas intenções, os seus planos, o acordo que havia feito com Yennefer. Estava preparado. Mesmo assim, a ideia de se separar dela causou-lhe dor. Como se lá dentro no peito, atrás das costelas, houvesse um pequeno e maldito escorpião adormecido que acordara de repente.

•

Na encruzilhada dos caminhos depois da vila Koprzywnica, atrás das ruínas de uma taberna queimada, havia ao menos cem anos crescia um extenso carvalho-roble, que agora, na época da primavera, estava coberto de pequenas flores araneiformes. Os habitantes de toda a região, até da longínqua Spalla, costumavam usar os seus enormes galhos suspensos numa altura relativamente baixa para pendurar tábuas e placas que continham diversas informações. Por esse motivo, como servia à comunicação entre as pessoas, o carvalho era conhecido como a Árvore das Boas e Más Novas.

– Ciri, comece por aquele lado – Gerald ordenou, ao desmontar do cavalo. – Jaskier, olhe por aqui.

As placas suspensas nos galhos movimentavam-se ao vento, chocavam-se e chacoalhavam.

Normalmente, depois de uma guerra, as placas eram usadas para a busca de famílias desaparecidas e que se encontravam separadas. Era comum ler-se nelas muitos anúncios como: VOLTE, PERDOO SUAS FALTAS, muitas ofertas de massagem erótica e outros serviços oferecidos nas vilas e nas pequenas cidades dos arredores, assim como avisos e propagandas. Nelas havia ainda correspondências amorosas e denúncias assinadas por pessoas amáveis e anônimas. Muitas placas traziam as convicções filosóficas de seus autores, na sua maioria sem nenhum sentido ou repugnantemente obscenas.

– Ah! – Jaskier gritou. – No castelo de Rastburg precisam urgentemente de um bruxo, e está escrito que a remuneração é alta. Garantem também hospedagem de luxo e uma alimentação extraordinariamente saborosa. Você topa, Geralt?

– Decididamente, não.

Ciri achou a notícia que procuravam.

E foi então que lhe comunicou aquilo que o bruxo aguardava havia muito tempo.

•

– Geralt, vou a Vengerberg – disse. – Não faça essa cara. Você sabe que preciso ir. Yennefer me chamou. Ela espera por mim lá.

– Eu sei.

– Você vai a Rívia, para esse encontro que você ainda mantém em segredo...

– É uma surpresa – interrompeu. – Uma surpresa, e não um segredo.

– Uma surpresa, tudo bem. Mas eu resolverei em Vengerberg tudo que preciso resolver, buscarei Yennefer e chegaremos a Rívia em cerca de seis dias. Já lhe pedi para não fazer essa cara. E, por favor, não vamos nos despedir como se fôssemos ficar separados por uma eternidade. Serão apenas seis dias! Até logo.

– Até logo, Ciri.

– Em Rívia, daqui a seis dias – repetiu mais uma vez, virando Kelpie.

Lançou-se imediatamente num galope. Num instante desapareceu, e Geralt sentiu uma horrível e fria mão grifanha apertando seu estômago.

– Seis dias... – Jaskier repetiu pensativo. – Daqui para Vengerberg e de volta para Rívia são aproximadamente duzentas e cinquenta milhas... É impossível, Geralt. Tudo bem, com essa égua demoníaca com a qual Ciri consegue viajar com a velocidade de um estafeta, três vezes mais rápido que nós, teoricamente, mas muito teoricamente, em seis dias conseguiria percorrer uma distância assim. Porém essa égua demoníaca também precisa descansar. E esse assunto misterioso que Ciri precisa resolver também vai demorar algum tempo. Portanto, é impossível...

– Para Ciri não existe nada que seja impossível – o bruxo cerrou os dentes.

– Será?...

– Ela já não é mais aquela menina que você conheceu, não é mais a mesma – interrompeu-o bruscamente.

Jaskier permaneceu em silêncio por um longo tempo.

– Tenho um estranho pressentimento...

– Cale-se, não fale nada.

•

O mês de maio chegou ao fim. A lua minguava. A lua nova se aproximava, e o que se via era apenas um pequeno fio no céu. Dirigiam-se para as montanhas que se viam no horizonte.

•

A paisagem era tipicamente de pós-guerra. Por entre os campos, do nada, surgiam sepulturas e mamoas. No meio da abundante relva primaveril, apareciam caveiras e esqueletos. Nas árvores que cresciam junto das estradas, pendiam os enforcados. À beira das estradas, mendigos famintos esperavam a morte por inanição, e ao pé das florestas lobos esperavam os mendigos enfraquecerem.

A relva não cobria as superfícies negras atingidas pelos incêndios.

Vilas e povoações das quais haviam restado apenas chaminés esfumaçadas eram reconstruídas. Nelas ressoavam as batidas dos martelos e o ranger das serras. Nas proximidades das ruínas, as mulheres perfuravam a terra queimada com as enxadas. Algumas arrastavam grades e arados, cambaleando, e os arreios de estopa cortavam os seus braços emagrecidos. Nos sulcos arados, as crianças caçavam as larvas das melolontas e as minhocas.

– Tenho um leve pressentimento de que alguma coisa aqui está errada. Falta algo... Você não tem essa impressão, Geralt? – Jaskier comentou.

– Hein?

– Algo não está normal aqui.

– Nada aqui é normal, Jaskier, simplesmente nada.

•

A noite estava cálida e negra. O vento não soprava. À distância, relâmpagos reluziam no céu. Os inquietantes murmúrios dos trovões ressoavam. Geralt e Jaskier estavam acampados e viram o horizonte no oeste irradiar com uma rubra claridade de incêndio. O local onde o fogo havia irrompido não ficava longe de onde estavam. O vento que se levantara de repente espalhou o cheiro de queimado, assim como sons cortados. Sem querer, eles ouviram os berros das pessoas sendo assassinadas, de mulheres uivando, os gritos arrogantes e triunfantes de um bando.

Jaskier não falava nada. De vez em quando lançava um olhar apavorado para o bruxo, mas o bruxo nem tremia, sequer virava a cabeça. Seu semblante estava impassível.

De manhã seguiram caminho, sem nem olhar para a coluna de fumaça que se erguia sobre a floresta, e encontraram um grupo de pessoas.

•

Andavam devagar, num silêncio absoluto, formando uma fileira extensa. Carregavam pequenas trouxas. Eram homens, rapazes, mulheres e crianças. Andavam sem se queixar, sem chorar, sem proferir nem uma palavra de lamento, sem gritos ou reclamações.

Mas o grito e o desespero estavam estampados nos seus olhos vazios de pessoas sofridas, roubadas, espancadas, desterradas.

– Quem são? Quem são essas pessoas que vocês estão guiando? – Jaskier perguntou, sem se intimidar com a hostilidade que emanava dos olhos do oficial que supervisionava a marcha.

– São nilfgaardianos – resmungou, do alto da sua sela, o subintendente, um fedelho de rosto corado que tinha no máximo dezoito anos. – São povoadores nilfgaardianos. Vieram ocupar nossas terras feito baratas! Por isso os expulsamos como se fossem baratas. Assim foi decidido em Cintra e acordado no tratado de paz.

Inclinou-se e cuspiu.

– E, se dependesse de mim – retomou o discurso, lançando um olhar desafiador para Jaskier e o bruxo –, eu não deixaria que esses vermes saíssem daqui vivos.

– E, se dependesse de mim – falou um suboficial de bigode branco, arrastando as palavras, fitando o seu comandante com um olhar estranhamente desprovido de respeito –, eu os deixaria em paz nas suas fazendas. Eu não expulsaria bons agricultores do país. Estaria feliz com a agricultura prosperando e contente por ter o que comer.

– Você é burro, sargento – o subintendente rosnou. – Eles são de Nilfgaard! Não falam a nossa língua, não conhecem a nossa cultura, não trazem o nosso sangue. Estaríamos felizes por causa da agricultura, mas criaríamos uma víbora no nosso peito, traidores prontos para nos dar uma facada nas costas. Vocês pensam, por acaso, que entre nós e os negros haverá paz para sempre? Não, que voltem para o lugar de onde vieram... Ei, soldados! Um deles leva um carrinho! Tirem-no dele já!

A ordem foi cumprida com zelo, com o uso não apenas de tacos e punhos, mas também de saltos.

Jaskier pigarreou.

– E vocês, será que não estão gostando de alguma coisa? São nilfgaardófilos? – o jovem subintendente o examinou com o olhar.

– Deuses me livrem – Jaskier engoliu a saliva.

Muitas mulheres e moças de olhos vazios que passavam por eles, andando como autômatos, tinham a roupa rasgada, os rostos inchados, cheios de hematomas, as coxas e as canelas marcadas com fios de sangue. Muitas precisavam ser escoradas para conseguirem andar. Jaskier olhou para o rosto de Geralt e ficou receoso.

– Precisamos ir – balbuciou. – Passem bem, senhores.

– Passem bem – o sargento saudou-os. O subintendente nem virou a cabeça. Estava ocupado, vigiando, para ver se algum dos povoadores carregava uma bagagem de tamanho maior do que aquele estabelecido pela paz de Cintra.

A coluna de pessoas seguia andando.

Ouviram-se os gritos altos, desesperados, cheios de dor de uma mulher. Jaskier gemeu:

– Geralt, não, não faça nada, eu lhe imploro... não se meta...

O bruxo virou o rosto para ele, com um semblante que Jaskier não conhecia, e falou:

– Meter-me? Intervir? Socorrer alguém? Correr risco por algum princípio nobre ou alguma ideia? Não, Jaskier, não mais.

•

Certa noite, uma noite agitada e iluminada pelos relâmpagos distantes, o bruxo mais uma vez acordou com um sonho. Dessa vez também não sabia se tinha passado de um pesadelo para outro.

Novamente uma claridade pulsante pairava sobre os restos da fogueira e assustava os cavalos. Novamente via-se um castelo, uma colunata negra, uma mesa com mulheres sentadas ao redor dela.

Duas mulheres não estavam sentadas, permaneciam em pé. Uma era alvinegra e a outra, negra e cinzenta.

Yennefer e Ciri.

O bruxo gemeu, sonhando.

•

Yennefer tinha razão quando a aconselhou a não trajar uma vestimenta masculina. Ciri não se sentiria à vontade nessa sala, vestida como um rapaz, em meio às mulheres elegantes que ofuscavam com as joias. Estava contente por ter usado aquelas vestimentas, numa combinação de preto e cinza. Sentia-se lisonjeada com os olhares cheios de aprovação a fitar as mangas bufantes recortadas da sua veste, a cintura alta, a gargantilha com um pequeno broche de brilhantes em forma de rosa.

– Aproximem-se.

Ciri estremeceu levemente, e não só por causa do som dessa voz. Yennefer, como se podia ver, tinha razão também a respeito de outra questão: a havia desaconselhado a usar roupa decotada.

No entanto, Ciri havia insistido em usar decote, e agora sua impressão era de que uma corrente de ar dançava sobre os seus seios, e todo o seu peito, quase até o umbigo, estava arrepiado.

– Mais perto – repetiu a mulher de cabelos e olhos escuros que Ciri conhecia, de quem se lembrava da ilha de Thanedd. Embora Yennefer tivesse dito a ela quem encontrariam em Montecalvo, tivesse falado os nomes de todas elas e como cada uma era, Ciri imediatamente começou a chamá-la, nos seus pensamentos, de Senhora Coruja.

– Senhorita Ciri, seja bem-vinda à Loja de Montecalvo – saudou-a a Senhora Coruja.

Ciri curvou-se do jeito que Yennefer lhe havia ensinado, de uma maneira cortês, mas ao estilo varonil, sem a genuflexão feminina ou o gesto humilde e submisso de baixar os olhos. Retribuiu o sorriso sincero e amável de Triss Merigold e respondeu com uma reverência um pouco mais profunda ao olhar amigável de Margarita Laux-Antille. Aguentou os oito olhares restantes, embora parecessem perfurá-la como brocas, ou como pontas de lança. A Senhora Coruja apontou com um gesto verdadeiramente soberano um lugar e convidou:

– Queira sentar-se! Você não, Yennefer, só ela! Você, Yennefer, não é uma convidada. Você foi chamada aqui na condição de ré, para ser julgada e punida. Você permanecerá em pé até que a Loja decida o seu destino.

Para Ciri, o protocolo terminou num instante. Ela falou em tom alto:

– Então também permanecerei em pé. Eu também não fui convidada para vir aqui. Também fui chamada para tomar conhecimento do meu destino. Esse é o primeiro ponto. E o segundo é o seguinte: o destino de Yennefer é também o meu destino. O que acontece com ela, acontece comigo. Com todo o respeito, mas esses dois elementos são inseparáveis.

Margarita Laux-Antille sorriu, olhando direto nos seus olhos. A discreta e elegante Assire var Anahid, que tinha um nariz levemente adunco e só podia ser nilfgaardiana, acenou com a cabeça, tamborilando os dedos no tampo da mesa.

– Filippa – disse a mulher com o pescoço envolto numa echarpe de pele de raposa prateada –, parece-me que não há necessidade de sermos tão intransigentes. Pelo menos não hoje, e não neste momento. Estamos sentadas à mesa redonda da Loja na qual somos tratadas como iguais, mesmo em condição de rés. Acho que todas podemos concordar que...

Não terminou a frase. Passou os olhos por todas as feiticeiras, que, uma por uma, concordavam com um aceno da cabeça: Margarita, Assire, Triss, Sabrina Glevissig, Keira Metz e as duas formosas elfas. Só a outra nilfgaardiana, Fringilla Vigo, de cabelos negros como breu, permaneceu sentada, imóvel, muito pálida, sem tirar os olhos de Yennefer.

– Que assim seja, então – Filippa Eilhart acenou com a mão cheia de anéis. – Sentem-se as duas. Contra a minha vontade. Mas a unidade da Loja é mais importante. E o interesse da Loja também é, pois supera tudo. A Loja é tudo, o resto é nada. Espero que você entenda isso, Ciri.

– Entendo muito bem, até porque eu sou um nada. – Ciri nem ponderou a possibilidade de baixar os olhos.

Francesca Findabair, a belíssima elfa, riu sonora e melodiosamente.

– Parabéns, Yennefer – disse com sua voz melodiosa e hipnotizante –, reconheço o traço gravado, a prova desse ouro. Reconheço a escola.

– Não é difícil reconhecer. É a escola de Tissaia de Vries. – Yennefer passou um olhar flamejante ao redor da mesa.

– Tissaia de Vries está morta, não está conosco sentada a esta mesa – falou com calma a Senhora Coruja. – Tissaia de Vries morreu, e a sua morte lamentada e lastimada foi simultaneamente um marco e o ponto de partida. Começaram novos tempos, chegou uma nova era, aproximam-se grandes mudanças. E quanto a você, Ciri, que um dia foi Cirilla de Cintra, o destino designou-lhe um papel muito importante nessas mudanças, que certamente você já sabe qual é.

– Sei – Ciri latiu, sem reagir ao sibilo de reprovação de Yennefer. – Vilgefortz já me havia explicado tudo durante os preparativos para enfiar uma bombinha de vidro entre as minhas pernas. Se esse for o meu destino, agradeço muito, mas não aceitarei a proposta.

Os olhos escuros de Filippa fulguraram com uma ira fria. Mas a pessoa que começou a falar foi Sheala de Tancarville.

– Você ainda precisa aprender muito, criança – disse, envolvendo o pescoço com a echarpe de raposa prateada. – Pelo que vejo e ouço, precisará desaprender muitas coisas, sozinha ou com a ajuda de alguém. Está evidente que nos últimos tempos você andou adquirindo conhecimento sobre muitas coisas ruins, e certamente viveu muitas coisas ruins, e ficou marcada pelo mal. Na sua obstinação infantil, agora você se recusa a enxergar o bem, nega o bem e as boas intenções. Fica toda eriçada, como um ouriço, sem conseguir reconhecer aqueles que se preocupam com o seu bem. Você bufa e mostra as unhas como uma gata selvagem, sem nos deixar outra escolha: precisaremos agarrá-la pela nuca. E faremos isso, criança, sem parar para pensar nem por um segundo porque somos mais velhas, mais sábias, temos conhecimento de tudo o que já aconteceu e daquilo que acontece. Também possuímos um vasto conhecimento sobre o futuro. Nós a agarraremos pela nuca, gatinha, para que você um dia, num futuro próximo, como uma felina experiente e sábia, possa sentar-se aqui, nesta mesa, entre nós, como uma de nós. Não, não quero ouvir nem uma palavra! Não se atreva a abrir a boca quando Sheala de Tancarville fala!

A voz da feiticeira koviriana, aguda e perfurante como uma faca que arranha o ferro, de repente pairou sobre a mesa. Não foi apenas Ciri que se encolheu. As outras feiticeiras da Loja também estremeceram ligeiramente e enfiaram as cabeças entre os ombros. Talvez com exceção de Filippa, Francesca e Assire. E Yennefer.

– Você estava certa – Sheala retomou o discurso, envolvendo o pescoço com a echarpe ao pensar que foi chamada a Montecalvo para conhecer o seu destino. – Você não teve razão ao achar que era um nada, pois você é tudo, o futuro do mundo. Neste momento, obviamente, você não sabe disso, não entende. Neste momento, você é uma gata arrepiada que bufa, uma criança que passou por experiências traumáticas e que em tudo vê Emhyr var Emreis ou Vilgefortz com o inseminador nas mãos. E não faz sentido explicar a você que está enganada e que se trata do seu bem e do bem do mundo. Um dia, haverá tempo para esse tipo de explicações. Agora, zangada, não quer ouvir a voz da razão e tem uma resposta pronta para todos os argumentos, em forma de teimosia infantil, obstinação e gritos. Portanto, neste momento, você será simplesmente agarrada pela nuca. Terminei. Filippa, comunique a ela o destino que a espera.

Ciri estava rígida, acariciando as cabeças das esfinges que ornavam as pontas dos braços das cadeiras. A Senhora Coruja interrompeu o silêncio pesado e fúnebre.

– Você irá comigo e com Sheala a Kovir, a Pont Vanis, à capital real veranil. Como você não é mais nenhuma Cirilla de Cintra, durante a audiência será apresentada como uma adepta da magia, nossa protegida. Lá, você conhecerá um rei muito sábio, Esterad Thyssen, de sangue verdadeiramente real. E conhecerá a mulher dele, a rainha Zuleyka, uma pessoa excepcionalmente nobre e bondosa. Conhecerá também o filho do casal real, o príncipe Tancredo.

Ciri começou a entender e arregalou os olhos. A Senhora Coruja notou isso e confirmou.

– Sim, você precisa sobretudo impressionar o príncipe Tancredo, pois se tornará amante dele e dará à luz o seu filho.

Filippa retomou o discurso após um momento:

– Se você ainda fosse Cirilla de Cintra, se você ainda fosse a filha de Pavetta e a neta de Calanthe, seria esposa legítima de Tancredo, se tornaria princesa e depois a rainha de Kovir e Poviss. Infelizmente, e digo isto com verdadeira lástima, o destino a privou de tudo, também do futuro. Será apenas uma amante, uma favorita.

– Uma favorita de nome, e formalmente – Sheala interrompeu. – Faremos todo o possível para que, vivendo junto de Tancredo, tenha o status de duquesa e posteriormente até de rainha. É claro que precisaremos da sua ajuda. Tancredo deve desejar que você permaneça ao lado dele, dia e noite. Nós ensinaremos a você como estimular esse desejo. Mas depende de você se esses ensinamentos darão frutos.

– São apenas pormenores – a Senhora Coruja falou. – O importante é que você engravide de Tancredo o mais rápido possível.

– Claro – Ciri resmungou.

– O filho que você gerará com Tancredo terá o seu futuro e a sua posição assegurados pela Loja – Filippa não tirava os seus olhos escuros de Ciri. – E comunico-lhe que se trata de assuntos realmente importantes. Você, aliás, participará de tudo isso, pois, logo após dar à luz, começará a participar das nossas reuniões. Começará o seu aprendizado. Embora hoje isto possa lhe parecer um pouco obscuro, você é uma de nós.

– Na ilha de Thanedd – Ciri conseguiu vencer a resistência da garganta apertada –, a senhora me chamou de monstro, Senhora Coruja, e hoje a senhora me diz que sou uma de vocês!

– Não há nenhuma contradição nisso – ressoou a voz de Enid an Gleanna, a Margarida dos Vales, melodiosa como o rumorejar de um riacho. – Todas nós, *me luned*, somos monstros, cada uma do seu jeito. Não é assim, Senhora Coruja?

Filippa deu de ombros.

– Esconderemos essa repugnante cicatriz por meio de uma ilusão – Sheala falou outra vez, beliscando sua echarpe com aparente indiferença. – Você ficará linda e misteriosa, e garanto que Tancredo Thyssen se apaixonará loucamente por você. Precisamos inventar também outros dados pessoais. Cirilla é um nome bonito, e até comum, então você não precisará abrir mão dele para manter-se ignota. Mas temos que arranjar outro sobrenome para você. Não vou achar ruim se você escolher o meu.

– Ou o meu – a Senhora Coruja falou, esboçando um leve sorriso com o canto dos lábios. – Cirilla Eilhart também soa bem.

– Esse nome combina com qualquer outro – na sala soaram outra vez as campainhas de prata da voz da Margarida dos Vales. – E qualquer uma de nós queria ter uma filha como você, Zireael, andorinha de olhos de falcão, sangue do sangue e osso do osso de Lara Dorren. Qualquer uma de nós sacrificaria tudo, inclusive esta Loja, até mesmo o destino dos reinados e de todo o mundo, só para ter uma filha como você. Mas é impossível, sabemos que é impossível, por isso invejamos tanto Yennefer.

– Agradeço à senhora Filippa – Ciri falou após um momento, apertando as cabeças das esfinges com as mãos. – Fico igualmente honrada com a proposta de usar o sobrenome de Tancarville.

No entanto, ao que parece, o sobrenome será a única coisa que dependerá de mim e da minha escolha, a única coisa que não me será imposta. Por isso, vou rejeitar as sugestões das senhoras e fazer a minha própria escolha. Quero me chamar Ciri de Vengerberg, filha de Yennefer.

– Hã?! – reluziram os dentes da feiticeira de cabelos negros, que Ciri adivinhou ser Sabrina Glevissig de Kaedwen. – Tancredo Thyssen será um idiota se não esposar você morganaticamente. Provará ser um idiota cego, incapaz de reconhecer um brilhante por entre as vidraças se no lugar dela deixar que lhe entreguem uma princesa sem sal. Parabéns, Yenna. Invejo-a. E você sabe que a minha inveja é autêntica.

Yennefer agradeceu com um aceno da cabeça, sem um traço de sorriso.

– Então tudo está resolvido – Filippa afirmou.

– Não – falou Ciri.

Francesca Findabair bufou baixinho. Sheala de Tancarville ergueu a cabeça, e os traços em seu semblante enrijeceram. Ciri continuou:

– Preciso pensar mais no assunto – afirmou Ciri. – Ponderar, escolher com calma. Quando tiver feito isso, voltarei para cá, para Montecalvo, e comunicarei o que decidi às senhoras.

Sheala mexeu a boca, como se tivesse encontrado nela algo que precisava ser cuspido imediatamente. Mas não disse nada. Ciri ergueu a cabeça e falou:

– Tenho um encontro marcado com o bruxo Geralt na cidade de Rívia. Prometi-lhe que me encontraria lá com ele, acompanhada de Yennefer. Cumprirei essa promessa, com ou sem o seu consentimento. A senhora Rita, aqui presente, sabe que eu, quando vou ao encontro de Geralt, sempre acho um buraco no muro.

Margarita Laux-Antille acenou com a cabeça, sorrindo.

– Preciso conversar com Geralt, despedir-me dele, e lhe dar a razão. Vocês precisam saber de uma coisa. Depois de partir do castelo de Stygga e de deixar os cadáveres para trás, perguntei a Geralt se esse era o fim, se havíamos vencido, se o mal havia sido derrotado, se o bem triunfaria. E ele apenas sorriu de uma maneira estranha e triste. Achei que fosse pelo fato de estar cansado e de termos enterrado todos os seus amigos lá, ao pé do castelo de Stygga. Mas agora entendo o significado daquele sorriso. Era um sorriso de pena diante da ingenuidade de uma criança que pensava que a degolação de Vilgefortz e Bonhart faria que o bem triunfasse sobre o mal. Preciso dizer a ele que aprendi e entendi, preciso lhe comunicar isso.

Ciri continuou:

– Preciso também convencê-lo de que aquilo que as senhoras querem fazer comigo é muito diferente daquilo que Vilgefortz planejava fazer com a sua bombinha de vidro. Preciso explicar para ele que há uma diferença entre o castelo de Montecalvo e o castelo de Stygga, e que Vilgefortz estava preocupado com o bem do mundo, assim como as senhoras estão preocupadas com ele.

Prosseguiu:

– Sei que não será nada fácil convencer um lobo velho como Geralt. Ele me dirá que sou uma pirralha, que é fácil me iludir com as aparências de boas intenções, e que essa coisa do destino e do bem do mundo são apenas banalidades. Mas preciso tentar. É importante que ele entenda e aceite isso. É muito importante, inclusive para as senhoras.

– Você não entendeu nada – Sheala de Tancarville falou asperamente. – Você continua se comportando como uma pirralha que passa da etapa de espernear e gritar por birra para a etapa de uma pirracenta arrogância. A única coisa que alimenta a esperança é a sagacidade do seu raciocínio. Você aprenderá rapidamente e, acredite, rirá ao se lembrar das asneiras que falou aqui. Quanto à sua viagem para Rivia, por obséquio, que a Loja se pronuncie a respeito dela. Eu me declaro decididamente contra, por uma questão de princípios, para lhe provar que eu, Sheala de Tancarville, nunca jogo as palavras ao vento e que consigo obrigá-la a dobrar a sua nuca obstinada. É preciso lhe ensinar disciplina, para o seu próprio bem.

– Resolvamos, então, essa questão – Filippa Eilhart pôs as mãos em cima da mesa. – Peço que as senhoras expressem as suas opiniões. Devemos deixar a obstinada senhorita Ciri ir para Rívia, ao encontro de um bruxo para o qual daqui a pouco não haverá lugar na sua vida? Devemos permitir que ela alimente um sentimentalismo que em pouco tempo terá de abandonar por completo? Sheala se opõe. E as senhoras?

– Eu também sou contra – Sabrina Glevissig declarou. – E também por uma questão de princípios. Gostei dela. Não posso negar que gostei da sua impertinência e da sua impávida ousadia. Prefiro isso a uma pessoa maçante. Não teria nada contra o seu pedido, em especial pelo fato de saber que ela voltará para cá, infalivelmente. Pessoas como ela não quebram uma promessa. Mas a moça ousou ameaçar-nos, e é preciso que saiba que consideramos ridículas essas ameaças!

– Eu me oponho, por motivos práticos – Keira Metz afirmou. – Também gostei da moça. Quanto a esse Geralt, ele me carregou nos seus braços na ilha de Thanedd. Não há em mim nem um pingo de sentimentalismo, mas aquilo fez que eu me sentisse muito bem. Poderia ser uma oportunidade para agradecer a ele. No entanto, digo não! Simplesmente porque você está enganada, Sabrina. A moça é uma bruxa e está tentando nos enganar com os seus artifícios de bruxa, está tentando fugir.

– Alguém aqui ousa duvidar das palavras de minha filha? – Yennefer perguntou, arrastando as palavras de forma agourenta.

– Cale-se, Yennefer – Filippa sibilou. – Não abra a boca para que eu não perca a paciência. Já temos dois votos contra. Vamos ouvir os restantes.

– Voto a favor de deixá-la ir – Triss Merigold declarou. – Conheço-a e respondo por ela. Caso me permita, gostaria de acompanhá-la nessa viagem, apoiá-la nas suas ponderações e deliberações e, se concordar, na sua conversa com Geralt.

– Também voto a favor – Margarita Laux-Antille sorriu. – Podem ficar surpresas, mas faço isso para Tissaia de Vries, que, se estivesse aqui, se irritaria com a sugestão de precisar aplicar a força e limitar a liberdade para manter a unidade da Loja.

– Voto a favor – Francesca Findabair falou, ajeitando as rendas no decote. – Por muitas razões, que não preciso revelar, e não revelarei.

– Voto a favor – Ida Emean aep Sivney disse de forma igualmente lacônica. – Pois assim manda o meu coração.

– E eu sou contra – Assire var Anahid afirmou secamente. – Não sou movida por nenhum tipo de simpatias, antipatias ou questões de princípios. Temo pela vida de Ciri. Ela está segura sob os cuidados da Loja, e nas estradas que levam a Rívia será um alvo fácil. Temo que ainda haja pessoas que, mesmo depois de tê-la privado do seu nome e da sua identidade, ainda achem que isso foi pouco.

– Só resta conhecer a opinião da senhora Fringilla Vigo, embora deva ser óbvia. – Sabrina Glevissig falou de maneira bastante maliciosa. – Permito-me recordar a todas as senhoras o castelo de Rhys-Rhun.

– Agradecida pela lembrança. – Fringilla Vigo ergueu a cabeça orgulhosamente. – Voto a favor de Ciri, para comprovar o respeito e a simpatia que nutro por ela. E faço isso sobretudo para o bruxo Geralt de Rívia, pois sem a ajuda dele ela não estaria aqui. Foi ele que viajou até o fim do mundo para socorrer Ciri, lutando contra todos os obstáculos que surgiam no seu caminho, até contra ele próprio. Seria inconcebível opor-se a que eles se encontrem.

– Houve, no entanto, relativamente pouca objeção e uma demonstração exagerada de um sentimentalismo ingênuo, que pretendemos erradicar dessa moça – Sabrina falou com cinismo. – Ora, até se falou no coração. E o resultado é que os dois pratos da balança estão equilibrados. Cinco votos a favor e cinco contra, contando o de Filippa. Então estamos num ponto morto. Não conseguimos resolver nada. Precisamos votar outra vez. Proponho uma votação secreta.

– Para quê?

Todas olharam para a pessoa que tinha acabado de falar. Para Yennefer.

– Eu continuo sendo membro desta Loja – Yennefer afirmou. – Ninguém me privou dessa condição. Ninguém foi admitido no meu lugar. Do ponto de vista formal, tenho o direito de votar. E meu voto é óbvio. Os votos a favor são em maior número, portanto o assunto está resolvido.

– Sua insolência oscila à beira de bom-senso, Yennefer – Sabrina afirmou, entrelaçando os dedos armados com anéis de ônix.

– Se eu fosse a senhora, permaneceria humildemente calada, até por conta da votação à qual daqui a pouco terá que se submeter – Sheala acrescentou com seriedade.

– Apoiei Ciri, mas preciso chamar a sua atenção, Yennefer – disse Francesca. – Você saiu da Loja, fugiu e se negou a cooperar, então não tem nenhum direito. No entanto, você tem compromissos, dívidas a pagar, e uma sentença para ouvir. Se não fosse por isso, não teria sido autorizada a atravessar a porta de Montecalvo.

Yennefer segurou Ciri, que estava prestes a levantar-se e gritar, mas acabou sentando-se em silêncio na cadeira com os braços esculpidos em forma de esfinges, sem se opor, ao ver a Senhora Coruja, Filippa Eilhart, levantar-se, subitamente altear sobre a mesa e declarar em voz vibrante:

– Está claro que Yennefer não tem direito a votar. Mas eu tenho. Ouvi todas as senhoras presentes aqui, portanto presumo que chegou, enfim, a minha vez de votar, não?

– Como assim, Filippa? – Sabrina franziu as sobrancelhas. – O que você quer dizer com isso? Você ainda não votou? Tinha certeza...

Filippa Eilhart passou os olhos pela mesa. Encontrou os olhos de Ciri e fixou-se neles.

•

O fundo da piscina é composto de um mosaico de cores variadas. As lajes cintilam e parecem se movimentar. Toda a água vibra, tremeluz com o claro-escuro. Sob as folhas de nenúfares, enormes como pratos, por entre as algas verdes passam fugazmente as carpas crucianas e os escalos. Os enormes olhos escuros da menina refletem-se na água, seus longos cabelos alcançam a superfície, flutuam sobre ela.

A menina, que se esqueceu de todo mundo, agita as pequenas mãos por entre os nenúfares, suspensa pela borda da piscina do chafariz. Quer tocar muito um dos peixes dourados e vermelhos que se aproximam das suas mãos, circundam-na com curiosidade, mas não se deixam apanhar, fugidios como espectros, como a própria água. Os dedos da menina de olhos escuros fecham-se, apertando o vazio.

– Filippa!

•

– Filippa! – A voz aguda de Sheala de Tancarville tirou-a dos seus pensamentos. – Estamos à espera.

O frio vento primaveril assoprou pela janela aberta. Filippa Eilhart estremeceu. "É a morte", pensou. "A morte passou do meu lado."

– Esta Loja – falou, enfim, alto, firme e enfaticamente – vai decidir o destino do mundo. Por isso mesmo ela é como o mundo, é o seu reflexo. Equilibram-se aqui a razão, que nem sempre significa uma atitude calculista ou uma abjeção fria, e o sentimentalismo, que nem sempre é ingênuo, assim como a responsabilidade, a disciplina férrea, imposta inclusive à força, a aversão à violência, a delicadeza e a confiança, uma argumentativa frieza da onipotência... e a cordialidade.

Retomou o discurso na sala das colunas do castelo de Montecalvo, imersa em silêncio:

– Ao dar o meu voto por último, levo em conta mais um elemento que não se equilibra com nada, mas tem o poder de equilibrar tudo.

Seguindo o seu olhar, todas fixaram os olhos no mosaico no qual a serpente Uroboros, composta de minúsculas peças multicoloridas, abocanhava a própria cauda com os dentes.

– Esse elemento – continuou, fixando os olhos escuros em Ciri – é o destino no qual eu, Filippa Eilhart, comecei a acreditar há pouco e que eu, Filippa Eilhart, há pouco comecei a entender. O destino não são os decretos da divina providência. Tampouco está contido nos rolos escritos pela mão do demiurgo. O destino nada tem a ver com fatalismo. O destino é a esperança. E cheia de esperança, acreditando que aquilo que há de acontecer, vai acontecer, entrego o meu voto, e entrego-o a Ciri, à criança do destino, à criança da esperança.

O silêncio pairou por longo tempo na sala da colunata do castelo de Montecalvo, imersa num sutil claro-escuro. Lá fora ressoou o grito de uma águia-pesqueira que sobrevoava o lago.

– Senhora Yennefer, será que isso significa... – Ciri sussurrou.

– Vamos, filhinha, Geralt está à nossa espera, e o caminho é longo – Yennefer respondeu em voz baixa.

•

Geralt acordou e ergueu-se. O grito de uma ave noturna ecoava nos seus ouvidos.

CAPÍTULO DÉCIMO SEGUNDO

Depois a feiticeira e o bruxo casaram-se e celebraram as bodas com uma pomposa festança. E eu também estive ali, hidromel e vinho lá bebi. E depois viveram felizes, mas por pouco tempo. Ele morreu de uma maneira comum: de infarto. Ela faleceu pouco tempo depois, mas o conto não menciona a causa da sua morte. Dizem que morreu de tristeza e saudade. Contudo, os contos tendem a ser capciosos.

Flourens Delannoy, *Contos e lendas*

Era o sexto dia após a lua nova de junho quando chegaram a Rívia.

Saíram das florestas para as encostas dos morros, e foi então que, lá embaixo, à distância, subitamente e sem aviso prévio, reluziu como um espelho a superfície do lago Loc Eskalott, que ocupava toda a bacia e tinha a forma de uma runa da qual derivava o seu nome. Viam-se refletidos no espelho d'água os montes Craag Ros cobertos de abetos e lárices e a faixa limítrofe do maciço de Mahakam, assim como as rubras telhas das torres do rechonchudo castelo de Rívia, localizado numa península lacustre, a sede invernal dos reis de Lyria. E ao pé da baía, na extremidade sul de Loc Eskalott, ficava a cidade de Rívia, que reluzia com o arrabalde de palha e sombreava com as casas que cresciam como armilárias na margem do lago

– Parece que enfim chegamos – Jaskier constatou, protegendo os olhos com a mão. – Assim fechamos um círculo, estamos em Rívia. O destino tece-se de forma estranha... Não vejo nenhum galhardete alviceleste em nenhuma das torres do castelo, portanto a rainha Meve não está lá. De qualquer maneira, não acho que ela ainda se lembre de sua deserção...

– Acredite, Jaskier, pouco me importa se alguém se lembra de alguma coisa – Geralt interrompeu-o, guiando o cavalo encosta abaixo.

Ao pé da cidade, perto do portão de entrada, via-se uma barraca colorida que parecia um bolo. Na entrada dela havia um escudo branco com um chevron vermelho pendurado numa vara. Debaixo da aba da barraca, um cavaleiro de armadura completa, que vestia uma túnica branca ornada com o mesmo brasão que o escudo, examinava, com um olhar penetrante, as mulheres que carregavam lenha, graxeiros, os alcatroeiros com os barris nos quais transportavam os seus produtos, pastores, vendedores ambulantes e andarilhos. Os seus olhos brilharam com esperança ao ver Geralt e Jaskier cavalgando a passo lento.

– A dama do seu coração, quem quer que seja, é a mais formosa e a mais virtuosa donzela entre o Jaruga e Buina. – Geralt dissipou as esperanças do cavaleiro com a sua voz gélida.

– Pela honra! O senhor tem toda a razão – o cavaleiro rosnou.

•

A moça de cabelos claros, que usava um casaco de couro ricamente enfeitado com tachões de prata, vomitava no meio da rua, curvada ao meio, escorando-se no estribo da égua tordilha rodada. Era acompanhada por dois amigos, uniformizados da mesma maneira que ela. Eles carregavam as espadas nas costas, usavam faixas nas testas, balbuciavam, xingando os transeuntes com obscenos palavrões. Ambos estavam mais que embriagados. Vacilavam, esbarravam nos flancos dos cavalos e no palanque onde estes eram amarrados diante da taberna.

– Realmente precisamos entrar lá? – Jaskier perguntou. – Dentro desse santuário pode haver mais pajens simpáticos como esses aí.

– Eu marquei um encontro aqui. Você já esqueceu? É a taberna "O Galo e a Galinha Chocadeira" mencionada na placa de carvalho.

A moça de cabelos claros inclinou-se outra vez e vomitou espasmódica e abundantemente. A égua bufou alto e se sacudiu, derrubando a garota e arrastando-a pelo vômito.

– O que você está olhando, seu babaca, seu velhaco de cabelos brancos? – um dos rapazes balbuciou.

– Geralt, peço-lhe que não faça besteiras – Jaskier murmurou, desmontando.

– Não se preocupe. Não farei nada.

Amarraram os cavalos ao palanque do outro lado das escadas. Os jovens pararam de prestar atenção neles para dedicar-se a ofender as burguesas acompanhadas de uma criança que passavam pela ruela e a cuspir nelas. Jaskier olhou para o rosto do bruxo, e não gostou do que viu.

A primeira coisa que saltava aos olhos, ao se entrar na taberna, era o aviso: CONTRATA-SE UM COZINHEIRO. A outra coisa era o enorme desenho de um monstro barbudo que trazia um machado ensanguentado no letreiro montado de tábuas. A legenda anunciava: ANÃO – MALDITO TRAIDOR NANICO.

Jaskier tinha razão de sentir-se receoso. Praticamente os únicos clientes da taberna – além de alguns bêbados solenemente embriagados e de duas prostitutas magras com olheiras – eram "pajens" com espadas nas costas, engalanados de couro que cintilava com os tachões. Eram apenas oito, de ambos os sexos, mas o alvoroço que provocavam gritando e xingando uns aos outros era tão grande que parecia que eram dezoito.

– Reconheço os senhores e sei quem são – o taberneiro os surpreendeu logo ao vê-los. – Tenho uma notícia para os senhores: precisam ir a Olmeiros, à "Taberna do Wirsing".

– Óóó, que bom! – Jaskier alegrou-se.

– Eu não teria tanta certeza disso – o taberneiro continuou, enxugando a caneca com o jaleco. – Se não gostaram do meu estabelecimento, então a escolha é dos senhores. Mas estou avisando-os de que Olmeiros é o bairro dos anões, só os inumanos vivem lá.

– E daí? – Geralt semicerrou os olhos.

– Bem, para os senhores, provavelmente não há nenhum problema – falou o taberneiro, dando de ombros –, pois foi um anão que lhes deixou o aviso. Se andam com alguém assim, o problema é dos senhores. Cada um escolhe a sua companhia.

– Não somos necessariamente exigentes com relação a companhias, mas não simpatizamos muito com esses tipos, não – Jaskier afirmou, apontando com um gesto da cabeça para os pirralhos de casacos pretos e faixas nas testas acnosas que gritavam e se debatiam à mesa.

O taberneiro pôs a caneca vazia de lado, examinou-os com um olhar pouco amistoso e repreendeu-os:

– É preciso ser mais compreensivo. Os jovens precisam farrear. Há um ditado que diz isso. Foram castigados pela guerra, os seus pais morreram…

– E as mães se entregavam à lascívia – Geralt completou a frase com uma voz gélida como um lago serrano. – Entendo, e estou cheio de boa vontade. Pelo menos tento estar. Vamos, Jaskier.

– Desculpem, mas a estrada os aguarda – o taberneiro falou sem respeito. – Depois não reclamem de não terem sido avisados. Por falar nisso, hoje em dia pode-se apanhar facilmente no bairro dos anões.

– Por falar nisso o quê?

– E quem sou eu para saber? É do meu interesse, por acaso?

– Vamos, Geralt – Jaskier apressou-o, vendo com o canto do olho que a juventude castigada pela guerra, aquela que ainda estava consciente, fitava-os com um olhar reluzente, devido ao fisstech.

– Passe bem, senhor taberneiro. Quem sabe um dia ainda voltemos à sua taberna, daqui a algum tempo, quando o senhor já tiver tirado esses letreiros na entrada.

– E qual deles não o agradou, hein? Será que foi aquele do anão? – O taberneiro perguntou, franzindo o cenho e pondo as mãos na cintura, num gesto provocador.

– Não. Foi aquele do cozinheiro.

Três jovens – uma moça e dois rapazes de casacos negros com espadas nas costas – levantaram-se da mesa, vacilando ligeiramente. Era evidente que fizeram isso com o intuito de barrar o seu caminho.

Geralt não diminuiu o passo. Continuou andando, mas o seu rosto e o seu olhar expressavam frieza e total indiferença.

Os pirralhos separaram-se e recuaram quase no último momento. Jaskier sentiu que cheiravam a cerveja, suor e medo.

– É preciso se acostumar, é preciso de adaptar – o bruxo constatou, depois de sair.

– Às vezes é difícil.

– Mas isso não é um argumento. Jaskier, isso não é um argumento. – O ar estava quente, espesso e pegajoso como uma sopa.

•

Lá fora, na frente da taberna, dois rapazes de casacos negros ajudavam uma moça de cabelos claros a lavar-se numa gamela. A moça resfolegava, balbuciava, dizia que já estava melhor e que precisava beber algo. Falava também que, claro, iria à feira para brincar de derrubar as barracas, mas antes precisava tomar uma.

A moça chamava-se Nadia Esposito. Esse nome fora anotado nos anais e entrou para a história.

Mas Geralt e Jaskier não tinham como saber disso.

A moça, tampouco.

•

As ruelas da cidade de Rívia vibravam, e o que parecia ocupar por inteiro os moradores e visitantes era o comércio. Pelo que dava para perceber, todos mercadejavam tudo e procuravam trocar qualquer coisa por algo mais valioso. Uma cacofonia de gritos ressoava por todos os lados – apregoavam-se mercadorias, barganhava-se ferozmente, insultava-se, acusava-se de roubo, furto, calote, assim como de outros pecados, não necessariamente relacionados com o comércio.

Geralt e Jaskier receberam muitas propostas atraentes antes de chegarem a Olmeiros. Ofereceram-lhes, entre outras coisas, um astrolábio, um trompete de latão, um faqueiro ornado com o brasão da família Frangipani, as ações de uma mina de cobre, um vidro com sanguessugas, um livro esfarrapado intitulado *Um suposto milagre ou a Cabeça de Medusa*, um casal de furões, um elixir que aumentava a potência sexual e, junto, em forma de brinde, uma donzela pouco jovem, pouco magra e pouco asseada.

Um anão de barba negra insistia importunadamente em convencê-los a comprar um espelho fajuto numa moldura de tombac e esforçava-se para provar que era o espelho de Cambuscan quando, de repente, uma pedra lançada com precisão o acertou e arrebatou o objeto da sua mão.

– Ímpio koboldo! Desumano! Cabra barbudo! – uivou, ao fugir, um mendigo sujo e descalço.

– Que suas tripas apodreçam, seu verme humano! Que apodreçam e saiam por seu cu! – o anão rugiu.

As pessoas observavam num silêncio taciturno.

•

O bairro Olmeiros ficava à beira do lago, numa baía onde cresciam amieiros, chorões e, obviamente, olmeiros. Era um lugar muito mais tranquilo e silencioso, onde ninguém comprava nem queria vender nada. O vento soprava do lago, propiciando uma sensação particularmente agradável depois que se saía da cidade abafada e fedorenta.

Não demoraram a achar a "Taberna do Wirsing". O primeiro transeunte com o qual toparam no caminho a indicou a eles sem hesitação.

Nas escadas do alpendre coberto pela ervilha-de-cheiro e pela rosa-canina, debaixo do pequeno telhado revestido de musgo verdejante e ninhos de andorinhas, estavam sentados dois anões barbudos a sorver cerveja de canecas que apertavam carinhosamente as suas barrigas.

– Geralt e Jaskier, estamos à espera de vocês faz muito tempo, seus malandros – falou um dos anões, e arrotou.

Geralt desmontou.

– Salve, Yarpen Zigrin. É muito bom revê-lo, Zoltan Chivay.

•

Eram os únicos clientes da taberna, que cheirava intensamente a assado, alho, ervas e mais alguma coisa que não era possível distinguir, mas muito agradável. Estavam sentados a uma mesa pesada, com vista para o lago, que observado pelos vidros tingidos com molduras de chumbo parecia misterioso, encantado e romântico.

– Onde está Ciri? – Yarpen Zigrin perguntou sem rodeios. – Espero que não... – Não – Geralt interrompeu rapidamente. –

Ela virá para cá. Deve chegar daqui a pouco. Falem, barbudos, como vocês estão.

– Não falei? Não falei, Zoltan? Ele volta do fim do mundo, onde, de acordo com os boatos, banhava-se em sangue, matava dragões e derrubava impérios, e nos pergunta as novidades. Esse bruxo não muda – Yarpen disse com sarcasmo.

– Que cheiro tão agradável é esse? – Jaskier intrometeu-se, fungando o nariz.

– É o cheiro do almoço. Cheira a carninha. Pergunte, Jaskier, como conseguimos essa carne – Yarpen Zigrin falou.

– Não vou perguntar porque conheço essa piada.

– Não seja babaca.

– Como conseguiram a carninha?

– Veio sozinha, rastejando.

– Agora vamos falar sério – Yarpen disse, enxugando as lágrimas que havia derramado de tanto rir, embora a piada fosse realmente velha. – Quanto à comida, a situação é crítica, como normalmente acontece depois de uma guerra. Falta carne, inclusive carne de aves, e peixes... Há pouca farinha, poucas batatas e legumes... As fazendas foram queimadas, os armazéns, pilhados, as lagoas, esvaziadas, e os campos não estão sendo cultivados...

– O comércio está parado, não há importação. Apenas a usura e o escambo funcionam – Zoltan acrescentou. – Vocês viram a feira? Os especuladores ganham uma fortuna ao lado dos mendigos e dos que vendem e trocam os bens que lhes restaram...

– Se a tudo isso juntar-se uma possível quebra de safra, no inverno as pessoas começarão a morrer de fome.

– As coisas realmente estão tão sérias?

– No caminho do Sul para cá, você deve ter passado por vilas e povoados. Você lembra em quantos ouviu o latido de cães?

– Pois é. – Jaskier estapeou a própria testa. – Sabia... Geralt, eu lhe falei que aquilo não era normal, que faltava alguma coisa! Ah! Só agora é que me toquei! Não se ouviam os cães! Em nenhum lugar havia...

De repente, parou de falar e olhou na direção da cozinha, que cheirava a alho e ervas. O medo apareceu nos seus olhos.

– Não se preocupe – Yarpen bufou. – Nossa carne não é daquelas que latem, miam ou clamam por piedade! Nossa carne é completamente diferente, é digna de reis!

– Anão, revele o segredo, afinal!

– Quando recebemos a sua carta e ficou claro que nos encontraríamos em Rívia, ficamos pensando no manjar que poderíamos preparar para recebê-los. Ficamos pensando, pensando, até que nos deu vontade de urinar e descemos até o bosque de amieiros à beira do lago. Vimos que ele estava cheio de escargots. Então pegamos um saco e catamos os simpáticos moluscos. O saco ficou cheio...

– Mas muitos fugiram – Zoltan Chivay meneou a cabeça. – Estávamos um pouco embriagados e eles eram diabolicamente rápidos.

Os dois anões mais uma vez choraram de rir de mais uma piada antiga. Yarpen apontou para o taberneiro que se azafamava junto do fogão e disse:

– Wirsing sabe preparar os escargots. E, vejam, isso requer grandes habilidades, mas Wirsing é um chefe de renome. Antes de ficar viúvo, administrava uma hospedaria em Maribor com a esposa, e a comida era tão boa que o próprio rei recebia lá os seus convidados. Vamos comer daqui a pouquinho, os senhores vão ver!

– Mas antes vamos provar o coregono recém-defumado, pescado no fundo abismal do lago pelo método da lambada. E o acompanharemos com a vodca do abismo da adega local – Zoltan falou, acenando com a cabeça.

– E não deixem de contar a história, senhores. Contem-na! – Yarpen lembrou, enchendo os copos.

•

O coregono ainda estava quente. Era gordo e cheirava a fumaça da serragem de amieiros. A vodca estava tão gelada que os dentes doíam ao bebê-la.

Quem começou foi Jaskier. Contava no seu estilo florido, fluido, colorido e loquaz, adornando a história de modo tão belo e fantasioso que quase conseguia mascarar a lorota e a confabulação. Depois foi a vez do bruxo. Contava apenas a verdade e falava de uma maneira tão seca, monótona e árida que Jaskier não aguentava e se intrometia a todo instante. Por esse motivo, era repreendido pelos anões.

E depois a história acabou e um longo silêncio pairou no ar.

Zoltan Chivay pigarreou e saudou com a caneca:

– Por Milva, a arqueira! Pelo Nilfgaardiano. Por Regis, o herbolário que recebeu os viajantes na sua choupana com a aguardente de mandrágora. E por essa tal de Angoulême, que não cheguei a conhecer. Que a terra lhes seja leve, a todos eles. Que tenham lá, no outro mundo, com fartura, tudo o que lhes faltou neste mundo. E que seus nomes perpetuem-se em canções e histórias para sempre. Brindemos a eles!

– Brindemos – Jaskier e Yarpen Zigrin repetiram surdamente.

"Brindemos", o bruxo pensou.

•

Wirsing, um homem de cabelos grisalhos, pálido e extremamente magro, uma verdadeira contradição em relação ao estereótipo de um taberneiro e mestre dos arcanos de gastronomia, pôs em cima da mesa um cesto cheio de pão branquinho e cheiroso seguido de um enorme prato de madeira revestido de folhas de raiz-forte sobre as quais os escargots estalavam, respingando manteiga com alho. Jaskier, Geralt e os anões puseram-se a comer imediatamente. A refeição era requintada, gostosa e ao mesmo tempo muito divertida, pois era preciso fazer malabarismos com as estranhas pinças e forquilhas para comer.

Comiam, estalavam as línguas, recolhiam com o pão a manteiga que derretia e pingava. Xingavam alegremente quando um ou outro escargot escapava das pinças. Dois gatinhos divertiam-se a valer, rolando e perseguindo as conchas vazias pelo chão.

O cheiro vindo da cozinha era um sinal de que Wirsing assava a segunda porção.

•

Yarpen Zigrin acenou com a mão contra a sua vontade, mas sabia que o bruxo não o deixaria em paz. Disse, sorvendo a casca:

– Estou praticamente na mesma. Guerreei por algum tempo... governei por algum tempo, pois fui eleito vice-prefeito. Vou fazer carreira na política. Em todas as outras áreas a concorrência é grande, mas na política só tem burro, corrupto e ladrão. É fácil se destacar.

Zoltan Chivay disse, gesticulando com o escargot que segurava com a pinça:

– E eu não tenho talento para a política. Vou abrir um moinho de martelos movido a água e vapor, vou criar uma sociedade com Figgis Merluzzo e Munro Bruys. Bruxo, você se lembra de Figgis e Bruys?

– Não só deles.

– Yazon Varda pereceu às margens do Jaruga, de uma maneira meio boba, num dos últimos embates – Zoltan afirmou secamente.

– É uma pena. E Percival Schuttenbach?

– O gnomo? Ah, esse está bem. Esperto, conseguiu se safar do alistamento. Arranjou uma desculpa recorrendo a antigos direitos dos gnomos, alegando que a religião o proibia de participar da guerra. E conseguiu, embora todos soubessem que estaria disposto a trocar todo o panteão de deuses e deusas por um arenque marinado. Agora tem uma oficina de joalheria em Novigrad. Sabe, vendi para ele o meu papagaio, o marechal de campo Duda, e ele conseguiu transformá-lo numa celebridade ao ensiná-lo a gritar: "Brrrilhantes, brrrilhantes!". E imagine que isso funciona. O gnomo tem uma porrada de clientes, mãos cheias de trabalho e os bolsos cheios. Sim, assim é Novigrad! Lá o dinheiro cresce mesmo em árvores! Por isso também planejamos abrir nosso moinho de martelos em Novigrad.

– As pessoas vão esfregar as portas de vocês com merda, ou vão jogar pedras nas janelas e dizer que o anão é ímpio. De nada adiantará o fato de ele ser veterano, de ter lutado por eles. Será um pária nessa sua Novigrad – disse Yarpen.

– As coisas vão se ajeitar. Em Mahakam há concorrência em demasia, políticos em demasia. Brindemos, rapazes, por Caleb Stratton e por Yazon Varda – Zoltan falou com ânimo.

– Por Regan Dahlberg! – acrescentou Yarpen, e ficou soturno. Geralt meneou a cabeça.

– Regan também...

– Também. Em Mayena. A velha Dahlberg ficou sozinha. Ah, diabos, chega, chega de falar nisso. Brindemos! E apressemo-nos com os escargots, porque Wirsing já está chegando com o segundo pratão!

•

Os anões afrouxaram os cintos e ouviram Geralt contar sobre o caso amoroso ducal de Jaskier e como terminou no cadafalso. O poeta fingia estar magoado e não comentava. Yarpen e Zoltan caíram numa insana gargalhada. Yarpen Zigrin disse, enfim, deixando os dentes à mostra:

– Sim, sim. Como diz a letra daquela antiga canção: o cara que com uma mão quebra uma barra não resiste à vontade de uma mulher zarra. Alguns bons exemplos desse ditado se reuniram ao redor desta mesa. Não é preciso procurar longe. Zoltan Chivay é um deles. Ao contar as novidades, esqueceu-se de mencionar os seus planos matrimoniais. Vai se casar em breve, em setembro. A feliz amada chama-se Eudora Brekekeks.

– Breckenriggs! – Zoltan corrigiu-o enfaticamente, franzindo a sobrancelha. – Já estou farto de corrigir a sua pronúncia, Zigrin. Cuidado, hein, pois quando estou cheio de alguma coisa, sou capaz de dar porrada!

– Onde será o casamento? E quando, exatamente? – Jaskier interrompeu em tom conciliador. – Pergunto porque talvez apareçamos. Obviamente, se formos convidados.

– Ainda não foi decidido onde, como e se vamos nos casar mesmo – Zoltan balbuciou, nitidamente atrapalhado. – Yarpen está adiantando os fatos. Tivemos uma conversa séria com Eudora, mas como se pode ter certeza do futuro? Ainda mais nestes tempos, caralho!...

– Outro exemplo da onipotência da mulherada é Geralt de Rívia, o bruxo – Yarpen Zigrin continuou.

Geralt fingia que estava ocupado com o escargot. Yarpen bufou e continuou:

– Depois de ter recuperado Ciri quase por milagre, deixou que ela se afastasse, aceitou se separar outra vez. Deixou-a sozinha de novo, embora os tempos atuais, como alguém já falou aqui, não sejam muito tranquilos, caralho! E esse tal de bruxo se comporta dessa maneira para cumprir a vontade de uma mulher. O bruxo sempre faz tudo do jeito que quer essa mulher, conhecida por todos como Yennefer de Vengerberg. A questão seria outra se esse bruxo pelo menos tirasse algum proveito disso. Mas não, ele não ganha nada com isso. É como o rei Desmond costumava dizer ao olhar para o penico depois de fazer as suas necessidades: "Isso não cabe na mente."

– Proponho beber e mudar de assunto – disse Geralt erguendo a caneca, com um encantador sorriso nos lábios.

– Ora, pois – Jaskier e Zoltan disseram em uníssono.

•

Wirsing serviu o terceiro e depois o quarto prato de escargots. Naturalmente, tampouco se esqueceu do pão e da vodca. Os farristas já estavam bastante satisfeitos com a comida, e começaram a brindar cada vez mais, e aos poucos, imperceptivelmente, a conversa se tornou cada vez mais filosófica.

•

– O mal contra o qual lutei – o bruxo repetiu – era uma manifestação das ações do caos, destinadas a perturbar a ordem, pois onde o mal se propaga, a ordem não pode reinar, e tudo o que ela constrói, desaba, não se sustenta. A luz da sabedoria e a chama da esperança, a brasa do calor, em vez de fulgurarem, se apagarão. Tudo ficará encoberto pela escuridão, e nela haverá caninos, garras e sangue.

Yarpen Zigrin alisou a barba lambuzada da manteiga com alho e ervas que escorrera dos escargots e falou:

– Muito bem, bruxo. Mas citarei as palavras da jovem Cerro, que se dirigiu ao rei Vridank no seu primeiro encontro amoroso secreto: "Não é nada feio, mas será que tem algum uso prático?"

– A razão de existir – o bruxo não sorriu – e a razão de ser dos bruxos foi desestabilizada, pois a luta do Bem contra o Mal trava-se agora em outro campo de batalha e de uma maneira completamente distinta. O Mal deixou de ser caótico. Deixou de ser uma força cega e espontânea, que um bruxo – um mutante tão assassino e caótico como o próprio Mal – deveria enfrentar. Hoje em dia, o Mal governa baseando-se nas leis que lhe são inerentes. Atua de acordo com os tratados de paz assinados, pois foi levado em consideração na hora de assiná-los...

– Deve ter visto os povoadores expulsos e conduzidos para o sul – Zoltan Chivay adivinhou.

– Não foi só isso, não foi apenas isso – Jaskier acrescentou com seriedade.

– E daí? – Yarpen Zigrin acomodou-se na cadeira e entrelaçou os dedos em cima da barriga. – Todos nós já vimos alguma coisa, todos já ficamos revoltados com alguma coisa, todos já perderam o apetite, ou o sono, por um tempo relativamente longo. Isso acontece, acontecia e continuará acontecendo. Você não conseguirá mais extrair filosofia disso, nem conseguirá sorver mais nada dessas conchas, simplesmente porque dentro não há mais nada. Ficou contrariado, bruxo? Com o que você não concorda? Ficou revoltado com as mudanças que acontecem no mundo, com o desenvolvimento, com o progresso?

– Talvez.

Yarpen ficou em silêncio por um longo tempo, olhando para o bruxo por debaixo das suas sobrancelhas cerradas. Por fim, falou:

– O progresso é como uma vara de porcos. E é assim que se deve olhar para ele e avaliá-lo: como uma vara de porcos que anda pela eira, pela fazenda. Graças a ele podem-se obter várias coisas boas. Por exemplo: joelho de porco, linguiça, salo, pernas de porco em gelatina. Resumindo: as vantagens existem, portanto, não se pode reclamar que está tudo errado.

Todos ficaram em silêncio por algum tempo, refletindo com suas almas e suas mentes sobre diversos assuntos e questões importantes.

– Precisamos beber – Jaskier falou por fim.

Ninguém protestou.

•

– O progresso – Yarpen Zigrin falou, quebrando o silêncio – iluminará, a longo prazo, a escuridão, que cederá diante da luz, embora não de imediato. E certamente com certa resistência.

Geralt, que olhava pela janela, sorriu para os próprios pensamentos e sonhos, e disse:

– A escuridão da qual você está falando é um estado de espírito, e não da matéria. É preciso treinar outro tipo de bruxos para combater algo assim. Está na hora de começar.

– Começar a mudar de profissão? Era isso o que você queria dizer?

– Nada disso. Não estou mais interessado em ser bruxo. Vou me aposentar.

– Até parece!

– Estou falando sério. Eu me aposentei do ofício de bruxo.

Pairou um longo silêncio, interrompido por um selvagem miado de gatos que se arranhavam e mordiscavam debaixo da mesa, fiéis aos costumes da sua espécie, para a qual uma brincadeira sem dor não é uma brincadeira.

– Aposentou-se do ofício de bruxo... – Yarpen Zigrin repetiu, arrastando as palavras. – Ah! Citando as palavras proferidas pelo rei Desmond quando foi pego trapaceando nas cartas: "Eu mesmo não sei o que pensar sobre isso." Mas se pode supor o pior. Jaskier, você viaja muito com ele, acompanha-o sempre. Ele demonstra outros sintomas de paranoia?

– Peraí, peraí. – O rosto de Geralt estava impassível. – "Agora, falando sério", citando as palavras que o rei Desmond proferiu durante um banquete, quando os convidados de repente começaram a empalidecer e morrer. Já disse aquilo que tinha que dizer. Agora, mãos à obra.

Tirou a espada do encosto da cadeira.

– Zoltan Chivay, aqui está o seu sihill. Devolvo-o com gratidão e reconhecimento, pois me serviu, me ajudou, salvou vidas, assim como as tirou.

– Bruxo... a espada é sua – disse o anão, erguendo as mãos num gesto de defesa. – Eu não a emprestei. Esse sihill foi um presente, e os presentes...

– Cale-se, Chivay. Devolvo-lhe a sua espada. Não precisarei mais dela.

– Até parece – Yarpen repetiu. – Sirva vodca a ele, pois está começando a falar como o velho Schrader quando um sacho caiu na sua cabeça no poço da mina. Geralt, sei que você tem uma natureza profunda e uma alma nobre, mas, por favor, não fale esse tipo de besteiras, porque neste auditório, como se pode observar, não está presente Yennefer, nem outra das suas feiticeiras concubinas. Estamos apenas nós, macacos velhos. Não procure convencer os macacos velhos de que você não precisa mais da espada, de que os bruxos são inúteis, de que o mundo não presta e outras coisas desse tipo. Você é um bruxo e sempre será...

– Não, não serei – Geralt contestou suavemente. – Com certeza vocês vão estranhar, macacos velhos, mas cheguei a uma conclusão. Não adianta mijar contra o vento, ou me arriscar por uma pessoa, mesmo que ela pague por isso. E isso nada tem a ver com filosofia existencial. Vocês podem não acreditar, mas, de repente, descobri o valor da minha própria pele. Cheguei à conclusão de que seria uma besteira me arriscar para defender os outros.

– Eu notei – Jaskier acenou com a cabeça. – Por um lado, é inteligente. Por outro...

– Não existe o outro lado.

– Yennefer e Ciri têm algo a ver com sua decisão? – Yarpen perguntou depois de um curto momento.

– Muito.

– Então está tudo claro – o anão suspirou. – Mas não consigo imaginar como você, profissional da espada, planeja se sustentar, organizar a sua existência mundana. Não consigo vê-lo, por mais que tente e por mais que você insista, no papel de, digamos, um plantador de repolhos. Porém, não há o que fazer, é preciso simplesmente respeitar a sua escolha. Por obséquio, estimado anfitrião! Eis aqui uma espada, um sihill de Mahakam da forja do próprio Rhundurin. Foi um presente. O presenteado não o quer, e o doador não pode recebê-lo de volta. Então leve-o, por favor, e coloque em cima da chaminé. Mude o nome da taberna para "A Espada do Bruxo", para que nas noites de inverno aqui sejam contadas histórias sobre tesouros e monstros, sobre uma guerra sangrenta, sobre batalhas ferozes, sobre a morte. Sobre um grande amor e uma amizade inabalável. Sobre a coragem e a honra. Que esta espada sintonize os ouvintes e inspire os contadores! E agora, senhores, encham este recipiente de vodca, pois continuarei discursando, falando profundas verdades e diversas filosofias, entre elas, as existenciais.

Em silêncio e numa atmosfera solene, encheram as canecas com a vodca. Olharam-se com honestidade e beberam, de uma forma igualmente solene. Yarpen Zigrin pigarreou, passou os olhos por todos os ouvintes e assegurou-se de que todos estavam suficientemente concentrados e solenes. Proferiu enfaticamente:

– O progresso iluminará a escuridão, pois serve exatamente para isso, do mesmo jeito que o cu serve para cagar. Haverá cada vez mais luz, e temeremos cada vez menos a escuridão e o mal que nela espreita. Talvez chegue um dia em que deixaremos de acreditar que algo espreita na escuridão, e riremos dos nossos receios, e os consideraremos infantis, e sentiremos vergonha deles! Mas a escuridão existirá sempre, para sempre, e o mal sempre existirá nela, sempre haverá caninos, garras, assassinatos e sangue nela. E os bruxos sempre serão necessários.

•

Ficaram refletindo em silêncio, tão absortos nos seus pensamentos que nem notaram o barulho crescente e o rumor raivoso, agourento na cidade, que aumentava de volume como o zunir de vespas zangadas. Mal perceberam uma, duas, três silhuetas passando seguida e rapidamente pela orla silenciosa e vazia do lago.

No momento em que um rugir estourou sobre a cidade, as portas da "Taberna do Wirsing" abriram-se num estalo, e um jovem anão adentrou-a com ímpeto, arfando, vermelho de esforço.

– O que houve? – Yarpen Zigrin ergueu a cabeça.

O anão, ainda ofegante, apontou com a mão na direção do centro da cidade. Os seus olhos tinham um aspecto selvagem.

– Respire fundo e fale do que se trata – Zoltan Chivay disse a ele.

•

Tempos depois se falou que os trágicos acontecimentos ocorridos em Rívia eram algo absolutamente acidental, uma reação espontânea, uma explosão repentina e imprevista de uma ira justificada que tinha como fonte a hostilidade e a animosidade mútua entre os humanos, os anões e os elfos. Dizia-se que os humanos, e não os anões, haviam atacado primeiro, que foram eles que começaram a agressão, que um mercador anão havia ofendido a jovem nobre Nadia Esposito, órfã de guerra, e a teria agredido e que, quando os amigos da nobre foram defendê-la, o anão chamou os seus conterrâneos. Houve uma peleja, depois uma luta, que num instante espalhou-se por toda a feira. A luta transformou-se numa carnificina, num ataque em massa da população contra uma parte do arrabalde e contra o bairro Olmeiros, habitados pelos inumanos. No espaço de tempo de uma hora, desde o incidente na feira até a intervenção dos magos, foram assassinadas oitenta e quatro pessoas, e quase a metade das vítimas eram mulheres e crianças.

Essa é a versão dos acontecimentos narrada na obra do professor Emmerich Gottschalk de Oxenfurt.

Mas outras pessoas relataram o ocorrido de uma maneira diferente. Como se pode falar de espontaneidade, de uma explosão repentina e imprevisível, perguntavam, se poucos minutos após os acontecimentos na feira apareceram nas ruas carroças carregadas de armas que eram distribuídas? Como se pode falar de uma ira repentina e justificada, se os líderes da turba, os mais visíveis e ativos durante o massacre, eram pessoas desconhecidas que tinham chegado a Rívia, vindos de um lugar desconhecido, alguns dias antes dos acontecimentos? Por que o exército interveio tão tarde? E de uma maneira tão vagarosa desde o início?

Outros estudiosos ainda procuravam comprovar que os incidentes rivianos tinham sido uma provocação nilfgaardiana. Havia também quem afirmasse que tudo tinha sido armado pelos anões, conjurados com os elfos, e que matavam a si próprios para denegrir os humanos.

Por entre as sérias vozes dos estudiosos, perdeu-se por completo uma teoria bastante ousada de um jovem e excêntrico licenciado que, até ser calado, afirmava que em Rívia não tinha havido nenhuma conspiração ou conjura secreta. Para ele, o que aconteceu foi um afloramento das características comuns e singelas da população local: ignorância, xenofobia, grosseria e uma grande brutalidade.

Depois, as pessoas se entediaram com o assunto e deixaram de falar sobre ele.

•

– Para o porão! Os anões para o porão! Sem heroísmo desnecessário! – o bruxo repetiu, escutando, inquieto, os berros do povaréu, que se aproximava rapidamente.

– Bruxo, eu não posso... – Zoltan gemeu, apertando o cabo de um machado. – Lá fora os meus irmãos estão sendo assassinados...

– Para o porão. Pense em Eudora Brekekeks. Você quer que ela fique viúva antes do casamento?

O argumento funcionou. Os anões desceram para o porão. Geralt e Jaskier esconderam a entrada com uma esteira de palha. Wirsing, normalmente pálido, agora estava branco como queijo frescal.

– Eu vi o pogrom em Maribor. Se os acharem ali... – gaguejou, olhando para a entrada do porão.

– Vá para a cozinha.

Jaskier também estava pálido. Geralt não ficou surpreso. No berro amorfo e uniforme que chegava aos seus ouvidos ressoaram notas distintas. Os cabelos ficavam arrepiados só de ouvi-las.

– Geralt, eu pareço um pouco com um elfo... – o poeta gemeu.

– Não seja bobo.

A fumaça começou a subir para os telhados das casas, e fugitivos saíram da ruela, correndo com ímpeto. Eram anões de ambos os sexos. Dois deles, sem refletir, lançaram-se no lago e começaram a nadar, agitando a água com força e dirigindo-se em linha reta para o centro dele. Os outros correram para os lados. Alguns foram na direção da taberna.

O povaréu saiu da rua correndo. Eram mais rápidos que os anões. Nessa corrida, o desejo de matar vencia.

O grito dos assassinados penetrou os ouvidos, tiniu através das vidraças tingidas nas janelas da taberna. Geralt sentiu que as suas mãos tremiam.

Um dos anões foi literalmente dilacerado, despedaçado. O outro, que havia sido derrubado no chão, em poucos instantes foi transformado numa disforme massa sangrenta. A mulher foi perfurada com spetums e forcados. A criança que ela tentou defender até o fim simplesmente foi esmagada, calcada com os golpes dos saltos.

Um anão e duas mulheres fugiram direto para a taberna, perseguidos pela multidão que rugia.

Geralt inspirou fundo. Ergueu-se. Ao perceber que os olhos apavorados de Jaskier e Wirsing o fitavam, tirou o sihill, a espada forjada em Mahakam pelo próprio Rhundurin, da prateleira sobre a chaminé.

– Geralt... – o poeta soltou um gemido agonizante.

– Tudo bem! – disse o bruxo, dirigindo-se para a entrada. – Mas é a última vez! Droga, será realmente a última vez!

Foi para o alpendre. Saltou, lacerando com um corte rápido um fortão de jaleco de pedreiro que almejava golpear uma mulher com uma talocha. Em seguida, cortou a mão de outro que agarrava os cabelos de uma senhora. E com dois rápidos cortes oblíquos matou aqueles que chutavam o anão derrubado.

Entrou rapidamente no meio do povaréu, encolhendo-se em meias-voltas. Executava golpes extensos, aparentemente caóticos, sabendo que os cortes produzidos eram mais sangrentos e espetaculares. Não queria matá-los, apenas machucá-los.

– Um elfo! Um elfo! Matem o elfo! – alguém do meio da turba soltou um grito selvagem.

"Estão exagerando", pensou. "Talvez Jaskier lembre um elfo, mas eu não pareço nem um pouco com um elfo."

Avistou aquele que gritava. Parecia um soldado. Usava uma brigantina e botas de cano alto. Mergulhou na multidão feito uma enguia. O soldado se protegia com uma javalina. Geralt cortou ao longo da haste, amputando os dedos dele. Redemoinhou e, com mais um corte extenso, provocou gritos de dor e fez derramar grandes quantidades de sangue.

– Tenha piedade! Poupe-me! – pediu o jovem com o cabelo desgrenhado e olhos desvairados, de joelhos diante dele.

Geralt o poupou. Deteve o braço e a espada e usou o ímpeto destinado a executar o golpe para girar. Com o canto do olho, viu o moleque desgrenhado erguer-se de repente e notou que segurava algo nas mãos. Interrompeu o movimento para esquivar-se na direção oposta, mas ficou preso no meio da multidão. Por um décimo de segundo, ficou imobilizado no meio da multidão. Conseguiu ver apenas as pontas do tridente arremessado na sua direção.

•

As chamas na lareira da enorme chaminé apagaram-se, e o salão ficou imerso na escuridão. A ventania que soprava das montanhas assobiava nas fendas dos muros, uivava, penetrando as frestas nas adufas de Kaer Morhen, a sede dos bruxos.

– Droga! Gaivota ou vodca? – Eskel não aguentou, ergueu-se e abriu o aparador.

– Vodca – Coën e Geralt responderam em uníssono.

– Claro! Claro, lógico! Afoguem a sua burrice em vodca! Cretinos! – vociferou Vesemir, escondido na sombra.

– Foi um acidente... ela já estava indo bem no pente... – Lambert balbuciou.

– Cale a boca, idiota! Não quero ouvir a sua voz! Só lhe digo uma coisa: se algo aconteceu com a menina...

– Já está bem – Coën interrompeu suavemente. – Está dormindo tranquilamente, num sono profundo e são. Acordará só um pouco dolorida, mais nada. Não se lembrará do transe nem do que aconteceu.

– É melhor que vocês se lembrem. – Vesemir arfou. – Cabeças de cuia! Encha o meu cálice também, Eskel.

Ficaram em silêncio por um longo tempo, ouvindo os assobios da ventania. Eskel falou, por fim:

– É preciso chamar alguém, aqui é preciso alguma mágica. Não é normal aquilo que está acontecendo com a menina.

– É o terceiro transe desse tipo.

– Mas foi a primeira vez que ela conseguiu articular palavras...

– Repitam mais uma vez o que ela disse, palavra por palavra – Vesemir ordenou, esvaziando de vez o conteúdo do cálice.

– Não há como fazê-lo palavra por palavra – disse Geralt, olhando a brasa. – E o sentido, se faz sentido procurar sentido nisso, é que eu e Coën morreremos. Os dentes serão a nossa perdição. Os dois seremos mortos por dentes. No caso dele, serão dois, no meu caso, três.

– É bastante provável que nos matem a dentadas – Lambert bufou. – Qualquer um de nós, a qualquer momento, pode ser vítima de dentes. No entanto, se a profecia for verdadeiramente profética, vocês dois serão vítimas de monstros excepcionalmente banguelas.

– Ou de uma gangrena purulenta, por causa dos dentes estragados. Só que os nossos dentes não estragam – Eskel acenou com a cabeça, aparentemente sério.

– Se eu fosse vocês, não brincaria com esse assunto – falou Vesemir.

Os bruxos permaneciam calados.

O vento uivava e assobiava nos muros de Kaer Morhen.

•

O jovem desgrenhado, que parecia apavorado por causa daquilo que acabara de fazer, soltou o cabo. O bruxo gritou de dor contra a sua vontade, curvou-se, e o forcado de três dentes encravado na sua barriga fez que se desequilibrasse. Quando caiu de joelhos, a arma se soltou sozinha do seu corpo e deslizou por cima dos paralelepípedos. O sangue jorrou, derramando-se com um rumor e respingar digno de uma cachoeira.

Geralt tentou se levantar, mas caiu de lado.

Os sons que o cercavam começaram a ressoar e a ecoar. Ouvia-os como se sua cabeça estivesse submersa na água. Enxergava mal, com uma perspectiva alterada e uma geometria completamente falsa.

Mas viu que a multidão se dispersava. Viu o povaréu fugir do resgate, composto por Zoltan e Yarpen, munidos de machados, Wirsing, que tinha um cutelo, e Jaskier, armado com uma vassoura.

Queria gritar: "Parem! Para onde vocês estão indo? Já era suficiente o fato de eu sempre urinar contra o vento." Mas não conseguiu gritar. A sua voz foi abafada por uma onda de sangue.

•

Era quase meio-dia quando as feiticeiras chegaram a Rívia. Lá embaixo, a partir da perspectiva da estrada, a superfície do lago Loc Eskalott, as rubras telhas do castelo e os telhados da cidade reluziram como um espelho.

– Chegamos, afinal – Yennefer constatou. – Rívia! São surpreendentes os caminhos traçados pelo destino.

Ciri, havia algum tempo muito excitada, forçou Kelpie a dançar e a marchar picado. Triss Merigold suspirou despercebidamente. Na verdade, pensou que tivesse sido despercebidamente.

– Veja só... – Yennefer olhou para ela de soslaio. – Que sons estranhos erguem o seu peito de donzela, Triss! Ciri, avance um pouco e verifique se por acaso você não está lá.

Triss virou o rosto, decidida a não provocar nem dar pretexto para nada. No entanto, não contava com um efeito positivo. Havia algum tempo sentia por parte de Yennefer uma raiva e uma agressividade que cresciam quanto mais se aproximavam de Rívia.

– Você, Triss, não core, não suspire, não fique salivando, não requebre a bundinha na sela – Yennefer repetiu maldosamente. – O que você acha? Qual foi o motivo para eu ter aceitado o seu pedido e concordado que você viesse conosco? Para você ter um encontro delicioso e lânguido com um antigo amante? Ciri, eu lhe pedi para avançar um pouco! Deixe eu conversar com Triss!

– É um monólogo, e não uma conversa – Ciri falou de modo insolente, mas se rendeu de imediato ao ameaçador olhar violeta: assobiou para Kelpie e galopou pela estrada de terra batida.

– Você não está indo ao encontro de um amante, Triss – Yennefer retomou o discurso. – Não sou tão nobre, nem estúpida para dar a oportunidade a você, e a ele, a tentação. Mas vou fazê-lo apenas esta vez, hoje. Depois vou me esforçar ao máximo para que não surjam nem tentações, nem oportunidades. Contudo, hoje não vou negar a mim mesma um prazer doce e perverso. Ele tem consciência do papel que você desempenhou, e lhe agradecerá com o seu famoso olhar. E eu olharei para os seus lábios e as suas mãos trêmulos, ouvirei as suas justificativas e as suas desculpas esfarrapadas. E quer saber de uma coisa, Triss? Vou desmaiar de prazer.

– Sabia que você não esqueceria e se vingaria – Triss resmungou. – Eu aceito isso porque realmente tive culpa. Mas preciso lhe dizer uma coisa, Yennefer. Não conte muito com esse desmaiar, ele sabe perdoar.

– Sabe perdoar aquilo que os outros fazem com ele – Yennefer semicerrou os olhos. – Mas nunca lhe perdoará aquilo que fizeram com Ciri, e comigo.

– Talvez... talvez não perdoe – Triss engoliu a saliva. – Especialmente se você insistir nisso. Mas com certeza não vai me maltratar, não vai se rebaixar a esse nível.

Yennefer fustigou o cavalo com o chicote. O animal relinchou, saltou e saltitou com tanto ímpeto que a feiticeira vacilou na sela.

– Chega dessa discussão! – rosnou. – Tenha mais humildade, sua mocreia arrogante! Ele é meu, só meu! Consegue entender isso? Quero que você pare de falar e de pensar nele, e se maravilhar com o seu nobre caráter... A partir de agora, deste instante! Ah, tenho vontade de puxar essa sua juba castanha...

– Tente! Tente só, sua macaca, e arrancarei os seus olhos! – Triss vociferou. – Eu...

Silenciaram ao verem Ciri galopando desenfreadamente até elas, levantando uma nuvem de poeira. E já sabiam que algo havia acontecido, e neste momento perceberam do que se tratava, antes mesmo que Ciri as alcançasse.

Acima dos telhados do arrabalde já próximo, acima das telhas e das chaminés da cidade, de repente arrebentaram rubras línguas de chamas e subiram nuvens de fumaça. Uma gritaria chegou aos ouvidos das feiticeiras, distante como o zunir de moscas insistentes, como o zumbido de mamangabas raivosas. A gritaria crescia, ficava mais intensa, contraponteada com distintos clamores agudos.

– Diabos, o que está acontecendo lá? – Yennefer ergueu-se nos estribos. – Um ataque? Um incêndio?

– Geralt... Geralt! – Ciri gemeu de repente e ficou branca como papel velino.

– Ciri? O que houve com você?

Ciri ergueu a mão, e as feiticeiras viram o sangue escorrendo dela, pela linha da vida.

– O círculo se fechou – a moça falou, cerrando os olhos. – Fui ferida por um espinho da rosa de Shaerrawedd, e a serpente Uroboros abocanhou a sua própria cauda. Estou chegando, Geralt! Estou indo até você! Não o deixarei só!

Antes que as feiticeiras conseguissem protestar, a moça virou Kelpie e lançou-se num galope desenfreado.

Estavam lúcidas o bastante para instigar os cavalos a galopar. Mas os seus corcéis não podiam se igualar a Kelpie.

– O que está acontecendo? O que está acontecendo? – Yennefer gritou, engolindo o vento.

– Você sabe o quê! Corra, Yennefer! – Triss soluçou, galopando a seu lado.

Antes que entrassem por entre as barracas do arrabalde, antes que passassem os primeiros fugitivos que escapavam da cidade, Yennefer já tinha uma imagem suficientemente clara da situação para saber o que acontecia em Rívia. Não era um incêndio, tampouco uma invasão das tropas inimigas, mas um pogrom. Sabia também o que Ciri havia pressentido, por que e para quem corria daquele modo. Sabia também que não conseguiria alcançá-la. Não havia como. Kelpie simplesmente sobrevoou as pessoas amontoadas e desesperadas, derrubando com seus cascos alguns chapéus e gorros, enquanto ela e Triss, diante dos fugitivos, tiveram de frear os ginetes de tal maneira que quase caíram por cima das cabeças dos cavalos.

– Pare, Ciri!

Antes que percebessem, já se encontravam entre ruelas cheias de um povaréu que gritava e corria para todos os lados. Yennefer avistou, de passagem, corpos nas sarjetas, cadáveres pendurados pelas pernas em postes ou estacas. Viu um anão prostrado no chão, espancado com tacos. Outro era massacrado com garrafas quebradas. Ouviu os berros dos que torturavam, e os gritos e os uivos dos torturados. Viu a multidão se reunir em volta de uma mulher defenestrada e o lampejar de barras que levantavam e baixavam.

A turba condensava-se cada vez mais, o berro aumentava. As feiticeiras tinham a impressão de que a distância entre elas e Ciri diminuíra. Outro obstáculo no caminho de Kelpie era um grupo de alabardeiros desorientados que a égua negra tratou como se fosse uma cerca. Por esse motivo, sobrevoou-os, derrubando a lisa capelina de um deles. Os outros, assustados, sentaram-se.

Entraram a pleno galope na praça, negra por causa do povaréu amontoado e da fumaça. Yennefer percebeu que Ciri, certamente guiada pela visão profética, dirigia-se para o próprio núcleo, o centro dos acontecimentos, o foco dos incêndios, lá onde assolava a matança.

Na rua em que entrou travava-se uma luta. Os anões e os elfos defendiam com ardor uma barricada improvisada, lutavam por uma causa perdida. Caíam e morriam sob a pressão da turba uivante que os esmagava. Ciri gritou e encostou-se ao pescoço do cavalo. Kelpie alçou voo e sobrevoou a barricada, não como um cavalo, mas como um enorme pássaro negro.

Yennefer entrou no meio da turba com ímpeto e freou o cavalo, derrubando algumas pessoas. Antes que conseguisse gritar, tiraram-na da sela. Foi golpeada nas costas, no sacro, na parte de trás da cabeça. Caiu de joelhos e viu um indivíduo de jaleco de sapateiro preparando-se para chutá-la.

Yennefer estava farta de indivíduos que chutavam.

Com os dedos estendidos, disparou um fogo roxo e sibilante que cortava os rostos, os troncos e os braços das pessoas ao redor feito um chicote. O cheiro de carne queimada espalhou-se, os berros e os uivos de dor por um momento dominaram o alvoroço e a algazarra geral.

– Bruxa! Uma bruxa élfica! Feiticeira!

Outro indivíduo saltou até ela com um machado suspenso no ar. Yennefer disparou fogo diretamente no seu rosto. Os globos oculares do indivíduo estouraram, ferveram e escorreram sibilando pelas suas bochechas.

A praça esvaziou-se. Alguém a agarrou pelo braço. Ela se sacudiu, pronta para soltar fogo, mas era Triss.

– Vamos fugir daqui... Yenna... Vamos fu... gir...

"Eu já a escutei falando com essa voz", Yennefer pensou. "Com lábios que parecem feitos de madeira, não umedecidos nem por uma gota de saliva. Lábios paralisados pelo medo, trêmulos por causa do pânico.

Eu já a escutei falando com essa voz. No Monte de Sodden. Quando morria de medo.

Agora também está morrendo de medo. Vai morrer de medo até o fim da sua vida, pois aquele que nunca se atrever a enfrentar a covardia vai morrer de medo até o fim dos seus dias."

Os dedos que Triss cravou nos seus braços pareciam feitos de aço. Yennefer livrou-se do seu aperto com o maior esforço e gritou:

– Fuja, se quiser! Esconda-se atrás da saia da sua Loja! Eu tenho uma causa para defender! Não vou deixar Ciri sozinha! Nem Geralt! Afastem-se, plebeus! Saiam do meu caminho, se prezam a pele de vocês!

A multidão que barrava o seu acesso ao cavalo recuou diante dos raios disparados pelos olhos e pelas mãos da feiticeira. Yennefer sacudiu a cabeça, soltando os cachos negros. Parecia uma fúria encarnada, o anjo exterminador, pronto para castigar com uma espada luminosa. Ela vociferou, fustigando a turba com um chicote de fogo:

– Fora, voltem para as suas casas, gentalha! Fora! Ou vou marcá-los com fogo, como se faz com o gado!

– É só uma bruxa, gente! Apenas uma maldita feiticeira élfica! – ressoou uma voz sonora e metálica do meio da multidão.

– Está sozinha! A outra fugiu! Ei, gente, peguem as pedras!

– Morte aos inumanos! Vamos queimar os feiticeiros!

– Para a forca!

A primeira pedra passou de raspão pela sua orelha. A outra a atingiu no braço com tanta força que Yennefer cambaleou. A terceira a acertou diretamente no rosto. A dor estourou primeiro nos olhos que queimavam, depois envolveu tudo como um veludo negro.

•

Acordou e gemeu de dor. Sentia uma dor pungente nos dois antebraços e nos punhos. Estendeu a mão instintivamente, apalpando as grossas camadas de ataduras. Gemeu outra vez, surda e desesperadamente. Lamentava que não fosse um sonho, e que não tivesse dado certo.

– Não deu certo – disse Tissaia de Vries, sentada ao lado da cama.

Yennefer estava com sede. Desejava que alguém pelo menos umedecesse seus lábios cobertos com uma película pegajosa. Mas não pediu, o orgulho não lhe permitia fazer isso.

– Não deu certo – Tissaia de Vries repetiu. – Mas não foi porque você não se esforçou o suficiente. Você cortou bem e fundo, por isso estou aqui do seu lado. Se fosse apenas um espetáculo teatral, se fosse apenas uma estúpida demonstração infantil, poderia sentir apenas desprezo pela sua pessoa. Mas você cortou fundo, com seriedade.

Yennefer olhava para o teto com torpor.

– Vou cuidar de você, moça. Parece que vale a pena, mas é preciso trabalhar com você, e sei que vai ser um trabalho árduo. Precisarei endireitar não apenas a sua coluna e a sua escápula, mas também tratar as suas mãos. Ao cortar as veias, você também cortou os tendões. E as mãos de uma feiticeira são instrumentos muito importantes, Yennefer.

Umidade nos lábios. Água.

– Você vai sobreviver. – A voz de Tissaia era objetiva, séria, até severa. – Seu tempo ainda não chegou. Quando chegar, você se lembrará deste dia.

Yennefer sorvia ansiosamente a umidade do pauzinho envolto numa bandagem molhada.

– Vou cuidar de você – Tissaia de Vries repetiu, tocando com delicadeza os cabelos dela. – E agora... estamos aqui sozinhas, sem testemunhas. Ninguém vai ver, e eu não direi nada a ninguém. Chore, moça, desabafe, desafogue as mágoas pela última vez. Depois você já não poderá mais chorar. Não existe uma imagem mais repugnante do que uma feiticeira chorando.

•

Recuperou a consciência, estertorou e cuspiu sangue. Alguém a arrastava pelo chão. Era Triss, reconheceu pelo perfume. Nas proximidades, as ferraduras tiniam nos paralelepípedos, a gritaria vibrava. Yennefer viu um cavaleiro de armadura completa, com uma túnica branca ornada com o brasão de um chevron vermelho, açoitando a multidão com um azorrague da altura da sua sela de lanceiro. A armadura e o bacinete rebatiam as pedras impotentes arremessadas pela turba. O cavalo relinchava, sacudia-se e dava coices.

Yennefer sentia que no lugar do lábio superior tinha uma enorme batata. Pelo menos um dos dentes da frente estava quebrado ou arrancado e machucava a língua dolorosamente.

– Triss... Teletransporte-nos daqui! – balbuciou.

– Não, Yennefer. – A voz de Triss estava muito tranquila, e muito fria.

– Vão nos matar...

– Não, Yennefer. Eu não vou fugir, não vou me esconder atrás da saia da Loja. E não se preocupe, não vou desmaiar de medo como em Sodden. Eu vou superá-lo. Já o superei!

Perto da saída da rua, na quina de um muro coberto de musgo, havia uma enorme pilha de adubo, esterco e detritos. Era um amontoado, melhor, um monte impressionante.

A multidão finalmente conseguiu apertar e imobilizar o cavaleiro e o seu corcel. Derrubaram-no com um terrível estrondo. A plebe subiu em cima dele, arrastando-se como piolhos, envolvendo-o com uma capa viva.

Depois de ter arrastado Yennefer, Triss ficou em cima do amontoado de lixo e ergueu os braços. Proferiu um encanto aos gritos que expressavam raiva de uma maneira tão penetrante que a multidão silenciou por uma fração de segundo.

– Vão nos matar, pode ter certeza... – Yennefer cuspiu sangue.

– Ajude-me, ajude-me, Yennefer. Atiraremos contra eles o raio de Alzur... – Triss interrompeu o encantamento por um segundo.

"E mataremos uns cinco", Yennefer pensou. "E depois os outros vão nos lacerar. Mas tudo bem, Triss, como você quiser. Você não vai fugir, tampouco me verá fugindo."

Juntou-se ao encantamento. As duas passaram a gritar.

A multidão ficou observando-as por um momento, porém logo reagiu. Ao redor das feiticeiras mais uma vez sibilaram pedras. Uma javalina passou de raspão junto da têmpora de Triss, mas ela nem estremeceu.

"Sem nenhum efeito", Yennefer pensou. "Nosso feitiço não funciona. Não temos chances de lidar com algo tão complicado como o raio de Alzur. De acordo com os relatos, Alzur tinha uma voz poderosa e falava como um orador. E nós esganiçamos e balbuciamos, confundimos as palavras e a melodia..."

Estava prestes a interromper o encantamento, a concentrar as forças que lhe restavam em algum outro feitiço capaz de teletransportar as duas ou provocar algum efeito desagradável que impactasse, por uma fração de segundo, a turba que avançava. Mas viu que era desnecessário.

De repente, o céu escureceu e surgiram nuvens que se amontoaram sobre a cidade. Tudo foi envolvido por uma escuridão demoníaca, e um vento frio soprou.

– Ui! Parece que aprontamos! – Yennefer gemeu.

•

– A Devastadora Granizada de Merigold – Nimue repetiu. – Na verdade, o nome é usado ilegalmente, pois o encanto nunca havia sido registrado, já que ninguém tinha conseguido repeti-lo, por motivos banais. Os lábios de Triss estavam feridos, por isso ela falava de maneira pouco clara. Além disso, os maldosos diziam que estava com a língua travada por causa de medo.

– É difícil acreditar nisso, já que não faltam exemplos da coragem e da valentia da venerável Triss – Condwiramurs inflou os lábios. – Em algumas crônicas ela é chamada inclusive de Destemida. Mas eu queria perguntar outra coisa. Uma das versões da lenda conta que Triss não estava sozinha no monte de Rívia, que estaria lá acompanhada de Yennefer.

Nimue olhava para a aquarela que mostrava um monte negro, íngreme e afiado como uma faca e nuvens azul-marinho alumiadas no fundo. No topo do monte havia uma esbelta silhueta de uma mulher com os braços abertos e os cabelos alvoroçados.

Da névoa que pairava sobre a superfície da água ressoava a batida dos remos do barco do Rei Pescador. A Senhora do Lago disse:

– Se alguém esteve lá com Triss, não se imortalizou na visão do artista.

•

– Ui, olhe o que fizemos! Cuidado, Triss! – Yennefer repetiu.

A grossa nuvem negra levantada pelo vento que pairava sobre Rívia descarregou sobre a cidade granizo em forma de angulosas bolas do tamanho de um ovo de galinha que, ao caírem, batiam com muita força, provocando estrondo e destruindo as telhas das casas. O granizo caía com tanta intensidade que num instante cobriu toda a praça com uma grossa camada de pedriscos. A multidão ficou assustada. As pessoas caíam ao chão, protegendo as cabeças. Rastejando, tentavam esconder-se debaixo umas das outras. Fugiam, cambaleavam, amontoavam-se em portões e debaixo de arcadas, encolhiam-se sob muros. Mas nem todos conseguiam se safar. Alguns permaneceram prostrados como peixes sobre o gelo tingido intensamente de sangue.

O granizo caía com tanta força que o escudo mágico formado por Yennefer sobre as suas cabeças, praticamente no último momento, estremecia e corria o risco de arrebentar. Nem pensou em usar outros encantamentos. Sabia que não havia como parar aquilo que provocavam. Sabia também que por acaso haviam despertado um elemento que ela precisava descarregar, uma força que precisava chegar ao momento de viragem, e este momento estava prestes a chegar. Pelo menos era o que ela esperava.

Relampejou, e logo estalou uma troada repentina, tão prolongada e forte que a terra tremeu. O granizo batia nos telhados e paralelepípedos. As partículas que produzia estilhaçavam-se e esparramavam-se por todos os lados.

O céu ficou um pouco mais claro. O sol reluziu. Um raio penetrou a nuvem, fustigando a cidade feito um látego. Algo que não era nem um gemido, nem um soluço, desprendeu-se da garganta de Triss.

O granizo continuou caindo, golpeando, cobrindo a pequena praça com uma grossa camada de bolas de gelo que cintilavam como brilhantes. O pedrisco, porém, havia diminuído e estava cada vez mais fraco. Yennefer percebeu isso pela mudança do som das batidas contra o escudo mágico. Depois o granizo parou de cair de vez, como se tivesse sido cortado por uma faca. Tropas armadas entraram na praça, cascos ferrados trincaram o gelo. A plebe berrava e fugia, fustigada pelos azorragues, golpeada com as hastes das lanças e as pranchas das espadas.

– Parabéns, Triss! Não sei o que foi aquilo... mas foi benfeito – Yennefer falou com voz rouca.

– Havia uma causa para defender – rouquejou Triss Merigold, a heroína do monte.

– Sempre há uma causa para ser defendida. Vamos correr, Triss. Parece que ainda não é o fim.

•

Já era o fim. O granizo que as feiticeiras mandaram cair sobre a cidade tinha esfriado as cabeças quentes de tal modo que o exército se atreveu a intervir e pôr ordem no caos. Antes os soldados tinham medo, pois sabiam das eventuais consequências de um ataque contra uma turba feroz, uma multidão embebida de sangue e morte que não temia nada e não recuava diante de nada. Contudo, a explosão do elemento venceu a cruel besta de múltiplas cabeças, e a carga do exército fez o resto.

O granizo provocou graves danos na cidade. Diante deles, o homem que havia acabado de matar uma anã, espancando-a com um balancim, e tinha destroçado a cabeça do filho dela contra um muro, agora soluçava, chorava, engolia as lágrimas e o muco, olhando para o que sobrara da sua casa.

A paz reinou em Rívia. Se não fosse pelos cadáveres massacrados, aproximadamente duzentos, e pelas casas queimadas, cerca de uma dezena, seria possível pensar que nada tinha acontecido. No bairro Olmeiros, à beira do lago Loc Eskalott, sobre o qual o céu fulgurou cingido com um belíssimo arco-íris, os salgueiros refletiam a sua beleza na superfície da água, lisa como um espelho, os pássaros voltaram a cantar e o cheiro de folhagem úmida espalhou-se pelo ar. Tudo tinha um ar bucólico.

Inclusive o bruxo, prostrado numa poça de sangue, e Ciri, ajoelhada e debruçada sobre ele.

•

Geralt estava inconsciente e branco como cal. Permanecia deitado, imóvel, mas quando elas o rodearam, em pé, começou a tossir, estertorar e cuspir sangue. Tremia e tinha tantas convulsões que Ciri não conseguia segurá-lo. Yennefer ajoelhou-se ao seu lado. Triss viu as suas mãos tremerem. Ela própria, de repente, sentiu-se fraca como uma criança, e a escuridão encobriu os seus olhos. Alguém a segurou, salvou-a da queda. Reconheceu Jaskier.

– Isso não funciona – ouviu a voz de Ciri cheia de desespero. – Não está conseguindo curá-lo com a sua magia, Yennefer.

– Chegamos... chegamos tarde demais – Yennefer mexia os lábios com dificuldade.

– A sua magia não funciona. Para que serve essa magia? – Ciri repetiu, como se não a tivesse ouvido.

"Você tem razão, Ciri", Triss pensou, sentindo um aperto na garganta. "Sabemos provocar granizadas, mas não somos capazes de afastar a morte, embora isto pareça mais fácil."

– Chamamos um médico, mas ele está demorando – falou com voz rouca um anão que estava junto de Jaskier.

– Já é tarde para um médico, ele está agonizando – falou Triss, estranhando ela mesma a tranquilidade da sua voz.

Geralt estremeceu mais uma vez, tossiu sangue, estirou-se e ficou imóvel. Jaskier, que amparava Triss, suspirou de desespero. O anão xingou. Yennefer gemeu e o seu rosto mudou subitamente, contraindo-se. Ciri falou com rispidez:

– Não há nada mais patético do que uma feiticeira que chora. Você mesma me ensinou isso. Mas agora você se mostra patética, realmente patética, Yennefer. Você e a sua magia que não presta para nada.

Yennefer não respondeu. Segurava com as duas mãos a cabeça inerte e frouxa de Geralt e com voz fraca repetia os encantos. Faíscas roxas e centelhas crepitantes dançavam sobre as suas bochechas e a testa do bruxo. Triss sabia quanta energia era necessária para esse tipo de encantamentos. Sabia também que eles não adiantariam nada naquela situação. Estava mais do que certa de que até os feitiços de curandeiras especializadas também resultariam inúteis. Era tarde demais. Os encantamentos de Yennefer apenas a enfraqueciam. Triss ficou surpresa com o fato de a feiticeira de cabelos negros aguentar por tanto tempo. Mas o seu espanto esvaiu-se quando Yennefer silenciou no meio de mais uma fórmula mágica e deslizou sobre os paralelepípedos, pousando junto do bruxo.

Um dos anões xingou novamente. Outro estava cabisbaixo. Jaskier, que ainda amparava Triss, fungava o nariz.

Subitamente, o ar arrefeceu. A superfície do lago começou a lançar vapores, como um caldeirão de bruxas, cobrindo-se de bruma. A névoa crescia rápido. Tornava-se cada vez mais densa e descia à terra em ondas, encobrindo tudo como um leite branco e espesso. Os sons silenciavam e morriam, as formas desapareciam, as figuras desvaneciam. Ciri falou devagar, ainda ajoelhada sobre os paralelepípedos ensanguentados:

– E eu um dia renunciei à minha força. Se não tivesse feito isso, agora poderia salvá-lo. Eu o curaria, tenho certeza. Mas é tarde demais. Eu abri mão da minha força, e agora não posso fazer nada. É como se eu o tivesse matado.

O silêncio foi interrompido por um relincho penetrante de Kelpie e em seguida por um grito abafado de Jaskier.

Todos ficaram pasmos.

•

Da bruma surgiu um unicórnio branco. Corria ligeira, delicada e silenciosamente, erguendo com graça a formosa cabeça. Não havia nada de estranho nisso. Todos conheciam as lendas, e todas diziam que os unicórnios corriam ligeira, delicada e silenciosamente, e que erguiam as cabeças com uma singela elegância. Se havia algo estranho, era o fato de o unicórnio correr sobre a superfície do lago e a água nem sequer ficar enrugada.

Jaskier gemeu, desta vez admirado. Triss sentiu um *frisson* e foi tomada por uma euforia.

O unicórnio bateu os cascos contra as pedras da orla, sacudiu a crina, relinchou demorada e melodiosamente. Ciri disse:

– Ihuarraquax! Eu tinha esperança de que você viesse.

O unicórnio aproximou-se, relinchou outra vez, arranhou o chão, bateu o casco com força contra os paralelepípedos, inclinou a cabeça. O chifre que se destacava na sua testa arqueada subitamente fulgurou com uma luz intensa, um brilho que por um instante dissipou a névoa.

Ciri tocou no chifre.

Triss gritou surdamente ao ver os olhos da moça reluzirem com um brilho leitoso e ela ser toda envolvida por uma auréola flamejante. Ciri não a ouviu, não conseguia ouvir ninguém. Ainda segurava o chifre do unicórnio com uma mão, enquanto dirigia a outra na direção do bruxo inerte. Uma faixa de claridade cintilante e resplandecente como lava escorreu dos seus dedos.

•

Ninguém seria capaz de dizer quanto tempo isso demorou. Foi irreal.

Como um sonho.

•

O unicórnio, quase desvanecendo na bruma que se adensava, relinchou, bateu o casco contra o chão, meneou a cabeça e o chifre algumas vezes, como se estivesse apontando para algo. Triss olhou. Debaixo de um baldaquim de galhos de salgueiros que pendiam sobre o lago, avistou uma forma escura na água: era uma barca.

O unicórnio apontou com o chifre mais uma vez e começou a desaparecer rapidamente na bruma.

– Siga-o, Kelpie – ordenou Ciri.

Kelpie roncou, sacudiu a cabeça e, obediente, seguiu o unicórnio. Por um momento, as ferraduras tiniram sobre os paralelepípedos. Depois esse som silenciou bruscamente, como se a égua tivesse levantado voo, desaparecido, se desmaterializado.

A barca estava junto da margem. Nos momentos em que a névoa se dissipava, Triss conseguia vê-la com nitidez. Era uma barca montada de forma rudimentar, deselegante e angular, como se fosse uma grande gamela para porcos.

– Ajudem-me – pediu Ciri. Sua voz estava confiante e decidida.

Inicialmente, ninguém entendia o que a moça queria nem que tipo de ajuda esperava. Jaskier foi o primeiro a entender.

Talvez pelo fato de conhecer a lenda, de ter lido uma de suas versões poetizadas. Ergueu Yennefer, ainda inconsciente, nos braços. Estranhou sua leveza e sua pequenez. Juraria que alguém o ajudava a carregá-la. Juraria que sentia o ombro de Cahir junto do seu braço. Com o canto do olho, captou o vislumbre da trança cor de linho de Milva. Ao colocar a feiticeira na barca, juraria que vira as mãos de Angoulême segurando o bordo.

Os anões levantaram o bruxo. Foram ajudados por Triss, que segurava a cabeça dele. Yarpen Zigrin até piscou os olhos, pois por um segundo viu os irmãos Dahlberg. Zoltan Chivay juraria que Caleb Stratton ajudava a colocar o bruxo na barca. Triss Merigold juraria que sentira o perfume de Lytta Neyd, chamada de Coral, e que por um momento vira, por entre a bruma, os olhos verde-amarelados de Coën de Kaer Morhen.

Tais eram as reinações que essa bruma, a densa bruma do lago Loc Eskalott, causava aos sentidos.

– Pronto, Ciri, a sua barca a aguarda – a feiticeira falou com voz surda.

Ciri afastou o cabelo da testa, fungou e pediu:

– Peça desculpas às senhoras de Montecalvo, Triss. Mas não poderia ser diferente. Eu não posso ficar, enquanto Geralt e Yennefer partem. Simplesmente não posso, elas devem entender.

– Devem, sim.

– Adeus, Triss Merigold. Fique bem, Jaskier. Fiquem bem todos vocês.

– Ciri, irmãzinha... deixe eu ir com vocês... – Triss sussurrou.

– Você não tem ideia do que está pedindo, Triss.

– Será que eu ainda vou...

– Com certeza – interrompeu de maneira decisiva.

Entrou na barca, que balançou e imediatamente desatracou, desaparecendo na bruma. Os que permaneceram na margem do lago não ouviram nenhum chapinhar, não viram ondas, nem o movimento da água, como se não se tratasse de uma barca, mas de um fantasma.

Por um átimo de segundo, viram ainda a miúda e aérea silhueta de Ciri. Viram-na propulsionar a barca com uma longa vara, apoiando-a no fundo, acelerar e depois deslizar com rapidez.

E, afinal, restou apenas a bruma.

"Mentiu para mim", Triss pensou. "Nunca mais a verei. Não a verei porque… *vaesse deireadh aep eigean*. Algo termina…"

– Algo terminou – Jaskier afirmou com voz alterada.

– Algo começa – Yarpen Zigrin o acompanhou.

Um galo cantou alto em algum lugar na cidade.

A bruma começou a dissipar-se rapidamente.

•

Geralt abriu os olhos, irritados pelo jogo de luzes e sombras, o que era perceptível pelas pálpebras fechadas. Viu sobre si mesmo folhas, um caleidoscópio de folhas que tremeluziam ao sol, e galhos repletos de maçãs.

Na têmpora e na bochecha, sentiu um delicado roçar de dedos. Dedos conhecidos, dedos que amava tanto que até doía.

Doíam-lhe também a barriga, o peito, as costelas. E o apertado espartilho de ataduras convencia-o enfaticamente de que a cidade de Rívia e o tridênteo forcado não tinham sido um pesadelo. Yennefer falou com delicadeza:

– Fique quieto, meu amado. Fique quieto. Não se mexa.

– Onde estamos, Yen?

– E isso importa? Estamos juntos, você e eu.

Os pássaros – verdilhões e sabiás – cantavam. A relva, as ervas, as flores e as maçãs exalavam um cheiro agradável.

– Onde está Ciri?

– Partiu.

Mudou de posição e retirou seu braço suavemente de debaixo da cabeça do bruxo. Ajeitou-se na relva de tal forma que pudesse olhá-lo direto nos olhos. E fazia isso intensamente, como se quisesse se saturar com a sua imagem, como se quisesse guardá-la para o futuro, para toda a eternidade. Ele também olhava para ela, e a saudade apertava a sua garganta.

– Ciri nos acompanhou numa barca, num lago, e depois num rio, um rio com uma forte correnteza. Na bruma…

Os seus dedos encontraram a mão dela e apertaram-na com força.

– Fique quieto, meu amado, fique quieto. Estou com você. Não importa o que aconteceu, não importa onde estivemos. Agora estou ao seu lado e nunca mais me separarei de você, nunca.

– Eu te amo, Yen.

– Eu sei.

– Contudo, gostaria de saber onde estamos – suspirou.

– Eu também – disse baixo Yennefer após um instante.

•

– E esse é o fim da história? – Galahad perguntou após um momento de hesitação.

– Claro que não – Ciri protestou, esfregando os pés um contra o outro, limpando a areia seca grudada nos seus dedos e nas plantas dos seus pés. – Você queria que a história terminasse assim? Credo! Eu não queria!

– Então, o que aconteceu depois?

– O que normalmente acontece. Casaram-se – bufou.

– Continue contando, então.

– Ah, o que haveria para contar? Celebraram as bodas com uma festança. Foram todos, Jaskier, a mãe Nenneke, Iola e Eurneid, Yarpen Zigrin, Vesemir, Eskel... Coën, Milva, Angoulême... E minha Mistle... E eu também estive lá, hidromel e vinho bebi. E eles, Geralt e Yennefer, depois foram morar na sua própria casa e viveram felizes, muito, muito felizes, como num conto de fadas. Entendeu?

– Por que está chorando, Senhora do Lago?

– Não estou chorando. Meus olhos estão lacrimejando por causa do vento, só isso!

Ficaram em um longo silêncio, olhando a rubra e ardente bola de fogo solar tocar os cumes das montanhas. Por fim, Galahad interrompeu o silêncio:

– Realmente, foi uma história muito estranha, muito estranha mesmo. Senhora Ciri, é incrível o mundo do qual veio.

Ciri fungou alto. Galahad retomou o seu discurso, após pigarrear algumas vezes, um pouco triste pelo fato de ela permanecer calada:

– Siim! Mas aqui na nossa terra também acontecem aventuras maravilhosas. Por exemplo, a do senhor Gawain e do Cavaleiro Verde... ou aquilo que aconteceu com o meu tio, senhor Boors, e o senhor Tristão... Pois então, senhora Ciri, um dia o senhor Boors e o senhor Tristão foram para o oeste, para Tintagel. No caminho passaram por florestas selvagens e perigosas. Cavalgaram, cavalgaram, até verem uma cerva branca e, junto dela, uma senhora vestida de negro, um negro que seria impossível ver até em sonhos. Era uma senhora formosa. Não havia no mundo formosura maior. Bom, apenas a rainha Guinevere... A senhora que estava junto da cerva viu os cavaleiros, acenou com a mão e falou...

– Galahad.

– Pois não?

– Cale-se.

Ele tossiu, pigarreou e silenciou. Os dois ficaram olhando para o sol, em silêncio, por um tempo muito longo.

– Senhora do Lago?

– Eu já pedi a você para não me chamar assim.

– Senhora Ciri?

– Diga.

– Vá comigo para Camelot, senhora Ciri. Será tratada com honra e respeito pelo rei Artur... E eu... sempre a amarei e louvarei...

– Levante-se já! Não se ajoelhe! Ou, melhor, já que você está nessa posição, aqueça os meus pés, estão terrivelmente frios. Obrigada. Você é muito amável. Os pés, eu falei! Os pés terminam na altura dos tornozelos!

– Senhora Ciri?

– Estou aqui.

– O sol está se pondo...

– Verdade. – Ciri afivelou os sapatos e ergueu-se. – Vamos selar os cavalos, Galahad. Há algum lugar nos arredores onde possamos pernoitar? Ah, vejo pela expressão no seu rosto que você conhece estas terras como eu. Mas, tudo bem, vamos seguir em frente. Mesmo que seja necessário dormir ao relento, é melhor fazer isso num lugar um pouco mais distante, numa floresta. Aqui há muita umidade, por causa do lago... Por que você está me olhando assim? Humm... – adivinhou, vendo-o ruborizar. – Está pensando em pernoitar debaixo de uma aveleira, sobre um tapete de musgos? Abraçado a uma feiticeira? Escute bem, jovem, eu não tenho a mínima vontade...

Ciri parou de falar bruscamente, olhando para as bochechas coradas e os olhos brilhantes de Galahad. Afinal de contas, ele tem um rosto bem bonito. Algo apertou o seu estômago e o seu ventre, mas não era fome.

"Algo está acontecendo comigo", pensou. "O que será?"

– Não demore! Sele o garanhão! – quase gritou.

Depois de terem montado os corcéis, olhou para ele e riu alto. Galahad fitou-a com uma expressão de espanto e dúvida. Ciri falou de maneira descontraída:

– Nada, nada, apenas algo me passou pela cabeça. Vamos seguir em frente, Galahad.

"Tapete de musgos", pensou, segurando o riso. "Debaixo de uma aveleira. E eu no papel de feiticeira. Que coisa, hein?!"

– Senhora Ciri...

– Pois não?

– Irá comigo para Camelot?

Ela estendeu o braço, e ele também. Juntaram as mãos e cavalgaram lado a lado.

"Diabos", pensou. "Por que não? Aposto qualquer dinheiro que neste mundo sempre haverá o que fazer para uma bruxa. Pois não existe um mundo em que não haja o que fazer para uma bruxa."

– Senhora Ciri...

– Não vamos falar sobre isso agora. Vamos cavalgar.

Cavalgaram na direção do sol que se punha, deixando atrás deles o vale negrejante e o lago encantado, azul e liso como uma safira polida. Atrás deles ficaram também os blocos erráticos na margem do lago, e os pinheiros nas encostas.

Isso tudo ficou para trás.

E diante deles havia tudo.

FIM